有爱的青春陪伴者

那一刻,他才知道,
原来他的眼底有颗星,
这颗星叫许吱。

Ta de yan di you ke xing

他们眼底有颗星

鹿笙 著

花山文艺出版社
河北·石家庄

图书在版编目（CIP）数据

他的眼底有颗星 / 鹿笙著. -- 石家庄：花山文艺出版社，2021.7
ISBN 978-7-5511-5959-3

Ⅰ.①他… Ⅱ.①鹿… Ⅲ.①长篇小说－中国－当代 Ⅳ.①I247.5

中国版本图书馆CIP数据核字(2021)第128180号

书　　名：他的眼底有颗星
　　　　　Ta De Yan Di You Ke Xing
著　　者：鹿　笙
统筹策划：张采鑫
特约编辑：欧雅婷　姜文迪
责任编辑：卢水淹
美术编辑：胡彤亮
责任校对：董　舸
装帧设计：刘　艳　西　楼
封面绘制：夜三雨
出版发行：花山文艺出版社（邮政编码：050061）
　　　　　（河北省石家庄市友谊北大街330号）
销售热线：0311-88643221
传　　真：0311-88643225
印　　刷：长沙鸿发印务实业有限公司
经　　销：新华书店
开　　本：880×1230　1/32
印　　张：9
字　　数：225千字
版　　次：2021年7月第1版
　　　　　2021年7月第1次印刷
书　　号：ISBN 978-7-5511-5959-3
定　　价：39.80元

（版权所有　翻印必究·印装有误　负责调换）

目录 / CONTENTS

第一章 ...001
别指望我放过你，
叫声哥哥或许有用

第二章 ...017
这棵小白菜
我拱定了

第三章 ...038
我要是千年的影帝，
你就是万年的妖精

第四章 ...055
你喜欢我可以，
但以后别这么嚣张

第五章 ...076
我想看清，你到底
是个什么样的人呢？

第六章 ...100
你周末有空吗？

第七章 ...117
小小年纪，好好学习

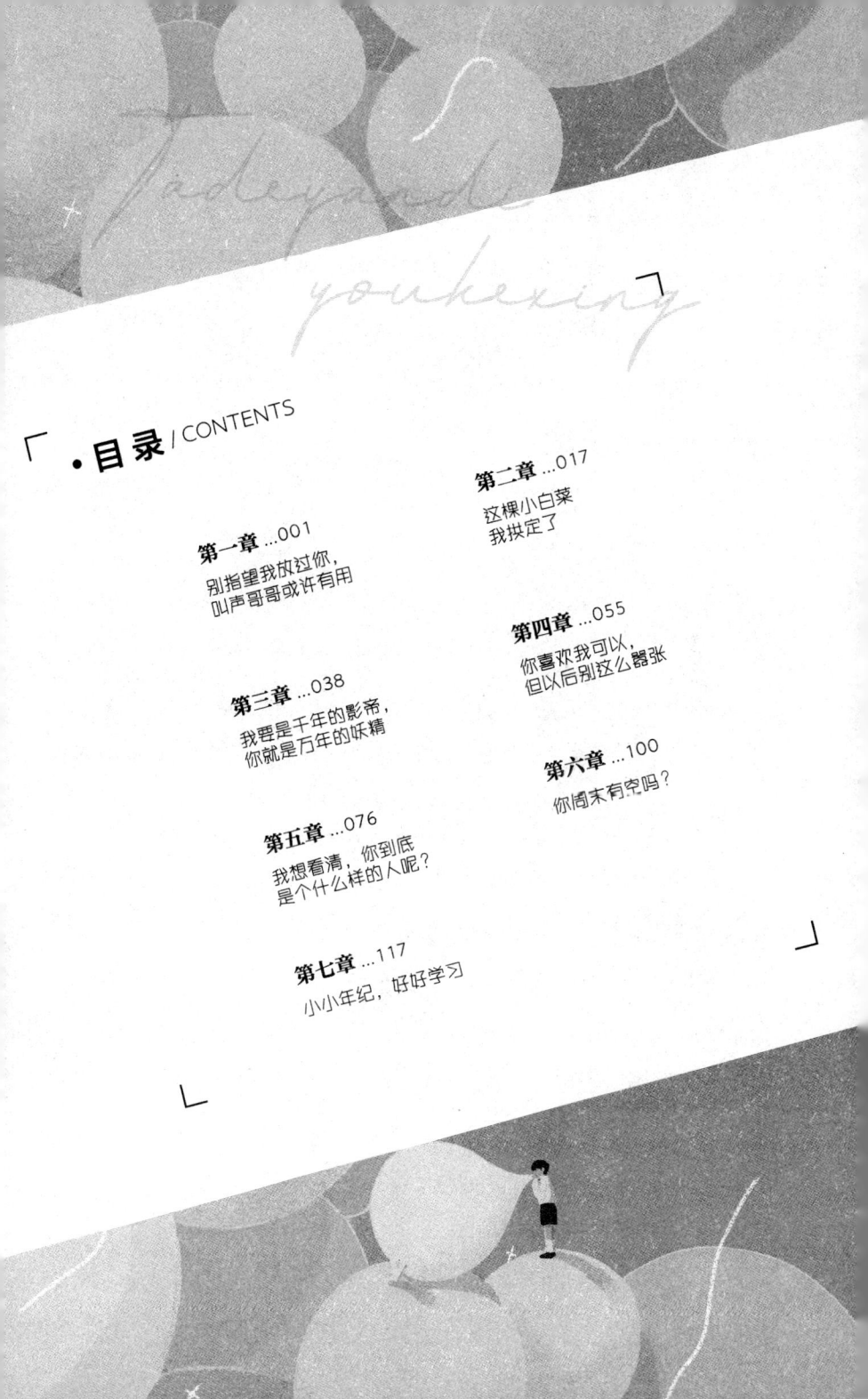

目录 / CONTENTS

第八章 ...134
有我喜欢你,
所以我不准你看轻自己

第九章 ...149
想把她藏起来

第十章 ...161
不辞而别

第十一章 ...189
付衍舟是个大骗子

第十二章 ...210
我陪你从头来过

第十三章 ...229
不许再受伤

第十四章 ...246
喜欢这件事
我输给了你

第十五章 ...265
暗恋虽苦,但你很甜

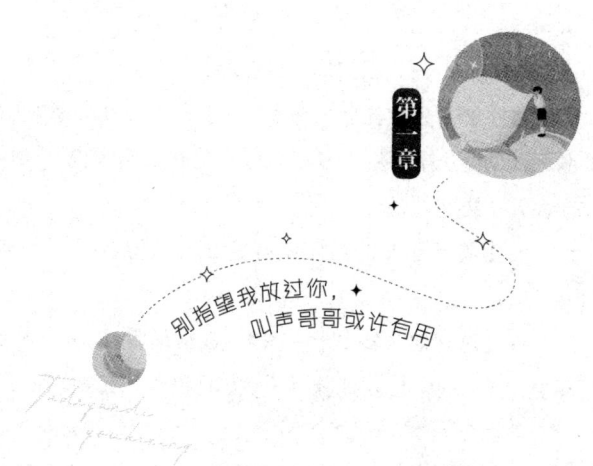

第一章

别指望我放过你，叫声哥哥或许有用

下午最后一堂课结束，原本还是晴朗的天空突然一声惊雷。

没过一会儿，淅淅沥沥的小雨从天际落下，打在许吱座位边的窗户上。

放学之前，班主任在讲台前发放本学期期中考试的成绩单，教室里一阵嘈杂。因为快升高三的缘故，不论成绩好坏，所有人都对分数格外敏感，许吱的周围或是惊叹或是哀号，她低头看了眼成绩单上的排名，又是不上不下的位置。

她眉间微蹙，抓着几张纸揉了揉塞进书包，没过多久，想到了什么。

每逢大考之后，班上紧绷的气氛松懈了不少。不少人没有按时回家，三三两两站在外面的长廊上聊天。

有个女生路过她的课桌，敲了敲桌角，问道："许吱，带伞了没，要一起回家吗？"

那人刚说完话，就被身边的人催走："你叫她干什么？又不熟，太不自在。"

声音虽小，但还是被许吱捕捉到。

许吱将书包往桌肚里塞了塞，抬头冲邀请她的女生微微一笑，眼睛弯成月牙儿，用略带着南方口音的软糯声音说："谢谢，我想再看一会儿书再走。"

女生碍于朋友的催促没再多说，点了点头，打打闹闹着从后门走了。

许吱这学期才转来十中，因为性格孤僻，给人一种不太好相处的感觉，班上同学自觉地疏远了她，而她也不在意，独自坐在一角，很少有伴。

她将刚才几张被揉烂的成绩单再次打开，翻到第二页的年级排名，顺着第一往下找，在第三行找到一个烂熟于心的名字，指腹轻轻摩挲，仿佛那不是几个冰冷的铅字。

她看得认真，没注意到后门阳台上几个男生看过来的目光。

女生扎了个高高的马尾辫，露出瓷白的脖颈，在教室的白炽灯下发着光，青春期的少男少女情感懵懵懂懂，对美的事物单纯地被吸引。

"去呀，别怂，正好她一个人，你借着雨大送她回家。"一个男生催促着身边一个高高瘦瘦的男孩去跟许吱搭话。

那男孩犹豫着，盯着那道纤瘦的背影，去也不是，不去也不是，一时提不起勇气。

就在这时，门口突然跑来一个人。

他穿着本校的校服，个头在一行人之中拔尖，浑身散发着一股桀骜不驯的气质，侧脸的轮廓尤其流畅漂亮，鼻梁的弧度生得更好，高挺而精致。那身校服被他穿出与众不同的味道，只是站在教室门口，便吸引了不少人的目光。

"许吱——"

目光还锁定在成绩单上的许吱听见有人叫她，循声看过去，是一张陌生的脸。

那人冲她微微点了点头，示意她出来。

许吱没动，似还没反应过来。

见状，那张英俊的脸上挂着不耐烦，人三两步走到她的课桌旁，双手张开刚好撑在她用透明胶带粘在桌面的课表两侧，微微俯身，似要将她看得清清楚楚。

他将校服袖子卷起，露出结实的小臂，上面大大小小的疤痕竟然有十几道。

许吱将书挡在面前，却也不怕他，嗓子细细的，问："找我有事吗？"

"你就是许吱？"见女生愣住，他又补充了一句，"连越的妹妹？"

许吱轻轻点头。

"你哥让我来接你。"他言简意赅，随后站起身，在走道边等着。

这时，许吱的手机一声嗡鸣，手机微信里发来一条信息，来自哥哥。

"吱吱，爸妈出差没在家，我因为物理竞赛的事被留堂了，你先跟我朋友走，晚上我去接你。"

哥哥大概怕她还不熟悉从学校回家的路，其实不用这么客气的。

许吱按着键盘，打出一个字："好。"

她点击发送后，关上手机屏幕。

"到底走不走？"男生声音低低的，眼睛一直在看手机，大概有急事。

许吱"嗯"了声，收拾书包，跟他一路走到楼下。她没带伞，看此人身上也湿漉漉的，大概也没有伞。她望了望天，两人站在大厅里没动。

"你等一会儿。"

男生说完,朝最近的小卖部走去,没过一会儿回来,手里拿了把还没揭包装袋的雨伞,递给她。

许吱低头撑开,红色的伞面上缀着小鹿,还挺……可爱的。

她想起刚刚他拿过来嫌弃的模样,又有点好笑。

雨越下越大,男生没有要跟她共撑一把伞的意思,独自走在前面。

许吱小跑着跟上,抬眸看见他衣服后面有几个小点,眯眼看清了些,好像是用白丝线缝成的一个人名,他走路很快,她没看清。

"要不一起打吧,你都淋湿了,我不介意的。"她将伞往他那边挪了挪。

男生一个警告的眼神将她逼退,冷冷地说:"少臭美,我是嫌这伞太娘。"

校门口停着一辆白色奔驰,嚣张得很。

许吱拉开后座的门,坐了进去,这才发现,手心里湿漉漉的,不知是雨还是汗。

男生丝毫未察觉她的不自在,坐在副驾驶座上戴上墨镜,目不斜视地对旁边的人说:"开车。"

他好似心情很不好,眉头拧成一团,声音冰冷:"什么鬼天气!"

许吱微微低头,装作没听见,手指在手机上胡乱地划着。

黑色镜片后,那双黑白分明的眸子微微上挑,看了眼后视镜。女生乖乖巧巧地坐在后座,衣服没少湿,缩着脖子,像只无处可去的野猫。

他不动声色地将车内的暖气开了。

车开了十几分钟,她才反应过来这不是回家的路,虽然她对 A 市不太熟,但大体的方向总是知道的。

"呃……"

.004.

她不安地动了动,车里放着蹦迪的动感音乐。

"有事?说。"男生将音量调小了些。

许吱轻声问:"不回家吗?"

男生勾了勾嘴角:"你知道我是谁吗,就敢跟我回家?"

"我是说……回我家。"

"小小年纪就敢把陌生男生往家里带了?"

许吱默了默,不说话了。

"我没工夫给你当护花使者,这个点约了几个哥们儿,你在里面坐着等连越吧。"他的声音里带着难以掩饰的冷淡。就他这个样子,也不知道是欠了哥哥什么,才愿意答应出来接她。

许吱慢半拍地应了声,她也没地方去。

车随意地停在一家台球厅门口,男生开门下车,冲跟在自己身后的许吱抬了抬下巴,示意她跟自己进去。

女生背着书包走得很慢,他折了两步回来,从她手里接过书包,显然没料到这么沉,忍不住吐槽:"你这包里装的是石头吧?"

许吱很认真地数着里面的东西:"语文课本,数学课本,还有几张试卷要改错的,还有……"

男生最讨厌女生碎碎念,皱了皱眉:"闭嘴。"

许吱从来没来过台球厅,更不知道 VIP 包厢竟然这样豪华,一进去金碧辉煌,两边站着端茶倒水的服务员。

男生进去时,正在玩闹的那帮人纷纷停下动作,其中有个穿着黑衬衣的男生放下杆子直起身,冲着门口喊:"付衍舟,你再不来黄花菜都凉了。"

付衍舟取下墨镜,弯了弯嘴角。

"今天这场子我包了。"

他话一出,所有人都欢呼。

付衍舟大摇大摆地进了主场的位置,接过台球杆,在杆头抹了些枪粉。在开局的时候才留意到后面跟着个人,他将球杆递给身边的人,说道:"这一局你先替我打吧,我有点事。"

他勾了勾手指,将许吱带去里面的空房间,踢了踢脚边的沙发说:"你就在这儿待着吧。"

他眼睛环视了一圈,又觉得少了点什么,用手机打了个电话,没一会儿,一盘接一盘的水果拼盘被服务员端进来,所有应季的不应季的水果都来了一份,堆在许吱面前。

付衍舟满意地点点头,怕她客气,恐吓道:"今天吃完了才准走。"

许吱瞪大了眼睛,无声地点了点头。

付衍舟关上门,重新回到了台球桌旁,边上的男生打趣道:"付少爷这女性朋友是不是换得太勤了?平时没见你喜欢温柔小白花型的呀。"

另一个人将话接过去:"哎,这次是长得最可爱的一个。"

付衍舟嚼了两下口香糖,皱眉:"你再说这话,小心连越知道了揍你。"

他身边的同伴语音变了个调儿:"难不成她就是连越刚得的那个新妈的女儿?我就说他怎么藏着不带给我们看,哥们儿还没见过这种模样的女孩子。"

"还玩不玩?"付衍舟打断他的话,脸上有些不悦。

那几个人八卦也断了。

房间的隔音效果实在很差,加上这伙人说话嗓门大,里面的许吱听得明明白白,一颗葡萄没怎么嚼就被她吞进喉咙,卡在里面差点儿让她窒息。

她回想着刚刚听见的名字——付衍舟。

好像在哪儿听过。

许吱的妈妈第三次结婚嫁给了连越的爸爸。在这之前,许吱的妈

妈在跟许吱亲生爸爸离婚之后的单身期里，一直跟连越的爸爸是好友，时常走动。

那时许吱还在读小学，成天跟在连越和连越的伙伴们后面，付衍舟就是其一。那时的付衍舟还不是这个样子，他极不合群，瞧不上那群整天在泥巴里打滚的小孩儿，不过他依然跟以前一样——不好惹。

他总是黑着张脸，许吱胆小不敢靠近，每次只敢躲着走。

直到有一天，他突然愿意跟大家一起玩捉迷藏。他家里有钱，房间又多又大，正是藏身的好去处，许吱跟他误打误撞都藏在卧室里，一整天都没人找过来。

两人无聊透顶，许吱央着他玩游戏，付衍舟虽然脸色不好看，大概也是没事干，便勉强应了。

那时最流行装扮游戏，许吱把她最心爱的洋娃娃抱到他面前，付衍舟灵机一动要帮她打扮。卧室里有付妈妈的梳妆台，化妆品应有尽有，付衍舟根本不懂它们的用处，看到什么都往小女孩素白的小脸上抹，最后还用上了卷发棒。

没想到，小女孩在照镜子时被自己的模样吓得哇哇大哭，还惹来了不少大人，最后以付衍舟挨骂而告终。而且许吱的手背上被卷发棒烫出了一大块水泡，到现在疤痕的印记还很深。

那是许吱最后一次跟付衍舟见面，在那之后，许妈妈跟一个条件不错的男人再婚，许吱就再也没来过A市。

没想到付衍舟变得这么高，脸也变了不少，她都没认出来。不过也对，连越也变了不少，对她客气较多，远比从前生疏。

隔壁房间时不时传来一阵哄笑，她干脆戴着耳机，顺便写没做完的试卷。

台球打得不顺利，还冷落了朋友的妹妹，没过几局，付衍舟便把这群狐朋狗友赶得七七八八。他推开里面隔间的门时，女生正专心做题，都没注意有人进来。

他往边上坐了坐。

沙发凹下去，许吱感觉到动静扭头。

就这样干坐着，好像挺尴尬的。时间过了几分钟，谁也没开口说话。

许吱今天坐了他的车才不至于被淋个落汤鸡，又吃了一大盘水果当了晚饭，心里多少有些感激的，于是她问："要一起听吗？"

那只白色耳机在空中停顿了片刻，被那双骨骼分明的手接了过去。

付衍舟最讨厌用别人用过的东西，但此刻也没觉得有什么不好，只是在下一秒他便要吐血了，这家伙手机放的竟然是高中英语听力训练真题！

"好听吗？"她小声问道，随后又自顾自地答，"人教版的。"

付衍舟不禁一愣。

女生脸上竟然有几分真诚，似乎很高兴与人分享。

付衍舟在心里骂自己傻，放着好好的台球不打，在这儿做听力题算怎么回事？

"付衍舟，你觉得这题选什么？"

一道题做完，她按了暂停，朝他挪了挪，将试卷移过去些。

女生身上传来一股莫名的清香，不清楚是洗发水还是沐浴露的味道，他一时心猿意马，看也没看题，咳了两声，随便说了个答案："D吧。"

许吱愣了愣。

"干吗？错了？"他眼皮都懒得抬。

许吱小声说："你不知道吗？这本书的听力答案一直都只有三个选项……"

连越推门进来，见到这一幕，半晌没说出一个字。这个从来都将课本当摆设的家伙被自家妹妹制得服服帖帖，还真是一物降一物。

.008.

连越笑着过去打趣:"付衍舟,你怎么这么菜,都上高三了还要学妹教作业?"

付衍舟恨不得捶他一拳,碍于不想在女生面前动武,将耳机还给许吱,身子向后仰,长长地伸了一个懒腰,说道:"大爷我这是解闷儿,你懂什么?"

"走吧吱吱,别理他。"连越拉了许吱一把,将她的书包挎上肩膀。

"一起吃饭?"付衍舟这样问显然还不想早早回家。

许吱闻言,暗暗打了个饱嗝。她怕付衍舟真的不肯放她走,将那些果盘吃得一干二净,哪里还吃得下别的东西。听到连越拒绝,她才松了口气。

连越跟付衍舟是上下楼的邻居,三人一起坐车回家。途经一楼麻将馆,里面好不热闹。

见有孩子回家,其中一个女人推倒了麻将,一边喊着不打了,一边站起身。付衍舟在门口扫了一眼,没多停留,继续上楼了。

连越用胳膊肘轻轻抵了下许吱的手臂,低声道:"这是付衍舟的妈妈。"

许吱抬眸看过去,女人烫着大鬈发,腰身极细,走起路来摇曳生姿,那眉眼之间的气质倒是跟付衍舟有几分相似。

许吱轻声开口叫人:"阿姨。"

女人点头应了,上上下下将她打量了遍,笑吟吟地感叹:"连奇生真不知道从哪里走的大运,白捡的女儿乖巧又听话。"

许吱听着,将头埋了埋。

女人踩着高跟鞋,笑着转身上楼了。

"付衍舟今天没欺负你吧?"连越边开门边问。

见许吱摇头,连越才说:"他这人不坏,就是直率了点,你以后多相处就明白了。"

许吱进了玄关换鞋,心里默默地想:付衍舟这样的人,以后还是躲开点为好。

她这样想着,突然听见楼上"轰隆"一声巨响,有东西摔在地上,伴随着裂开的声音,紧接着便是一通激烈的争吵,丝毫不顾及会不会打扰到邻居。

许吱瞠目结舌,看了连越一眼,这段时间总是这样,她也没好意思问。付衍舟的妈妈的声音尖锐如同利刃,一点儿都没同她打招呼时那笑吟吟的温柔。

"他妈妈脾气不太好,"连越尴尬地挠了挠头,"早点睡吧。"

许吱晚上习惯性失眠,再加上楼上过于嘈杂,她关上所有窗户都隔不了杂音。

A市已过四月,空气里一股闷热,书桌上的课本被翻得乱七八糟,她定不下心,看再多遍知识点也无用,于是合上书,去阳台上吹风。

这个小区地理位置优越,虽然老旧了点,但之前是按照民国风的格局建设的,十几年后有几分复古风。院子里出去了不少名牌大学的毕业生,随着房价的不断攀升,这块风水宝地被很多人眼红。

许吱不懂这些,只格外喜欢这院墙里种的栀子花,每日都要闻上几遍。

手机一阵嗡鸣,出差在外的妈妈也不忘问她的考试成绩,许吱垂了垂眼皮,没有要回复的意思。

突然,手背上滴了一点水,她以为下雨了,抬头一看,上面阳台上趴着一个黑影。

许吱把阳台的灯打开,就着光线看清了他的脸部轮廓。

"付衍舟?"她试探地开口。

"干吗?"被叫的人有些不耐烦,嗓音里压着火气,周身透露着一股"别惹本大爷"的阴气。

"你手上拿的什么?"

.010.

"冰镇可乐,还冒着冷气,怎么,你要喝?"

他妈妈还在客厅骂人呢,他倒有闲心躲在这里喝饮料,心真大。

付衍舟以为女生还有下文,等了半天下面没了动静,此刻他心里正烦闷,想找人说话转移下注意力。他仰头喝了口可乐,又问道:"你有事?"

"没。"许吱歪了歪脑袋,"你瓶子上的水滴到我这里了。"

"我在自家楼上喝东西你有意见?再多嘴,小心我手一个不稳,瓶子掉下来砸碎你的脑袋瓜子。"

许吱蹙眉,不是他非要问的吗,怎么反倒是我有问题了?难怪十中的人都传言付衍舟性子烈不好惹,行为和恶名真是贴切。

许吱转身,轰地关上阳台玻璃门,上床睡觉了。

而楼上欺负小孩的付衍舟努了努嘴,并没觉得自己的话有什么不妥,只是楼下的人不再搭理自己,他身后的骂声还没结束,他垂了垂眸子,竟落下几丝孤独的灰。

许吱第二天洗漱的时候才发现校服不见了。她回忆了半天,想到了几个可能落下的地方。十中的教导主任出了名的严格,要是她穿着便服去学校免不了受一顿责罚。眼看着快到上课的点,她衔着片面包就往楼下冲,本以为避开查服装的执勤老师就能躲过一劫,没承想还是在校门口罚站到上课铃响。

"哎,昨天你走得晚,看见高三的付衍舟来我们班了吧?"

"真的假的,找谁啊?"

前面八卦的那个女生,扭头给同桌使了使眼色,看向了正在从书包里拿课本的许吱。

原本在班上因为长得好看而不太讨女生喜欢的许吱摇身一变成了这场八卦风暴的中心,几个女生围在她课桌左右,好奇地问:"许吱,你跟付衍舟怎么认识的呀?"

"我听说昨天下雨,他还专程过来接你了。"

为了凸显两人之间的暧昧关系,那人将"专程"两个字咬得很重。

"对呀,你就跟我们说说嘛。"

许吱甚至觉得,从进这个班一个多月以来,这些人跟她说的话加起来还不如此刻多。

"我们不太熟。"她低头拿书,想快点终结这场对话。

"啊,这样啊。我们就说嘛,之前跟付衍舟要好的几个女生都是偏美艳型的,跟你不太搭。"

见许吱没说话,女生感觉自己好像说错话了,朝边上的朋友吐了吐舌头。

另一个女生说:"我们的意思是,付衍舟这人性格不好,你刚来不久,最好少跟他来往。"

许吱笑得疏离但没有任何破绽,点头道:"嗯,谢谢。"

八卦完的那几个女生各自回到座位,向其他人传递信息,小声讨论:"别瞎猜了,付衍舟怎么可能看上许吱,连校花陈娜拉他都不搭理,八竿子打不到一块的人就别扯了。"

"许吱——"

大家正小声嘀咕着,突然传来一道男声给所有讲小话的同学按下了暂停键。

众人目光循声而去。

许吱也跟着扭头,只见付衍舟倚靠在后门,眸色淡淡地扫到她脸上:"你校服昨天落在车上了。"

许吱呆愣了片刻,只见男生冷着张脸,大拇指跟食指捏着校服一角,朝她伸了伸。

那件女生校服在他手里像惹人嫌恶的咸鱼一般,往下垂着。

许吱迅速起身,小跑着去了后门,在众人的视线中接过衣服,低声说了句"谢谢",然后回到教室。

.012.

英语老师已经抱着教案进来了,但丝毫没有阻止同学们看向许吱的眼神。

如果当真不熟,凭付衍舟的个性,怎么可能跑到别人教室门口送衣服?陌生人能有这个待遇,谁信啊?

这事成为无聊的高中学生的饭后谈资,最后谣言愈演愈烈,年级里开始盛传眼高于顶的付衍舟看上了新转来的萌妹子,一连两天都往人家教室跑。

同年龄段的女生自然是眼热嫉妒,而男生们更不敢前去搭讪,付衍舟看上的人谁敢往边上凑,不想活了吗?高一那年他为了一个女生跟邻校的一群男生打架,后来那混战场面被传得绘声绘色,到现在还是传奇般的存在。

不知道是不是许吱敏感,班上的人对她更疏远了,以至于她在体育课上连个搭档都没有。

许吱在卫生间的隔间换好了衣服出来,洗手台边一个女生弓着背疯狂地呕吐。

哗啦啦的水流着,女生甩了甩手上的水,怎么也拧不紧水龙头,一扭头见许吱站在一旁,愣住了。

"那水龙头坏了。"许吱解释。

虽然没说过话,但对方是同班同学,许吱好意递过去一张纸巾。

女生伸手接住,冲她笑了笑。

五分钟后,上课铃声响起,班上的人在操场上集合。

过不久要举行春季运动会,马上要升高三的学生没时间私下练习,只能在体育课上抓紧。

体育老师在队前念参与此次运动会的学生名单,底下的人不以为意,跟前后的人说说笑笑,声音越聊越大。

炎热的天气,一向温和的体育老师突然提高了音量:"你们长跑没一个人报名？别的班级都在积极参加，怎么到了你们班空了这么多项目？体育委员干什么吃的？！"

话一出，依然没人举手。

体育委员叫苦不迭，因为没人愿意响应他的号召。

体育老师沉默了三秒，将报名单扔到地上，朝着众人吼道："都没人听懂我的话是吧？行，全体都有，一百个俯卧撑准备，不做完不许下课！"

这时，原本脸上还挂着笑的学生突然吓到，求饶道："老师，天太热了，您别……"

"还有人再多话，多加五十个。"

许吱扭头瞧见站在身侧的女生摇摇欲坠，此时连站着的力气都没有，于是犹豫了一会儿，举手小声说："老师。"

"说。"

"这次的长跑我报名参加。"

体育老师顺着声音看向站在队伍中间那个个子矮矮的女生，听她继续说："我以前参加过，也拿到过名次。"

他的本意也不是真的罚学生，见有人自荐，点了点头："自己上来把报名表填了吧。"

"我想等会儿跑一下试试，"许吱抓了边上女生的手，拉她出了队伍，"能让她帮我测一下时间吗？"

体育老师点头答应。

许吱跟那个女生对视一眼，笑了。

"剩下的人，俯卧撑准备。"

"啊？来真的啊！"

她们去树荫下填报名表时，操场那边传来一阵哀号。

女生看着许吱那一笔娟秀的字迹说："许吱，你跟我想象的不一样。她们说你高冷孤僻，但我觉得你很讲义气，我叫何灵。"女生觉得

.014.

她实在可爱,伸手轻轻拍了下她的马尾辫,算作是打招呼了。

"你真的会长跑吗?"

"啊?其实不太会……不过有一次这样的经历应该也不错。"

"对不起啊,我连累了你。"

"没关系,你坐在这儿休息一下吧,我去跑一跑装装样子,免得老师发现了。"

许吱体质一般,运动时间一长就撑不住。下课铃响了之后,她浑身酸软,在水池边上洗脸洗了好几分钟,一抬头,撞见一群打完篮球的男生朝这边走来。

何灵也洗了把脸,见许吱站着不动,拉了她一把:"走啊,许吱。"

那群男生离这边越来越近,何灵顺着她的目光看过去,附耳跟她说:"那个是顾以择,你应该不认识吧,三班的,成绩特好,就是中间那个,球服 24 号。"

许吱装作不在意地看了一眼,"嗯"了一声。

那个男生似乎拥有全世界最好看的笑容,吸引着所有的光芒。周围的人对最新的篮球赛事侃侃而谈,他微笑地听着,偶尔插嘴。边上争得面红耳赤的人跟他一比,显得天差地别。

三班是理科班,跟许吱的班级在不同的教学楼。她之前留心过,如果从这边跟他们一起走,可以多待五分钟。这来之不易的五分钟,来得如此意外。

"你先回教室吧,我去综合楼有点事。"

许吱支开何灵,扭头却撞在一个人身上。

那人骨头硬得跟石头一样,许吱还没来得及抬头,便感觉鼻子一热,有东西从鼻子里滴下来。

她伸手一抹,是血。

"走路没长眼睛哪……"付衍舟话没说完,看清是许吱,便闭了嘴,然后紧张地问,"你没事吧?"

女生目光呆呆的，人跟块木头一样。

付衍舟将身子往后撤了撤，才发现她根本没在看自己，而是在看自己身后一个正在洗手的男生。那男生一抬头，她便往他身侧躲。许吱又瘦又小，整个身体藏在他的阴影之下。

付衍舟声音有些冷了："有事去医务室，别在这儿杵着。"

他伸手拉她。

女生没动。

她往他这边躲，他偏不如她意，大声地喊："许吱，你藏我边上干吗？"

前面正在跟朋友聊天的顾以择闻声，朝这边看过来，注视着两人。

许吱暴露在众人视线里，模样狼狈至极。

付大少爷很满意这个结果，偏偏戏瘾还犯了，干脆要捉弄她到底："好吱吱，衍舟哥哥知道自己的魅力大，长得也好看，但你也不用一见我就流鼻血吧？"

见被调戏的许吱僵在原地，付衍舟从口袋里掏出纸巾，将她捂住鼻子的手拿下来，对着她有血迹的脸擦了又擦。

许吱全程没敢动，腹诽道：该死的付衍舟，太无耻了！

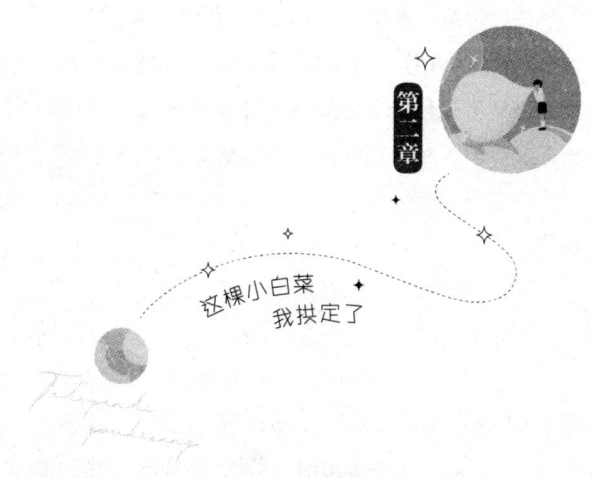

这棵小白菜
我拱定了

许吱在鼻子里塞了卫生纸,仰着头一路回了教室。

因为是自习课,没有老师守着,何灵便跟许吱的同桌换了座位,女生的友谊来得就是快。

"许吱,你鼻子怎么了?"

"刚刚不小心撞到了,流了点血,不过没事,已经好了。"

何灵偷偷拿出一瓶牛奶递给她:"喝点补补。"

许吱没推辞,开了盖,才想起何灵在卫生间呕吐的事儿,问道:"你身体好点没有?"

"嗯,这几天东西吃太杂了,肠胃不舒服。"何灵将课本往右侧推了推,趴在课桌上叹气,"我本来想请假的,我爸妈非逼着我上学,好像我考不了好分数就不配做人一样。"

何灵成绩不错,在班上一直名列前茅,在排名表上也是许吱可望而不可即的位置。

"哎，我给你说个八卦你听不听？"何灵兴致来了，拉着她聊天。

许吱做题的手没停，但也没拒绝："你说。"

"年级里在传顾以择喜欢陈娜拉。"说完，何灵咯咯笑出声，脸上洋溢着青春里最肆意的笑容，"但是陈娜拉一直暗恋着付衍舟，他们仨是学校出了名的三角恋。许吱，你跟付衍舟什么关系啊？"

许吱停下笔，用最简短的话概括两人关系："他是我哥哥的朋友。"

"你哥哥是？"

"连越，"许吱写完一道题，翻了一页，"你应该不认识吧？"

"我去！"何灵惊了，"你哥哥就是常年在年级榜第一名的连越学长，你怎么不早说？"

许吱被她的惊讶弄得摸不着头脑，失笑问道："他有这么厉害？"

"嗯，他可是我逢考必拜的学神。"何灵压低了声音，"不过他跟付衍舟做朋友，也是挺让人吃惊的。"

"怎么？"

"付衍舟这个人吧，很少有人敢上去搭话。不过光凭他那张脸，在学校里还是有不少迷妹的。但他霸道又冷酷，大家都只能在私下里议论。许吱你可真厉害，还能使唤动他，说明你对他意义非凡。"

许吱被她逗得彻底笑了："还做不做题？一会儿老师该来了。"

"我做，那你放学后陪我去吃烧烤行不行？"何灵揉了揉肚子，"胃空了一整天，小鸟该觅食了。"

下了晚自习，何灵真等在走廊。在出校门前，许吱给连越发了个信息，随后便跟着放学的人潮出了校门，搭上了去夜市的公交车。

A 市有一条繁华的夜市一条街，到了晚上，最红火的几家店铺里面几乎是人挨人，很难等到座位。

许吱跟何灵去得早，很幸运地没有等位，脱了校服，两个人都穿着白衬衣，年轻又漂亮，在餐馆里面格外惹眼。

许吱坐下来才发现对面桌上有着几个身穿十中校服的学生，其中一个人突然站起来，朝门口招了招手，大声喊道："顾以择，这儿。"

许吱同步扭头，男生正从门口进来。

许吱第一次遇见顾以择，是在学校的食堂里。那时她刚转学来，饭卡落在了教室，偏巧又让阿姨打了菜，现金用不了，后面长队一阵催促声，她窘得面红耳赤，这时隔壁队有个男生出来帮她付了钱。

后来她才知道，原来是顾以择，那个老师赞不绝口的三好学生。

学生时代的好感就是这样简单，她被他吸引，好像是意料之中的事。

她一时不知道该做什么，低头拨弄着桌上的一次性碗筷。她穿着件娃娃领衬衫，领子不知道什么时候折到里面去了。

何灵帮她翻出来，抚平了上面的褶皱，说道："你呀，就算长得好看，衣服也要好好穿。"

许吱感激地笑了笑，做课间操的时候，操场上到处飘着柳絮。她对这东西过敏，脖子痒得厉害，挠了好久，衣领大概就是那时候弄乱的。

"对了，你怎么总戴着护腕？"何灵好奇地问，"白天上体育课时我就留意到了，温度那么高也不取下来？"

许吱闻言怔了怔，将手往衣袖里藏了藏，一言带过："以前受过伤，怕冷。"

她不愿意多说，何灵也没多问。

"你看到陈娜拉没有？"何灵小声在她耳边嘀咕，"就顾以择边上那个女生，你说人怎么能同时喜欢两个人啊，她当众说对付衍舟有意思，现在又恨不得往顾以择身上挨。"

"也许不是喜欢，"许吱轻声道破，"是虚荣心吧。"

不知道是不是边上那桌人听见了，还是许吱的错觉，陈娜拉刻意朝这边看来一眼。

现在这个点，前来吃饭的人一拨又一拨，很多人等不到位就走了。许吱在屋内环视了一圈，最后面的角落还有张空桌，可没有一个人去问。

她正好奇着，突然瞥见那张桌子底下的两把椅子上搁着一双大长腿，肆无忌惮地晃来晃去。她顺着腿去看，有个人躺在几把椅子拼成的"床"上，脸上盖着一顶棒球帽，戴着耳机，不知道是不是睡着了，丝毫没受到店内嘈杂的影响。

许吱瞠目结舌：还有人能在这种环境下睡觉，得有多困？

"许吱，你要吃什么？"何灵找店主要了菜单，推到许吱面前，"今天你在体育课上帮了我，我请客呀。"

"不用了吧，"她知道大家都是学生，没什么钱，"咱们AA。"

"别，正好我爸妈提前给我发了生活费，我才这么装大方。这要是到了月底，我口袋空了，可不敢轻易挥霍。你点菜，我去下洗手间。"

何灵是个热情的小姑娘，许吱没推过去，她在便宜的菜品后面画了钩，又觉得两个人吃未免太多了，怕浪费，又删去了两个。

何灵一时没回来，服务员在催着下单，她将贵重物品拿在手里，去了前台递菜单。

她路过后面的空桌时，不小心碰到躺下那人的一条腿，连声说了抱歉。

付衍舟等人走了之后才摘下耳机，将帽子扔到桌上，看了眼手机上的时间，拨了电话："买个喝的怎么去那么久？再不来我走了。"

没过一会儿，几个男生出现在店子门口，付衍舟黑着脸朝他们招了下手。

有个叫老三的人好言好语地问："舟哥，排位赛打得不顺吗？"

付衍舟没搭理他，单手开了罐可乐，仰头喝了口，又继续靠墙闭眼假寐了。

.020.

老三抿了抿嘴，知道付衍舟起床气来的时候脾气差得要命，刚才没掀桌子已经算好的了。刚刚一行人实在烟瘾犯了，躲在门口闻闻烟味才进来。付衍舟不准他们抽烟，说好歹是十中出去的，别搞得像二流子。老三心里嘀咕，他们一行人在十中吊车尾也不是一天两天了，早就被父母老师彻底放弃，这才学着混社会，装好学生也装不像啊。但这些话他也只敢闷在心里，不敢在付衍舟面前提。

付衍舟瞌睡散了点，侧眸看前台边的小女生，她扎着个马尾辫，踮着脚在跟服务员说些什么，时不时用手指将碎发拢在耳后，那双细腿露在蓝白相间的百褶裙下面，又白又直。

付衍舟皱了皱眉。

在他恍神的时候，旁边那桌聊开了。

陈娜拉小声问："你说这样真的有效吗？他看过来了没？"

顾以择扭头看了眼付衍舟，勉强地答："有……吧。"

顾以择边上的人听见了，在一旁嘀咕："我怎么觉得他在看新转来的那个女生。"

陈娜拉皱着眉吼过去，大声嚷嚷："胡说八道，你再说，哥们儿没得做啊。"

另一人出来打圆场："我刚路过的时候瞅了一眼，那人哪有娜拉好看，杵在那儿跟根豆芽菜似的，一般人真下不了嘴。"

陈娜拉咯咯笑出声："嘴怎么这么贱哪你。"

有个男生说："看着感觉是个乖乖女。"

另一个女生马上接道："乖乖女下课不回家，跑到这边来玩？"

陈娜拉忍不住丢了一双筷子过去："在这儿指桑骂槐呢？"

众人哈哈大笑。

陈娜拉目光装作不在意地扫向付衍舟，十七岁的女生，喜欢一个人的时候总想着对方时刻注意自己。

那笑声传到付衍舟这里，他抱着手臂往前挪了挪，地方太小，不够他伸腿，于是往前轻踹了下脚。

老三听到动静，问道："怎么了，舟哥？"

"吵死了。"他揉揉耳朵，声音像含了口冰。

"那不是陈娜拉吗？"有个男生认了出来。

付衍舟问道："谁？"

老三吃了一惊："舟哥，你不是吧，校花都不认识？"

付衍舟满口敷衍地"哦"了一声，不甚在意地问："什么校花，喇叭花？"

好友面面相觑，互相抛了个秒懂的眼神——

原来舟哥喜欢嗓门细的。

几个人正想再说点什么，前头突然传来一声闷响。

一个手臂上文身的中年胖子找了个没人的空桌，将边上的椅子踢远了些，自己坐了。

老三愣了愣神："那桌不是有人吗？"

付衍舟脸上没什么表情，这时服务员已经开始上菜，他夹了面前的那盘藕带喂进嘴里，说道："少管闲事。"

老三点头，把话吞了。

许吱点完菜，正好碰到何灵上完厕所出来，她笑着说："刚刚老板说免费注册会员享八折优惠。"

何灵惊了："八折？这家店很少做活动的，许吱，你果然是我的幸运星。"

许吱被何灵惹得笑了。

没承想，两人回去才发现位置被占了。

21号桌。

许吱看了眼单号，没错，是这里，可她的座位上已经坐了个身穿黑短袖的男人。

夜市这一片儿以乱闻名，但有美食吸引，顾客依然络绎不绝。

许吱跟何灵都没想到,今天这么倒霉,才一会儿工夫,就被人霸占了位置。

"先生您好,这位置有人了,麻烦您让一让。"许吱走过去,开了口。

男人抬了下眼皮:"你说是你的就是你的?那我还说这一片都归我管辖呢。"他往椅背上一靠,大腹便便,双腿伸直,彻底将二人桌揽了个大半。

许吱冷冷地看着他,声音提高了分贝:"这是我们刚刚点单的单号,而且,你把我的书包垫在下面坐着了。"

男人没有任何要离开的意思。

"那就拼桌,正好你们两个小姑娘陪大哥哥喝一杯,"他一拍旁边的桌面,坏笑,"来,坐这边。"

何灵一听,立马怕了,扯了扯许吱的衣服,小声道:"算了,你拿上东西,我们走吧,不吃了。"

许吱没动。

见平时性子柔软的许吱突然强硬,何灵愣了愣。

"你不想坐这儿呀?"男人呵呵笑了两声,满面油光的脸上挤出无数道褶子,他肥腻的手往自己大腿上一拍,"那坐这儿好不好哇?"

何灵差点儿哭出声:"你这个人怎么道德败坏成这个样子?"

那张大脸往她们面前凑了凑,阴阳怪气地说:"哟,学生娃生气了啊?"

"书包还给我。"许吱一字一顿地说,同时还握住何灵的手,将她往自己的身后拉。

男人一看小姑娘这么好欺负,又得寸进尺了几分:"我说过了嘛,你俩坐下来,陪我喝一杯。"

陈娜拉听到动静,看好戏似的放下筷子,尖着嗓子故意大声嚷嚷:"人家妹子受欺负了,你们谁去帮个忙啊。一群傻货,这么好的英雄救美机会都不要。"

她笑容灿烂地挑眉："没准儿你们一去，人家就一见钟情了呢。"

见桌上的几个男生跟她自己闹，没一人上前，陈娜拉心中有些得意。学校的传言她不是没听到，可付衍舟现在就在边上，看见许吱这样被欺负，不是也看都不朝那边看一眼吗？可见传闻也不真。

她安心了，食欲也好了很多，接连夹了好几下菜。

店里的服务员认出此人是远近闻名的无赖，一时也不敢上前。

老三眼瞅着这一幕，手肘顶了下正在玩游戏的付衍舟，凑过去道："那小姑娘还挺有骨气的。"

付衍舟抬眼。

众人还在说说笑笑，却见跟中年男人对峙了半天的许吱转头走到取菜的窗口，拿了一罐辣椒面，边走边开了盖子，在男人面前站定，朝他头顶一倒，里面的辣椒面全数落下。

所有看好戏的人笑容顿时凝住，嘈杂声戛然而止。

中年男人愣了几秒，骂骂咧咧地站起身，摇晃着脑袋，脸色铁青，伸手一下子拽住许吱的衣领。

老三见到这一幕，心想：完了，这妹子今天怕是要吃点苦。

这时，身边的付衍舟突然站起身，手机扔到桌面上，发出"咚"的一声响，吓得老三差点儿筷子都掉了。

"哥，你……你不是说不管吗？"

老三小声嘀咕着，目光往付衍舟的手机屏幕扫了一眼，这才发现他并没在玩游戏，甚至蓝牙耳机都没连接上呢，敢情他这么长时间注意力一直在别处吗？

付衍舟伸手在饭桌上拿了个空啤酒瓶，三两步走到许吱身边。

那个啤酒瓶被他砸在木头桌面上，整个餐馆都震了震。

不远处的陈娜拉看到这一幕，笑容渐渐凝固。

付衍舟的声音如同从一口万年枯井中传来，沉得吓人："把手给

.024.

我松开,我不想说第二遍。"

中年男人受到挑衅,气势反而高了不少,眼见着对方不过是个十七八岁的孩子,压根没放在眼里,伸着脖子斜眼睨他:"你说放就放?毛都没长齐呢,还敢学人家路见不平?"

付衍舟面无表情,酒瓶刹那之间在桌子边沿砸掉了底,变成尖锐的利器。

许吱见状,眼眶红了,大喊:"付衍舟,不要!"

那男人吓得不轻,松开抓着许吱的手,一下子跌坐在地上,大气也不敢出。

老三他们也慌了,本以为付衍舟就过去出出头,帮了人家小姑娘就完事了,谁知道闹出这一出来?从未见付衍舟如此模样,舟哥从哪里来的这么大火气啊?

何灵当下就哭了。

许吱拍了拍她的肩膀,轻声说:"我们不吃了,走吧。"

何灵含泪点了点头。

许吱一抬眼,与付衍舟的目光正好撞上,她说道:"谢谢。"

她说完就拿了书包,跟何灵出了餐馆门。

付衍舟追出去,说道:"你在这里等会儿。"

许吱看着男生过了马路,进了一家药店。

这路数老三一下子没看懂,跟身边的哥们儿笑着说:"学到没,往后要是哪个妹子遇到难事儿,一定要吊着,等她实在搞不定再出手,雪中送炭一下就能把人家的心拐到了。"

许吱闻言,神色变了变。

何灵看了眼许吱,心道:付衍舟的心计太深了,许吱怎么会是他对手啊。

她正想着,许吱按了按她的手背,说道:"我们走吧。"

可是……可是付衍舟让她们等他。

何灵咬咬牙,点头跟许吱走了。

马路上一股浓烈的汽车尾气味,路灯昏沉,两道身影落在地上,寂静无声。

"对不起,我不该让你陪我来这边吃饭的。"何灵愧疚地说。

许吱安慰她:"没事。"

"我第一次看付衍舟打架,真是吓人,那人虽然可恶,但也没有到那个地步吧。我刚刚看付衍舟的神色,差点儿以为要出人命了。比起那个男人,我更怕付衍舟,许吱,你离他远一点儿。"

许吱心不在焉地"嗯"了声,她满脑子都是刚刚顾以择跟陈娜拉在一起的样子,挥之不去。

手腕突然一紧,许吱几乎是被拽着转了身。

付衍舟站在她面前,一脸怒气地质问道:"不是让你等等再走吗?"

察觉他的手抓在自己的白色护腕处,那位置过于敏感,许吱突然有一股莫名的心慌,赶紧说:"我要回家了。"

"着急这一会儿工夫?"

"嗯。"

两张冷脸相对,付衍舟在心里骂了句:狼心狗肺。

"能松开我吗?"她声音很轻,怕惹怒他,"付衍舟,疼。"

他以为她在装,心道:这会儿又变成软弱可欺的模样了,刚才的强硬去哪儿了? 想到这里,他手上的力道又加大了几分。

许吱只得拼命挣,那只白色护腕从她腕上脱落。

付衍舟垂眸,表情突然凝住。

女生纤细的手腕上赫然一道很深的疤痕,从左到右,难以想象她当时是经历了什么事才会遭此狠手。

这是许吱第一次被外人窥见伤口,往事瞬间浮现在她眼前,她像生长在沟渠里的青苔,无论表面如何光鲜,无论怎么粉饰太平,阴暗

.026.

触角也会在某个时间显山露水，许吱心头一阵绞痛。

"你……"付衍舟滞了半晌，突然开口。

别问。

不许问。

别问，求你。

她在心里呐喊，嘴巴却像被冰冻住，怎么也开不了口。

付衍舟没看出许吱的窘困，问道："你那里怎么会……"

话还没说完，她手一挥，"啪"的一声，巴掌落在他的侧脸。

付衍舟看过去，女生脸上微微泛红，眼里含泪。

一阵风吹过来。

夜风带着凉意，刮在每个人的身上。

刚从餐馆跟过来的老三一抬头就撞见这一幕，想到他舟哥何时被女生扇过耳光，便连忙冲到付衍舟面前，劝解道："舟哥，算了，人家姑娘也不是故意的，您大人有大量，别动手……"

付衍舟敛了敛眉，不耐烦地说："起开。"

前方不远处就是公交车站，付衍舟跟在许吱身后走过去，上了回家的公交车。车上人少，两人隔着四排座位。

老三在一边揣摩着情况，这算什么？

舟哥被打了，不仅不还手，还好心好意送人回家？

这少爷犯起病来还真是不走寻常路。

把人送到小区门口，付衍舟这才往回走，在路边遇到连越。

"闷声闷气干什么呢，也不回家？"连越叫住他。

"家里没人，"付衍舟顿了顿，"我爸不知道从哪里认识了个外科医生，昨晚连夜跟我妈过去了。"

连越欲言又止："还是为你哥的腿……"

"嗯。"

"你去我家吃饭吧，正好许阿姨回来了。我跟你讲，许吱妈妈做的饭真是一绝,尤其是酱汁牛肉。走吧,无非是添一双碗筷的事。"

"算了,今天不去了。"

连越见他边上还跟了个痞里痞气的男生,觉得这要是带回去,许阿姨指不定会吓一跳,于是说道:"改天一起打球。"

"等一下。"

连越站定,见付衍舟别别扭扭地从衣服口袋里掏出一支药膏递给自己,问道:"什么东西?"

付衍舟蹙眉,催促他接过去:"你转交给许吱吧。"

连越张嘴想问,见人已经转身消失在夜色中了。

连越还未进家门,便闻到一股菜香,餐桌上摆着满满一桌,许阿姨在厨房里忙碌。

许吱从洗手间里出来,眼眶红红的,见他回来主动打了招呼:"哥,这么晚才下课吗?"

"你以为尖子生那么好当,还不是拼了命努力,哪像你,下自习了还不早点回家做功课。我打电话问过老师了,你这次期中考试的排名比你在之前的学校差得不是一星半点。你已经高二了,再不好好学,只会被人甩得越来越远,到时候连个好大学都上不了。"许晴脸色不太好地从厨房出来,见到许吱就是一阵嘀咕。

"我倒觉得吱吱这个样子很好,"连奇生正从卧室里出来,声音稍顿,"听话又懂事,从不让大人操心。孩子还小,你逼这么紧做什么?真到了高三要冲刺的阶段,她怕是比连越更用功。"

许晴哼笑,脸上的不悦散去了些,目光扫了眼许吱,对连奇生说:"你就惯吧你。"

待妈妈回厨房盛饭,许吱扭头见连叔叔朝着自己比了个V。

据连越说,连叔叔早年一直有个女儿梦,没想到最后是许吱给圆上的。自从许吱来到连家,所有人对她都好得出奇。"家人"这两个

.028.

字对许吱来说是很多年都没有体会到过的，可这里的人像是引路明灯一样，温暖着她的心。

餐桌上，四人和谐地吃着晚餐。

"对了吱吱，叔叔这次出差回来，给你带了礼物哦。"

连越闻言，放下碗筷说："不用问，又没有我的。"

连奇生笑道："你都多大了。"

"得，小时候也没见你对我这样宠过。"

"吱吱是我的贴心小棉袄，你是什么？顶多算条中看不中用的裤衩，没有可比性。"

两人一来一回，惹得许吱跟妈妈笑了。

吃完饭她回房间，推开房门，书桌上放着一张CD，封面上写着"刺猬"。她曾在A市的音像店找过这张光碟，但因这个乐队并不十分出名，所以找了很久也没能找到。

她正捧在手心里摩挲着，连越敲门进来，看到这一幕，倚在门边笑着说："我爸现在越来越开窍，知道投其所好了。"

许吱装大方地说："喏，先给你听几天。"

"算了吧，老头儿知道得揍我。"连越连连摆手，"你现在这个样子才稍微看得过眼了，刚刚脸色沉得吓人，不知道的还以为你在外面受欺负了。"

许吱垂首否认："没有。"

连越以为她是因为学业压力，安慰道："你刚转来十中，暂时适应不了学校的环境是正常的，不要过于担心。要是有不会的，我的房间就在对面，你过来找我就是。"

"谢谢。"许吱心生感激。

连越摸摸她的头，温和地说："自家人说什么两家话。对了，这个给你。"他将受人所托的药膏递给她。

许吱愣了愣，问道："什么？"

"我也不知道付衍舟那家伙在搞什么,他让我给你的,你是不是有哪里不舒服?"

许吱扫了眼包装盒上的功用——治皮肤过敏。

付衍舟什么时候注意到的?

难道之前他跑去药店就为了买这个吗?

许吱在脑海里将那道身影过了一遍,突然觉得自己把一些事情弄复杂了。

她在卧室里写了一会儿作业,发现平时吵闹的付家安静得反常。她来到阳台上看了看,楼上漆黑一片。她静静地站了一会儿后,才出了卧室。

客厅里的电视机开着,妈妈怕打扰两个孩子学习,特意将音量调至最小。

许晴说:"我听说楼上老大的腿这次有得治了,早上出门的时候,付家夫妻俩高高兴兴的。"

连奇生叹气道:"回回都这样,他俩为这孩子折腾了十多年,家里钱有的是,要真有效果早就治好了,那孩子自己都死心了,再这样下去,早晚被父母逼得精神都出问题。"

"我听说是因为老二不听话老大才变这样……"妈妈的话变得隐晦,见许吱站在边上没动,停下话,"怎么出来了?"

"喝水。"许吱拿了餐桌上的水壶,低头倒了一杯。

许吱很长时间没有再见付衍舟,再听到他的消息是何灵说起的。

"许吱,你知道吗?付衍舟晚上带人溜到学校,把操场边的那几棵大柳树都砍了。年级主任气得吹胡子瞪眼,这学校的绿化可是他好不容易一手抓起来的,也不知道哪儿惹上了这帮主儿。不过付衍舟家里势力大,父母隔三岔五地资助学校的活动,校长都睁一只眼闭一只眼。"

许吱波澜不兴地"嗯"了声,翻页继续做题。

"还有,你知道吗?"何灵凑到她耳边,小声道,"陈娜拉把付衍舟堵在学校礼堂了。"

"为什么?"

"你说还能为什么,"何灵撇撇嘴,"她对付衍舟存那心思也不是一天两天了。"

许吱从书本里抬起头,眉头不由得蹙在一起,写字的动作顿了顿,问道:"那顾以择呢?"

"啊?"何灵从许吱的神态里似乎捕捉到了什么,"你不好奇后续,竟然关心起顾以择了?"

她突然握住许吱的手,瞪大眼睛问道:"你不会是喜欢他吧?"

许吱抽回手,神色又回归淡然:"对普通同学的关心而已。"

何灵的脸红扑扑的,知道自己发现了了不得的东西,一副了然于胸的模样,朝着许吱微微笑了笑,特意重复了一遍:"普通同学呀。"

顾以择是学生会体育部的部长,这次运动会负责运动员的大小事务。教育部的领导要下来视察,学校为了响应学生全面发展的号召,下午提前半个小时放学,将参加项目的学生叫到操场训练。

十中一向抓成绩,把学生都快逼得喘不过气来了,现在却破天荒地给了大家休息时间,没项目的同学高兴得疯了。

可是放学之前,班主任说:"不参加运动会的在教室复习,下个月有联考,要是我看到谁利用这个时间偷偷溜去网吧,接下来一个星期都给我站着上课。"

谁也不敢明目张胆地违抗老师,口是心非地应下了,等班主任一离开教室,所有人都像撒了欢一样。

春天的校园,无处不透露着生机。

许吱参加的1000米长跑训练方式简单粗暴,只能在体能上多加练习。几圈下来，她小脸涨红，双手撑在膝盖上大口喘气，像只烫熟的河虾。

主席台的石阶上三三两两坐着几个休息的同学，大约都是学生会的。她抬头朝那边扫了一眼，坐在最中间的人跳下石阶，朝她这边走来。

她感觉左肩被人拍了一下，扭头看，一张阳光的脸撞进视线。

"喝点水休息一下吧。"顾以择手里拿着一瓶怡宝，拧开了瓶盖递给她，笑着点评，"我看你跑得不错，其他人一到后半程就没体力了，你还能留着体力冲刺，很有希望拿到名次啊。"

许吱接过水，轻声说："谢谢你。"

顾以择"嗯"了一声。

许吱转身在操场边找树荫休息，刚走到跑道最外面的白线边上，顾以择的声音从背后传来："你要不要参加团体接力赛？"

许吱脚步停下，转头："嗯？"

"是这样，学校的意思是想做一个年级之间的友谊接力赛，你能过来帮忙吗？"

"好哇。"她想了想，没有拒绝。

原本参加运动会是无意之举，没想到会成为她跟顾以择认识的契机。

"那我得请你吃饭。"顾以择热情地说。

"不用破费。"

"就是食堂走一遭，花不了什么钱，现在正好是饭点。走吧，再耽搁下去，一会儿食堂没饭了。"

他小声催促，许吱没拗过去。

一路上，不少视线落在两人身上。

恰逢高三下课，付衍舟偏巧撞上这一幕。

老三指着许吱说："那不就是前段时间……"他看了眼付衍舟，

吞下了后半句话,没敢把付衍舟被打一耳光的事儿说出来。

边上抱篮球的男生好奇地问:"前段时间怎么了?"

"没什么,赶紧买你的水去。"

"啧,好几个舍友都在谈论谁能拿下高二这枚小白花呢。那人谁呀,下手这么快?"

其中有个人答道:"学生会的吧,我有个表弟跟他一个部门,成绩好,在老师那儿还挺得宠。别说,俩人走在一块儿,还挺配,跟舟哥和陈娜拉有一拼。"

众人哈哈大笑,付衍舟脸色却阴沉了几分,老三注意到他走的方向不是去小卖部的。按理说,走神也不至于走成这样。

"去哪儿啊,舟哥?"老三叫他。

付衍舟脚步没停地回道:"我饿了,想吃饭。"

众人莫名,出教室前不是还说没胃口吗?

食堂刚到饭点,他们算是提前来的,新鲜出炉的菜冒着热气,许吱随便指了个套餐,等顾以择打完,两人坐在窗边的空位上。

"我记得你是文科班的吧?"顾以择不吃胡萝卜,一点点从菜里面挑出来放到一边。

"嗯。"

"那你之前是在哪个高中?"

许吱回道:"青禾一中。"

顾以择抬头看了她一眼,他之前在奥赛杯上跟青禾一中的参赛者做过对手,也知道那个学校的整体实力在全国都是很有名的,他不由得叹了一声:"厉害呀。"

许吱尴尬地笑了笑:"我成绩不好,当年升高中也是误打误撞。"

顾以择想起以前的事,也笑着说:"照这样说的话,我也算超常发挥。我妈去庙里给我求了张升学符,不知道是不是真的显灵,考试那天我感冒了,但比平常还精神。"

"大概这就叫,如有神助。"

许吱说完,两人相视一笑。

她看着顾以择的时候,心想:这男生真好看哪,干净又皎洁,像悬在天际的月亮,只是看一看,就能心情变好。

刚这样想着,突然身边传来一道声响,不锈钢餐盒在桌子上重重磕下,里面几片青菜都差点儿掉出来。她扭头看向来人,然后听他身边有人小声地说:"舟哥,那边也有位置呢,咱没必要在这儿挤。"

付舟衍寒着一张脸,眼里没什么情绪,视周围无物。

"我就想坐这儿。"他说完这句话,真的埋头吃饭了。

老三扯了扯嘴角,腹诽道:谁信哪,刚才还一双眼睛差点儿钉在人家姑娘身上。

他没拆穿,尴尬地笑着冲许吱挥了下手,说道:"那谁,又见面了啊。"

许吱轻点了下头。

不速之客的到来,让刚刚还在聊天的两人都止住了话。

付衍舟吃饭的速度特别快,三下五除二将餐盘里的食物全部塞进嘴里,不一会儿里面的菜就吃光了,他端着空餐盘站起身,去了清洗台。

来也匆匆,去也匆匆。

老三知道这大爷又在犯病,跟在他后面去了球场。

付衍舟打球路子比谁都野,篮球一旦进入他的范围,谁也抢不走。不过这样的打球方式太耗体力,很快他便觉得没劲了,将球丢给别人,自己去架子边歇着了。

篮球场边是一块草坪,傍晚的风依旧带着热气,他眯着眼开了瓶矿泉水。

不知道为什么,他脑海里浮现的是刚刚许吱喜笑颜开的模样。

她在那个叫顾以择的男生面前极其放松,不像在他跟前总是缩

着，她在怕他。

付衍舟将水瓶举至头顶，瓶口倾斜，水顺着头顶流下，在发梢凝成一股细流流过他坚硬的脸，淌到脖颈和后背，身上的球服湿透了大半。

他知道了她也会侃侃而谈，只不过对着他时收起所有的温和，周身立起一排尖锐的刺。

付衍舟轻嗤了声，将空水瓶往地上一扔。

他有哪点不如那只白孔雀？

付衍舟休息够了，驱散了周身的戾气，重新走上球场。

很好。

不就是一棵小白菜吗？

我拱定了。

吃完饭，跟顾以择回教学楼的许吱重重地打了一个喷嚏，走在前面的男生突然停下脚步，询问："感冒了吗？"

可能是刚刚汗出多了，有点着凉。

她摇头道："没事。"

顾以择关切地笑："你可不能倒下啊，咱们年级的接力赛可指着你了。"

许吱挠挠头，在楼下与顾以择分别。

何灵在教室窗户边看见两人穿过大半个操场，估摸着人快要到教室了，她跑到楼梯口，撞上上楼的许吱，背着手隐秘一笑："有情况啊？"

许吱伸手捏她粉扑扑的小脸，逗她："你属什么的，这么八卦？"

两节晚自习后，许吱趴在课桌上一点儿力气也没有，大概是真的感冒了。书是一点儿也背不进去，脑子里还念着答应顾以择的事，浑浑噩噩的，乱成一锅糨糊了。

好不容易熬到了下课，自从上次找机会跟连越再三强调过她已经熟悉回家的路之后，她便坚持自己回家。

他们好像都把她当成半大的孩子，但其实在妈妈与连叔叔再婚之前，她已经很独立了。

许吱推开家门，一股蜜饯的香味儿扑面而来。她本来因为感冒鼻子失灵，此时受到刺激，口舌生津，馋虫被引了出来，问道："妈，你买好吃的了？"

她说着，趁着妈妈在厨房不注意，手悄悄伸向桌子上那钵子蜜饯，谁知被抓个正着。

许晴轻拍了拍她的手背，嗔怪道："又偷吃，洗手了没？"

许吱吐了吐舌头，放下书包去了卫生间。

"你连叔叔不知道从哪里知道你喜欢吃甜食，专门托人去广州有名的腌渍铺子给你带的，我想着咱家也吃不完这么多，分了一份，你给楼上的哥哥送过去。"许吱前脚出了卫生间的门，后脚妈妈便将一钵子蜜饯梅子塞到她手里，"我听说，前段时间你哥哥没空，人家还专门接你回家，怎么也得感谢一下不是？"

"妈……"她下意识想拒绝。

"别这么没礼貌。"许晴没理会女儿的抗拒，端着菜盆择菜去了。

许吱在原地待了会儿，端着梅子出了门，上楼了。

按了两声门铃，开门的是付衍舟的妈妈，见是许吱，眼睛笑得眯成一条缝："是许吱啊，快进来。"

付衍舟的妈妈在正常情况下是那种小孩子都会喜欢的阿姨，漂亮体贴，打扮时髦，待人热情。许吱看着她的时候，怎么也想不明白为什么小区里的人都传她喜欢发疯。

付妈妈接过许吱送上来的梅子，挽着许吱往屋里走："你第一次来我家，进来坐。"

许吱进了付家客厅才发现他家的格局跟楼下一点儿也不相同。两

层楼被打通成复式，用旋转扶梯连接起来，房内的装修低调奢华，有种走进百货商店的感觉，却有一股莫名的凉意。

付叔叔在客厅里一个人研究象棋。

她被拉到沙发上坐下。

"替我谢谢你妈妈，我们最近有点事要忙，等有空了两家人一起吃顿饭。"说完，付妈妈朝着楼上喊，"付衍舟，来客人了。"

见楼上没人回应，付妈妈眼里闪过一抹冷光。

"许吱，你先坐一会儿，阿姨烤了芝士比萨，一会儿你带点回去。"

付衍舟打了一晚上的球，浑身脏兮兮的，去浴室里洗完澡出来，从扶梯的缝隙里看向客厅，一个单薄的身影坐在底下的沙发上，弯着腰跟人讨论僵持的棋局。

"如果把这个子移动到这里，就能吃掉对方的马。"她轻声说着。

付国庆看了看棋盘，点头称赞："哟，我研究了一个星期的棋局，活了。没想到你个小姑娘还会这个。"

"以前跟人学过，懂一点点。付叔叔，要我陪您下一盘吗？"

"行啊，坐。"

许吱也没客气，她穿着居家服，娃娃领的波点上衣配长裤，很有礼貌地坐在一旁。

付衍舟弯唇。

这盘棋下了多久，他便倚在楼上看了多久。

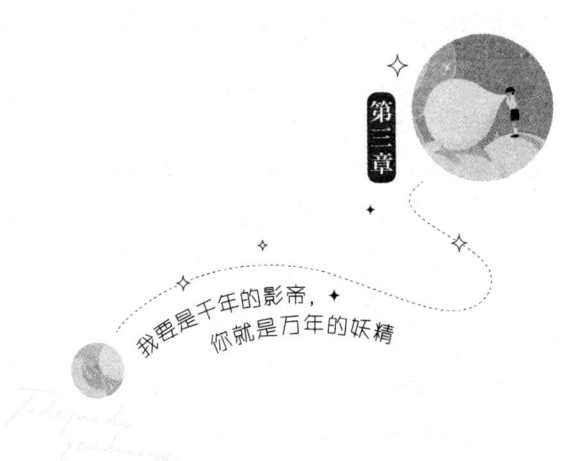

第三章

我若是千年的影帝，你就是万年的妖精

付妈妈出来看到这一幕，笑着对许吱说："你叔叔就是个棋痴，你要是勾出他的瘾来，今天别想回家了。"

付妈妈倒了杯热牛奶放在茶几上，也不知是不是许吱太过专心，手肘撞倒了玻璃杯，乳白的奶泼得到处都是。

"没事吧？"付妈妈怕她烫到了，连忙让她去楼上的卫生间洗一洗。

许吱心不在焉地往楼上去，突然蹿出一个人影将她手臂抓住，猝不及防将她拉进一个房间，抵在墙上，男生的另一只手将门合上，顺便开了灯。

许吱睁眼，发现自己被强行带进了浴室，好像刚有人洗过澡，空气里水汽氤氲，环绕在男生的发梢。

付衍舟好看的脸在她的瞳孔里放大。

花洒的龙头没有拧紧，不断有水从上面滴下来。

"啪嗒、啪嗒……"

他原本很困,晚饭都不打算吃就睡觉的。做出这种举动连他自己都出乎意料,只是听到她被烫到了,就觉得万分紧要。

窗户没关紧,露出一丝缝隙。

清凉的风吹进来,付衍舟只觉得后颈一股凉意,让他清醒了几分。

被他圈在怀里的少女神情不太好看,嘴角垂着,眼里带着怒意,冷冷地说:"放开我。"

两人的视线撞在一起。

付衍舟不由分说地掀起她的衣袖,白净的皮肤上已经有一块红疤了。他开了水龙头,将她的手臂推到水下。

他全程动作粗鲁蛮横,也不给任何解释。

"非要把自己弄得全身是伤才满意?"

他的态度让许吱有些意外地扭头,男生的唇线紧抿,将担心藏得严严实实。

两人气氛僵持间,付妈妈上楼来,从浴室门口探了探身,见付衍舟难得对妹妹这样贴心,意外得愣了一瞬,笑道:"这样才像话嘛。"

许吱以为他是在他妈妈面前做样子,待人走后,才小声对付衍舟说:"你很讨厌我,对吧?"

付衍舟的动作停了一瞬,在他呆滞的瞬间,许吱迅速将手撤回,整理好情绪,站定在他面前。

他不说话,就是默认了。

许吱说:"你要借我在你妈妈面前演戏我没意见,只是下次说一声。"

付衍舟闻言冷笑:"装乖卖巧那一套,我犯不着用。"

许吱转身下楼,两人再次不欢而散。

晚饭的饭桌上她吃得心不在焉,全程在思索别的事情。不管付衍舟在玩什么把戏，他在她这里总是与别人不同，说不出来是因为什么。她没想通，也没工夫去想，因为运动会很快来临了。

连续三天没课，许吱的项目排在后面两天。

教室里寥寥几个人，班长将参赛名单贴在黑板上，几个同学站在讲台前观看，随后打开了后门，不知在聊什么，笑着跑出去了。

许吱在教室里做题做到下午第二节下课铃响，昨天老师安排的作业她已经提前完成，对完参考答案，错得不多。她伸了个懒腰，满意地合上习题册。

窗外大片的香樟树绿得发光发亮。树下不断有人跑来跑去，伴随着说话声和脚步声。

这时何灵从外面跑进来，手撑在课桌上，气喘吁吁地说："我找了你半天了，原来你在教室里躲清闲。"

"发生什么事了？"许吱边收拾着书包边问。

"倒也没什么，就是一会儿有一场球赛你看不看？据说高三的小哥哥们也会参加呢，难得有这样的机会，运动的男孩子最帅了。"何灵星星眼犯着花痴。

她兴致缺缺地说："不去吧，学校这些人都是半吊子，我还不如回家看专业赛事。"

何灵用食指戳了戳许吱的脑门，恨铁不成钢地说："说让你看篮球了？"

顿了顿，她眸光一转，故意拖长了音调："我可听说顾以择也在。"

许吱不经意地"嗯"了一声，整理好课桌起身，说道："那去看看吧。"

何灵啧啧两声，跟上去了。

学校的篮球场靠近女生宿舍，再往前就是一大片围墙，围墙外面种了不少蔷薇，攀到墙上，开着各色的花，香气逼人。何灵觉得好看，

.040.

央着许吱给自己拍照。

许吱不怎么会用最新款的智能手机,画面半天不聚焦。许吱拿着手机一转,镜头定格在倚在围墙上身穿绿色球服的付衍舟身上。

他的衣服跟身后那片蔷薇很衬,好像是从枝叶上长出来的一样。

从来没发现,他安静的时候,竟然还挺好看的。

许吱心头思绪万千,随后手上不自觉地按了拍摄键。"咔嚓"一声,偏这手机不仅没关静音,还开了闪光灯。

许吱将手机背在身后,她的身边正好有几个女生对着盛开的蔷薇大惊小怪,她们听见动静朝她这个方向看过来。

付衍舟见是许吱,眉头舒展了些。

他将手插进口袋里,换了个帅一点儿的站姿。

"喂喂喂。"何灵在许吱眼前晃了晃手。

见许吱回过神,何灵往她嘴里塞了一颗糖,问道:"你往哪儿看呢?我想要腿长一米八的效果,拍出来了吗?"

"嗯,你看看。"她将手机递过去,再往那边看,付衍舟被人簇拥着嬉笑而去,她轻呼了口气。

春末的太阳已经毒烈起来,但少男少女们丝毫没受任何影响,篮球场马上要进行一场比赛。

许吱被晒得蔫儿成茄子,她周围大部分的女生正兴致勃勃地谈论着球场上做准备的男生,比对各大球星的赛事还要热心。

付衍舟一上场就吸引了不少人的目光,更有女生开始尖叫。

他身后的一帮人每个都搬了一箱子矿泉水,气喘吁吁地跟在后面。

老三招呼着大家将水集中放在一起,等呼吸喘匀了,才问道:"舟哥,这看台上的人得有上百了,你都请他们喝水呀?"

"嗯。"付衍舟拉伸了下大腿肌肉,"你让兄弟们帮我发下去吧。"

"图什么呀?"老三嘀咕着,但还是照做了。

动手的人很多,何况这种在花丛中施展个人魅力的时候谁不上去是傻吗?

水发到许吱那排时,她靠在何灵的肩头昏昏欲睡,不知道被谁轻拍了下肩膀。许吱睁眼,何灵伸手指了指她的另一边,她扭头过去一看,一个头染黄毛的男生笑呵呵的,伸手递过来一排香蕉牛奶。

见许吱一脸蒙,那男生解释道:"天热,舟哥请大家喝水。"

她看了看四周。

所有人的都是矿泉水,给她的却是香蕉牛奶。

许吱没接,那男生站着也没走。

何灵看两人僵持着,气氛有点尴尬,伸手帮她接过来,笑着说:"谢谢学长。"

人这才走了。

何灵将饮料塞到许吱手里,那冰镇的牛奶外面裹着一层水汽,打湿了她的掌心。

许吱心想:付衍舟想做什么?难不成昨天她说的那几句话刺激到他了?

何灵凑过来说:"有哥哥的好朋友罩着,待遇就是不一样,人家也想喝香蕉牛奶嘛。"

许吱见她撒娇,笑了笑,拆了一瓶递过去:"那你喝。"

"算了,"何灵摆摆手,"人家在下面看着呢,我怕挨揍。"

许吱顺着她的目光看过去,男生似有所察觉,对上她的视线。两人隔着人群四目相对,说不出什么感觉。她自觉昨天晚上那态度是有点过了,有些理亏地撤回目光。

这时,裁判吹响口哨,篮球赛正式开始。

许吱不是敷衍何灵,她是真不懂篮球,更不了解那些术语。全程只靠何灵的解说,再通过周围人的欢呼声判断,大概是两队不相上下。时间一分一秒地走,比赛即将进入尾声时,双方比分拉平。

距离结束只剩下三分钟，只有一个球的机会，此时进入赛点。

两队比赛打得胶着，唯一的突破点在同时身为前锋的付衍舟和顾以择身上。顾以择在体力上远远不如付衍舟，此时是强撑着一口气，加上他的弹跳力较弱，框下截篮不成，反而给了付衍舟夺回主场的契机。付衍舟回身一个假动作，快得对方始料未及，连许吱都觉得付衍舟的动作极其漂亮，让人无法移开目光。

全场的声音戛然停止，大家的心提到了嗓子眼。

"呀，许吱。"何灵突然尖叫一声。

许吱低头一看，见那瓶刚刚插了吸管的牛奶被过于激动的自己捏得太紧，里面的液体流了出来，滴在了百褶裙上，偏偏位置很尴尬，而且一块白色的奶渍十分惹眼。

付衍舟听到尖叫声抬眸看过去，分心时篮球被顾以择抢走。顾以择转身一个三步上篮，哨声吹响，欢呼声和叹息声叠在一起。

许吱拿卫生纸擦了擦，问何灵："谁赢了？"

何灵笑了两声，贴近她的耳边说："还不是你的顾以择同学。"

"啊？"她有些意外，按理说刚才的情形，付衍舟拿下比分势在必得。

"我也奇了怪了，感觉刚刚付衍舟走神了，不然顾以择不会有这个机会从他手里拿到两分。其实我私心里还是偏心付衍舟的，"何灵亮了亮手里的矿泉水，"毕竟喝人家的嘴软嘛。"

球赛结束，看台上的人散得七七八八。

许吱捏着干瘪的牛奶瓶，咬着吸管起身。

何灵看着她出神的模样增添了几分可爱，伸手揉了揉她的马尾辫，感叹道："你真是呆。"

"许吱，"她回头，看见满头大汗的顾以择跑上来，"你怎么在这儿？"

"看比赛。"她答道。

顾以择的球服已经汗湿,她倒是很清爽。

"赢了个小奖品,送给你,"顾以择递过来一个公仔,有些得意地眨了眨眼睛,"这玩偶是我们学生会的几个人自己设计的,丑是丑了点,但挺有意义。"

"那作为报答,今天我免费给你打下手吧。"许吱说。

"真的?正好那边跳远的检录还差个人帮忙。"顾以择没拒绝,两人边说话边往沙坑那边走。

扭头的时候,不知道是不是许吱的错觉,觉得付衍舟似乎一直在看这边。

偌大的篮球场由之前的热闹变得空寂,付衍舟在看台上发呆。

老三过来,一只手攀上他的肩膀,另一只手递过来一包大白兔奶糖。付衍舟接过,撕开包装袋,剥了一颗塞进嘴里。

"你什么时候开始喜欢这种甜不拉几的玩意儿了?"老三狐疑地伸手去摸他的额头,"发烧了?"

"给我拿开你的蹄子。"付衍舟垂眸,想起刚刚那个女生吃着糖满足地舔了下嘴角的模样。

"到底怎么了?"老三催问。

付衍舟惜字如金:"甜。"

"你太反常了。"老三无语片刻,半天才挤出一句话。

为什么呢?

付衍舟垂眸在想这个问题,半晌他似乎得出了一个结论——大概是觉得她喜欢的东西,他都想试一试。

见他又陷入沉默,老三以为他是输了球赛,兴致不高。

"没事,不就是输了场比赛嘛,这也就是咱们今天状态不好,按照往日还不得往死里虐那帮人。"

付衍舟嘴角勾起一抹笑,问道:"要我说实话吗?"

"咋了,哥?"

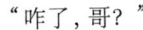

天际的云忽聚忽散,男生的脸在光影下忽明忽暗。

"我的关注点压根不在球上。"

"那你……"老三突然想到什么,往椅子上一瘫,"我知道了,你在看许吱。我就说嘛,最后那么争分夺秒,你怎么可能把球拱手让人。你喜欢她,是吧?"

付衍舟摇了摇头。

"你别在我这儿装,哥们儿我没吃过猪肉还没见过猪跑吗?我早就看出你对那妹子不一样,又是送回家又是送牛奶的。你自尊心那么强,怕单独给人家买牛奶她不收,就干脆财大气粗请到每一个人,让她没有拒绝的余地,是吧?"

付衍舟没说话,算是默认了。

"我说你好好的一个人,怎么就栽到她手里了呢?"

付衍舟蹙眉,不答反问:"就?"

"小姑娘长得只能算清秀,也不算美人吧?"

老三话还没说完,就被付衍舟打断:"她在我眼里就是最好的。"

闻言,老三挠挠鼻尖:"我就知道,人家啥也没做,你就开始掏心掏肺。"

老三又凑近去观察那张万年冰山脸,一脸担忧地说:"舟哥,你要是混社会,肯定会被别人骗得连渣都不剩。"

"滚。"付衍舟黑着脸吐出一个字。

"我看她那样子,不像是知道你喜欢她。哥,你不会在学人家玩暗恋吧?"老三眼珠子差点儿没瞪出来。

付衍舟弯着嘴角说:"我只是还没想好怎么告诉她才不会让她惊慌。"

"犹豫什么?"

"过一阵再说也不晚。"

太阳正烈,两人谈话期间陈娜拉就过来了。她撑着把太阳伞,故意在付衍舟跟前晃，那伞的影子落在他眼皮上令他心烦："干吗？"

"要一起吃晚饭吗？我请客。"

"不用，谢谢。"付衍舟想也不想便拒绝了。

陈娜拉不死心，继续说道："你就那么讨厌我，连一起吃饭都不愿意吗？又不是我们单独去，还有学生会的几个人。许吱，许吱也去。"

付衍舟听见那个名字，心下一动，手插在兜里站起来，淡淡地说："那走吧。"

午后的阳光将青春的欢愉和汗水渲染得淋漓尽致。

一天的赛程结束，许吱和何灵在主席台帮忙收拾器材。留下来打扫的人挺多，几个人很快忙完。何灵被学生会几个人喊过去送东西回教室。

只剩下许吱和顾以择面对面坐在主席台仅剩的两张凳子上，两个人鼻尖都通红。

顾以择指着她笑："你看你脸上脏得像只小花猫。"

许吱一边擦着脸，一边回怼："你也不差，好吗？"

男生凑近了些，脸部轮廓在她瞳孔里放大，问道："哪里？"

她伸手指了指："这儿。"没敢真点上去。

两人正笑着，就见陈娜拉妖娆多姿地扭着腰肢跟身边的人穿过操场，将太阳伞举得老高，艰难地盖过付衍舟的头顶，逢人便笑，颇有几分炫耀的姿态。

顾以择回头时，脸上有些不悦，但尽力忍住了。

"付衍舟，你也认识是吧，我上次在餐馆看他为你出头。"

许吱正盯着自己的裙摆，上面的奶渍已经干了，但印记还是十分明显，她藏了藏，听见顾以择的话，慢半拍地回道："他是我邻居。"

顾以择凝视着许吱说："你才来不久，可能不知道他很有名气。"

.046.

许吱疑惑地问:"怎么说?"

"打架闹事没有他不会的,从初中那会儿开始,他犯起浑来老师都不敢惹。"顾以择笑了笑,"要不然,以他那张脸,早就风靡全校了。"

许吱腹诽:现在似乎也不差。

"不过……"顾以择隐晦地笑了笑。

"不过什么?"许吱停下动作。

"你没听过传言吗?"顾以择注视着她,"付衍舟的哥哥当年成绩比你哥哥还好,你信吗?"

顿了顿,他低头继续说:"成绩好也没什么用,现在还不是坐轮椅哪儿也去不了。他也不知道怎么得罪这个脾气不好的弟弟了,竟然被引到一座废弃的工厂里,隔了一整夜才被找到,当时差点儿就要断气,而付衍舟却在外面装模作样鬼混。"

许吱一愣:"你怎么知道?你调查过付衍舟?"

顾以择一脸阴骛地说:"我只是看不过去,明明他没有趾高气扬的资本。"

许吱微微张嘴,双眸里闪过一抹失望。

"我不喜欢你这么说话。"她突然开口。

顾以择没料到她这么回,有些惊愕地问:"什么?"

"事情的经过谁也不清楚哇,为什么要用自己的私心去揣度当事人?"许吱想了想,认真地说,"更何况,这是付衍舟的家事,你说这种话是不对的。"

见她话说得一板一眼,顾以择淡笑道:"你可真有意思。"

说音刚落,陈娜拉一行人就过来了,她一蹲下身,就飘来一阵清香。她习惯性地冲顾以择撒娇:"什么有意思,跟我也说说嘛。"

顾以择起身,跟许吱一起将凳子推到墙角,随后拽着陈娜拉往校门口方向走,说道:"饿了,吃饭最有意思。"

许吱感觉付衍舟正盯着自己,她一扭头,他便撤回视线,然后将身上的运动外套解开脱下,捏在手里犹豫了一会儿,才闷声递给她。

"系上吧,你裙子脏了。"

许吱低头接过,将外套袖子围着腰打了个结。做完一系列动作,她扭头,看到付衍舟身上穿着球服,脖子上有些许密汗,时光好像倒流,回到在浴室那天。

他穿着居家服,将自己抵在墙上的那一瞬间,心像鼓点一样狂跳不已。

聚餐的地方在城南的一家川菜馆,陈娜拉擅长点菜,酸菜鱼跟辣子鸡一样来了一份。许吱来自南方,这是众所周知的事,不知道陈娜拉是不是刻意,竟没有一道菜是按照她的口味来的。

何灵刚想抗议,就被许吱在桌下暗自捏了捏手心,悄声说:"没事,我能吃辣。"

她话刚说完,坐在对面的付衍舟招呼服务员要了份凉粉,然后转了转餐桌,在许吱面前停下。她舀了一勺,有点像果冻,凉凉的,还带着一丝甜味,嘴里便没那么辣了。

付衍舟不耐烦地敲了敲桌面:"你爱吃就端走,磨磨蹭蹭干什么呢,还让不让人夹菜?"

他说话本来就凶,吓得许吱闷不吭声地将那碗凉粉捧到自己面前,一整天没好好吃饭,她饿得像只老鼠,一勺一勺往嘴里送,不一会儿,瓷碗见了底,有些意犹未尽。

付衍舟招手喊服务员:"再来份凉粉吧。"

"不用了。"许吱忙道。

"那你想吃什么?"付衍舟皱眉,"这桌上的菜没一个你爱吃的。"

闻言,众人突然从饭碗里抬头,这许吱爱吃什么,付衍舟倒像是知道得门儿清。八卦了一瞬,总算有人想起许吱吃不惯川菜,便开口让服务员上了几道口味清淡的菜。

.048.

陈娜拉一听付衍舟对许吱这么上心就来气，于是放下筷子，将辣子鸡推到许吱面前，笑吟吟地说："川渝的美食味道最好了，你尝尝，许吱，我们第一回同桌吃饭，以后就是朋友了。"

那盘菜被吃得差不多了，里面不见鸡丁，全是干红辣椒，看着就烧喉咙。

偏陈娜拉还在那边催促："你不会不给我面子吧？"

桌上鸦雀无声，大家都看过陈娜拉整人的技巧，私下面面相觑，暗自看戏。

许吱刚将筷子放到菜碟里，手下一空，那盘子被付衍舟端了去。

他重重地将瓷碟磕在桌面上，眉梢沉下，冷冷地问："你是不是有病？"

话是对着陈娜拉说的。

这还是第一次有人当众怼她。

陈娜拉脸色僵住，但很快恢复了神色："我就是逗逗她，不吃就不吃嘛。哪知道她这么娇贵，连辣椒都不吃的，早知道我就不带大家来川菜馆了。都是朋友，许吱，你不会因为这件事牛气吧？"

她心里气急了，脸上却挂着笑。

这下反倒成了许吱小气，当众下她面子。

许吱刚要回话，就被付衍舟接了去："你以为人人都像你，学习不行，呛人第一吗？"

陈娜拉跺脚娇喝："付衍舟！"

付衍舟没搭理她，还是顾以择将她拉了拉，好言劝道："大家都看着呢，吃饭。"

老三借机打着圆场："你这话说得好像你学习很厉害似的，也不知道谁，上次地理考试挂了个鸡蛋。"

"我是睡着了好吗？跟我的实力没任何关系。"付衍舟瞅了眼许吱后，才慢悠悠地解释道。

这人无赖就算了，还无耻。"

众人一听恨不得捶桌，就连许吱也跟着笑了。

一顿饭吃得波澜起伏，但总算结束了。

好不容易盼到运动会没课，大家都不想这么早回家，约着要进行第二轮。

"要不去KTV唱歌吧，我知道有一家，舟哥是那里的会员。"老三提议。

大家都没意见，付衍舟也默许了。

许吱本不想跟着去，但何灵兴致很高，一直暗地里央求她，许吱也就应下了。

陈娜拉点头道："那你们先去吧，我跟许吱在这边买些水果。顾以择，你一会儿把定位发到我手机上就好。"

付衍舟不知道她又要玩什么把戏，阻拦道："包厢里就有果盘，你这么折腾干什么？"

陈娜拉揽着许吱的手臂，故意装作亲近，笑呵呵地说："外面买便宜嘛，况且我又不会吃了她，保证一会儿就回来，行不行？"

付衍舟还要说话，老三连忙将他拽了拽，小声道："哥，你还能再明显点儿吗？"

"什么意思？"

"你只差把许吱两个字写在脸上了，陈娜拉喜欢你，你越是这样，她越是跟许吱不对付。人家一个年级的，还有一年多才毕业呢，你还是别过于上心，让许吱也好过点。"

付衍舟默了默，没再阻拦，说道："那走吧。"

一行人兵分两路，何灵本来不放心许吱单独跟陈娜拉一起，但被支走了。

陈娜拉拽着许吱往巷子里去，说道："我跟你说呀，小摊贩上的水果最便宜了，就在前面，一直往里走，我之前买过一次，巨甜。"

许吱留了个心眼,陈娜拉是学美术的,凭着她家的家庭条件何必在小摊小贩上买东西。可往里走,远远看到路灯下,还真有一个水果摊。

许吱心安了不少,也放松了警惕。

陈娜拉推了推她,说道:"你去买一些吧,我就在这儿等你,书包给我吧,这么重你背着也不方便挑。"

许吱点头,将手里的东西都给了陈娜拉,走到摊贩前才发现钱包在书包里,一转身,发现刚刚还在巷子拐角处站着的陈娜拉不见了。

她身无分文,手机也在书包里。

这巷子深得看不见尽头,周边没什么行人,就几盏路灯散发着微弱的光。

发现那个卖水果的中年男人直勾勾地盯着她,许吱忙回头,往外面走,紧张得手心都汗湿了。

她眼睛微微一闭,浮现的是很久远的画面——

贴着碎花墙纸的卧室,粉嫩的床单上摆着不少洋娃娃。十三岁的许吱正坐在书桌上哼着歌写作业,一回头才发现门口有个男人不知站了多久,那双浑浊的眼中泛着贪婪的光……

许是回忆涌上心头,她一时有些茫然,更加慌不择路,怎么也找不到出去的方向。

谁来救救我?

能不能有人来救我一次?

黑暗笼罩,夜风打在她的身上,她竟生出了一丝绝望。

KTV的包厢里,一群学生玩疯了。就连平时不怎么唱歌的老三也把快歌慢歌挨个点了个遍,最后虚脱地往付衍舟边上一躺,哼唧道:"舟哥,你不点歌啊?"

付衍舟看了看腕上的表,说道:"没兴趣。"

老三笑了,故意打趣他:"只有许吱在的时候你就有兴趣,是吧？"

付衍舟伸手擂了他一拳。

老三倒说得没错，付衍舟对这世上的所有事情都乏味至极，除了许吱。

"别看了，门都要被你盯出洞来了，放轻松，两个女生在一起能出啥事，A市比你想的要安全得多。"

两人说话间，陈娜拉回来了。

付衍舟眼睛亮了亮，但没见到许吱。

"你们玩得这么嗨吗？"陈娜拉说着走到顾以择跟前，看到点歌台上的歌单排了好几页，自己也点了首，拖到第一，有人马上给她递了话筒。

"许吱呢？"付衍舟蹙眉问道。

陈娜拉沉浸在歌声里，置若罔闻，继续跟着伴奏哼唱。

突然，屏幕黑了，伴奏也中断了，是付衍舟拔掉了电源。他对着陈娜拉重复了一遍："我问你，许吱呢？"

包厢里突然安静了。

顾以择见状挡在陈娜拉面前，正对着付衍舟说："你吼她干什么？"

陈娜拉装作一副委屈的模样，红着眼眶说："她说她要先回家，关我什么事啊？"

付衍舟掏出手机拨了连越的电话，连越说许吱没回去，而许吱的手机，一直是无人接听的状态。

"你又想骗谁？"付衍舟盯着她，"不说是吧？走，跟我去警察局。"

陈娜拉一抬眼，见男生发起狠来像一头抓狂的野兽，颤抖着说："我不去。"

最终，她见拗不过去了，只好交代："人在我们吃饭那边的一个巷子里，我刚上楼前把她书包扔楼下垃圾桶了。"她话还没说完，男生已经撇下众人冲了出去。

何灵也吓到了，冲陈娜拉吼道："许吱怎么招你惹你了，你要做这种事？你把她一个人落下，她在这里人生地不熟，出事了怎么办？"

"谁让她招惹付衍舟了？不要脸！"陈娜拉显然有些惊慌，众目睽睽之下，她又立马装起了委屈，"我只是想捉弄她一下，没想怎么样的。"

"我呸，你真是把所有人当傻子是吧？"

何灵想冲上去，被老三拉住，劝道："现在不是跟她理论的时候，先去帮忙找人吧。"

何灵这才冷静下来，跟老三出去了。

包厢里余下的几个人面面相觑，气氛冷了下来。

大晚上找个人无异于大海捞针。

三个人一路找监控，在许吱最后出现的巷口往里找。

许吱也不知道在巷子里走了多久，走得满头大汗。很快，她冷静下来：只要能走到外面的马路上，找辆出租车回家，然后上楼拿钱就可以了。

这巷子像个迷宫一样，她得找人问路，正要继续往前走，肩膀突然被人猛地一扳，许吱心跳漏了一拍。

她扭头撞见付衍舟的脸时，咬紧的牙关才慢慢放松了。

"你还要往哪儿走？出口在另一边，你路痴吗？"或许是因为激动所致，他的嗓门有点大。

"你怎么来了？"许吱没料到他会来，脸上全是茫然。

付衍舟冷笑："我不来，你要走到明天早上去。跟在我后面，我带你出去。"说完，他转了身。

他的后背上全是汗，衣服已经湿了。许吱乖乖地跟在他后面。

"付衍舟。"她叫他。

男生回头瞪了一眼，说道："干吗？你最好别再啰唆，我告诉你，我现在很累，脾气很不好，小心我火大把你……"

她看着他的眼睛，轻声打断了他："其实我刚刚有点怕来着，你能来找我，我很高兴。"

付衍舟话停了，表情也怔住。

不知道是不是许吱的错觉，付衍舟的眼眶有些红了。

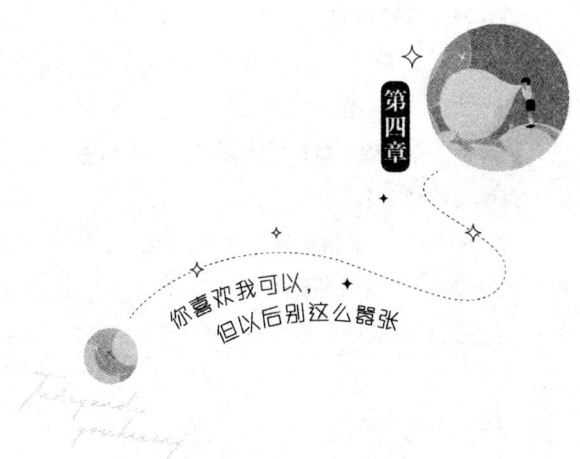

第四章

你喜欢我可以，但以后别这么嚣张

许吱没见过付衍舟这样向别人示过弱，一时有点招架不住，她一个小姑娘都没难受呢，这个人怎么反倒比自己还矫情？

许吱跟在他身后到了巷子口，街道上车水马龙，有种将她拉回现实的错觉。

老三跟何灵接到付衍舟的电话，已经等在那里了，见许吱安然无恙，又瞅了眼付衍舟阴郁的脸，挠了挠头说："姑奶奶，你可真让我们好找。"

许吱还盯着付衍舟汗湿的后背，闻言不好意思道："抱歉，下次不会麻烦大家了。"

"舟哥差点儿没急死，平时体育课1000米长跑他老是寻个理由躲掉，我以为他运动细胞不发达呢，今天算是领教到了……"

"行了，一张嘴还有完没完了。"

付衍舟打断老三，不想让他继续说下去，伸手从他手里接过许吱的书包,说道:"走了。"

话是对着许吱说的,她"哦"了一声,闷头跟上。

许吱走了几步,不太放心何灵,一扭头,看到老三冲着她做了个"我送她回家"的口型。

回身时,付衍舟在路边作势要拦一辆出租车。

许吱扯住他,动了动嘴唇。

付衍舟偏头,眼刀阵阵:"你就算想给我表演唇语,也麻烦动作幅度大一点儿。"

"我说,我们坐公交车回去好了,不要浪费这个钱。"许吱虽然之前在巷子里有这个打算,但现在跟付衍舟在一起,他肯定不会让自己付钱,她不想欠他太多。

男生插兜站定,话里透露着百分百的嫌弃:"你想让我陪你待在这个破地儿等车?"

他这个语气让许吱想起了妈妈喜欢的偶像剧里,西装革履的总裁对着小白兔似的助理说——你知道我一分钟值多少个亿吗?

唯一不同的是,付衍舟浑身汗涔涔的,那只粉色书包挂在他的手腕上,怎么看怎么怪异。

但还是没有掩盖住他帅气逼人的气质。

许吱在心里又补了句:好像这样想才显得我没那么白眼狼。

"我会把车费还你的。"她挤出一丝恳切的笑,好在对方没有拒绝。

付衍舟看了一眼许吱,手往兜里一揣,翻了个白眼:"行,我会精确到小数点后两位。"

许吱如释重负,两分钟后跟着他上了辆出租车。

回家的路程不算近,情绪平静下来,她扭头打量着这座陌生的城市。

她也许只会在这里短暂地停留,如同以往一样。

这样想着，好像再怎么糟糕的状况也能过去，即便是痛苦也变得无比珍贵。

突然，她感觉膝盖处一热。

许吱扭头，见付衍舟的左腿往自己这边伸了伸，他不是故意的，只是长腿蜷曲着实憋屈，男生大刺刺的坐姿瞬间让宽敞的出租车后座逼仄起来。

付衍舟跟个没事人一样，自顾自地玩起了魔方。

虽然最近跟这个人的接触变得莫名多了起来，但他俩还是不熟，突然的肢体接触让许吱感觉不习惯。即便隔着布料，那一小块皮肤随着汽车的行驶有着微微摩擦。

算了，他又不是刻意的。

不过，他手上的魔方……许吱多瞅了两眼。

他动作迅速，修长的手指在魔方上转动，奇怪的是，付衍舟不管做什么都有一种奇特的贵族气质，给人一种他不是在玩幼稚的游戏，而是在做着某种科学研究的错觉。

尽管他是个渣到不能再渣的学渣。

确实，他玩魔方的技术太菜了。许吱在心里感叹了声：可惜了这副皮囊。

游戏玩得不顺，付衍舟正打算把魔方丢到一旁，偏头注意到许吱的目光，咳嗽了一声，问道："想玩？"

什么想玩？他手里这玩意儿本来就是她的。

许吱也不好明着说他拿她东西，默默点了点头。

付衍舟一本正经地说："这东西没你想象中的简单，不过我可以教你。"

许吱一脸不可置信地看着他，刚刚是谁被虐得体无完肤？

付衍舟见许吱一副恳切求教的样子，挺直了腰杆，说道："我教你口诀，第一步，顶层做出同色十字，然后再让同色角块归位。"

"哦。"许吱盯着他手里的魔方出神。

见她乖乖听讲,付衍舟有些心虚,但气势上不能输,他点头再次肯定了自己,问道:"要我给你演示一遍吗?"

许吱点头。

"我跟你说,玩这玩意儿需要脑子。"付衍舟转动了半天,怎么也拼不到一起。

他低声骂了一句,手指恨不得当即将魔方怼破。

"那个……你真的会?"许吱看过去一眼,又悄悄把视线撤回了。

那只魔方刚被惨兮兮地丢到一边,两秒过去,付衍舟又捡回来,说道:"当然会。"他怕她不信,又开始表情僵硬地继续跟它抗争。

许吱憋不住笑。

"还是我来吧,"她从他手里拿过魔方,只七秒钟便完完整整地拼好,递到他面前,"多练几次就会了。"

付衍舟愣住了,脸有点挂不住。

这篇还是早点翻过去吧。

"原来你成绩那么差,都是不务正业到这种事情上去了。"付衍舟神色不悦地换了个靠姿。

许吱看着他的脸随着车窗外光线的移动忽明忽暗,没忍住说:"只是一个小游戏而已,我是不会怀疑你有智商方面问题的。"

话一说完,许吱这才意识到自己怎么胆大到在太岁头上动土了,别的不说,付衍舟这一晚上为自己确实奔波不少,此刻自己因为哥哥的缘故在他那里得到的优待应该被用得差不多了。

"那个,我的意思是说……"许吱绞尽脑汁地找补,"像学长这样好看的人,靠脸吃饭就可以了。"

嗯?好像也不对,这不就是说他脑子只是个摆设吗?

付衍舟的脸色越来越青了。

.058.

好在车已经快到小区门口，许吱将魔方给他说道："这个跟了我很多年，如果你想练，我送给你吧。"

付衍舟没接。

"你不要看它旧旧的，其实对我而言很珍贵，陪着我度过不少难过的时候。"

付衍舟抬了抬眼皮："你是说，你想把对你来说很重要的东西送给我？"

"嗯嗯。"许吱讨好地点了点头。

付衍舟似乎认真地听完，神色松了松，"嗯"了一声，接过去，轻扯了下嘴角。他装作漫不经心地往魔方上瞥了一眼，这才挪动身子给司机付钱。

下了车，女生已经背着书包转身进入小区。

他站在路边没动，眯着眼看着那个背影出神，直到她转身朝着自己挥了挥手，付衍舟才轻点了点下巴。

他的视线落在旧魔方上，然后将它揣进兜里。

过了一瞬，他又将它掏出来，放在上衣内层的口袋里。

他又若有所思地想了一会儿，这才慢悠悠地挪动步子。

许吱一身狼狈地回家，因为事前给家里报备说晚上要跟同学聚餐，妈妈乐于见她这么快跟同学打成一片，也没怎么责备她。

洗漱完了，她躺在床上才跟何灵打了电话，确认她有没有到家。

听她声音有点疲惫，何灵犹豫着问："你还好吧？今天真是把我吓坏了，那个陈娜拉人长得漂亮，心眼儿怎么这么坏。"

许吱沉默了一下，说道："是我不该得罪她。"

"这跟你有什么关系，她不就见不得付衍舟对你好吗？上次吃饭的时候付衍舟为你出头，她就已经看不惯你了。"

"他只是……"许吱想了想，挤出几个字，"见义勇为吧。"

电话那头的何灵乐得直不起身："见义勇为？付衍舟？你私下把

这么高尚的词安在他头上,他自己都不认吧。"

顿了顿,何灵继续说:"估计十中的女生他都看腻了,你刚转来,他起了点新鲜劲儿,所以对你有些不同。"

许吱抓着手机,含混不清地唔了声。

何灵看热闹不嫌事大,笑嘻嘻地问:"你什么感觉?付衍舟可是十中公认的校草。"

许吱抬头,付衍舟那张玩世不恭的脸又在眼前晃悠,她伸手将这幻象打碎,坚定地说:"还是离他越远越好吧。"

运动会的第二天,许吱完成了长跑项目,不出所料地没拿到名次。跟她一组的有好几个长跑健将,她输得心服口服,自己觉得没什么,倒是体育委员认为十分可惜。

"许吱,你其实跟第三名就差了一百米的距离,要是后面提下速,谁胜谁负真的不一定。"

她当他在安慰自己,摇头道:"不要紧,比赛第二,友谊第一。"

体育委员是个人高马大的男孩,笑起来露出好看的牙齿:"你这样的心态就很好,其实这个成绩在我们班上从来没人拿到过。"

他客套话说了一轮又一轮。

"还有什么事吗?"许吱问。

体委干脆在她边上的石阶坐下来,搓着手道:"是这样,昨天的篮球赛比得不错,同学们的积极性也挺高,学生会那边想让咱们再来一场女生友谊赛,咱们班上得出一个名额。"

"你是说,让我参加?"

许吱指了指自己。

体委期待地看着她说:"你要是主动报名那更好了。"

他哪里看出来她有打篮球的潜质的?

"我这身高也不行啊,够不着篮板。"

.060.

"少装,我们班就你一个看篮球杂志的女生。"

许吱搪塞不过去,便没接话。体委以为她答应了,顺手将她的名单填到报名表上交了上去。

许吱在下午接到通知的时候才知道自己被莫名其妙地选上了。

"好事好事,为班级争光嘛,"连班主任都来找她谈话,"我到时候拉着一帮学生去给你加油。"

许吱所在的班级体育一直是短板,好不容易来个机会,班主任老徐鼓励道:"我看得出来,你有这个潜力。"

许吱笑着问:"您从哪儿看出来的?"

"你老班我大学的时候可修过心理学,年轻时也是校队顶梁柱。"

许吱抬头看了眼他快要谢顶的头,憋住了笑。

她突然觉得来十中之后,她抱着"不找事不惹事"的心态,却揽下了不少麻烦。但事情已经这样,她没办法再推脱,就这样出现在篮球赛的名单上。

两支临时组建的篮球队在运动会的最后一天下午开始比赛的时候,引起了不小的轰动,起哄的大部分是男生。

三天的假期即将结束,最后来观赛的同学兴致格外高,音浪一阵高过一阵,吵得付衍舟没法补觉。

他昨天在网吧熬了通宵,此时困得耐心全无,咒骂了句。

老三在边上玩了半个小时的消消乐,脖子累得不行,说道:"什么时候开始啊?广播都播了好一阵儿了。舟哥,咱们还是回教室睡吧。"说完,他就去拽付衍舟。

盖在付衍舟脸上的帽子掉在了地上,惹出了付衍舟的起床气。

他刚好想骂老三一顿,垂眼看到下面的篮球场上正在投篮的许吱,盯了片刻,按捺住脾气,捡起帽子重新躺了回去,没好气地说:"你不想看就滚蛋。"

老三努了努嘴，见坐在不远处的几个妹子朝这边看过来，脸上马上挂出了笑容冲人招了招手。

付衍舟横躺着睡觉，占了四个座位，此时他想搭讪也没机会，只好暗地里瞪了付衍舟一眼。

"不知道是谁说的，一帮女的抱着个球满场子打滚儿没什么看头，结果还屁颠儿屁颠儿地跑来眼巴巴地看着。"老三嘀嘀咕咕吐槽着，付衍舟眼皮都没掀，只当老三是隐形人。

付衍舟拿着个破魔方转了半天，动作连老三看着都费劲。

"我说，您老家中富贵，不像小时候没玩过的样子啊，怎么会想到买这个玩意儿，还是个二手的？"他说完伸手去碰。

付衍舟想也不想侧了下身，面无表情地说："起开。"

老三不乐意了："不就是个魔方嘛，至于这么小气？"

付衍舟扬了下眉梢，慢悠悠道："你可以说是，也可以说不是。"

老三一下觉得见了鬼，这都是些什么词，顿时有些蒙地问道："什么意思，镶了金不成？"

"知道是谁送的吗？"

老三想了一会儿，试探着答道："许吱？"

付衍舟的眼神飘到篮球场上，没有否认。

"好吧，"老三见不得他一脸傲娇模样，翻了个白眼，"人家也就顺手一扔，正好扔到你那儿，把你当垃圾桶你还这么宝贝。"

付衍舟斜睨了他一眼，一副"给你个眼神你自行体会"的模样。

"你知道她跟我说什么了吗？"

"什么？"

"这是她最重要的东西。"

"嗯？"老三没听明白。

付衍舟难得有耐心地继续道："知道这意味着什么吗？"

老三见付衍舟盯着他，想听他接下来的答复，奈何他绞尽脑汁也思考不出送个魔方能有什么特别的意义。

这大哥不会又在脑补什么吧？

"说明——"付衍舟若有所思，随后一字一句道，"她对我，有意思。"

老三正好在仰头喝水，吓得直接喷出来。

这头老三还在震惊中没缓过神来，下面的球场在教练的哨声中开始了比赛。

付衍舟有点好笑，许吱这个小短腿在队伍里丝毫不突出，跳不过人家也就算了，连跑也跑不过，五分钟过去了，连篮球都没摸到过。

老三打着哈哈："女生打篮球我怎么看怎么别扭。"

付衍舟闻言也笑了："我看她玩得挺开心。"

"哎，"老三撞了下他的胳膊，"你的眼珠子是不是被许吱妹子安装了什么装置，现在看她都倍儿闪。"

"你嫉妒就直说。"付衍舟冷嘲热讽。

老三差点儿跳起来：嫉妒什么，嫉妒你拿着个破魔方当宝贝吗？

两人打打闹闹中，上半场已经结束了。

不出所料，两队都没拿到分，照这个情势发展下去，下半场也不会有什么突破。

赛事一点儿也不胶着，观赛的人陆陆续续走了三分之一。

许吱只想早点把这场比赛混过去，没想到下半场对方换上了替补队员，里面竟然有陈娜拉。联想到昨天她对自己做出的举动，以及到现在她都没有任何愧疚的模样，许吱虽然面无表情，心里却突然有点不舒坦。

许吱所在的队伍全是文科班的，而陈娜拉那边新上的替补队员有两个从体队退下来的同学，个头一米六五以上，一字排开，在阵势上就把她们这队吓傻了。

班主任老徐作为领队还在为许吱这队打气,手往看台上一挥,他身后那帮啦啦队抻着脖子喊加油,嗓子都哑了。

许吱这队的人脸都有点挂不住。

女生打球有点打架的意思在那儿,而且是明目张胆,何灵给她送水过去,有点放心不下地说:"吱吱,不要跟陈娜拉发生正面冲突,躲着点。"

许吱抿了口水,没说话。

"上半场咱们有点乱,对方综合实力比咱们强,硬碰硬肯定不行,咱们得按战术来,"许吱把几个队员叫到一起,"每个人找准自己要盯的那个人,这样能减少丢分。"

老徐在一旁看着,头一回见许吱这么有斗志,也走进队伍说道:"我来给你们分一下吧。"

说实话,她们队没啥默契,许吱来学校没多久,自己班上的人都没认清,更何况其他年级的……

下半场的跳球双方都换了个人。

几乎没什么意外,她碰上了陈娜拉。

许吱痴迷詹姆斯的时候刚上初中,那时候爸妈离婚,篮球好像是能给她心理安慰的唯一物件。但喜欢归喜欢,她从来没有真正上过赛场。

裁判手一扬将篮球抛起,许吱跟陈娜拉几乎同时双脚离地。

陈娜拉带着必胜的决心,她以为自己足够快,却没想到许吱比她更准确地把握了时机,就在她犹疑的一瞬,许吱的手已经拍在篮球上。

陈娜拉落地,许吱抱着篮球与她擦肩而过。

她正欲回头追赶,面前有人堵住去路,不给她一丝脱身的机会。

看台上的付衍舟漫不经心地扫了一眼过去,突然停住,发现许吱的动作比上半场干净利落太多,以至于观赛的人都有些始料不及,屏

住了呼吸。

许吱带球很稳,即便是速度不够,但在这一众半吊子面前,甩开她们的赢面已经很大了。

而这边陈娜拉好不容易甩开跟着自己的人,对着许吱来了个拦截的姿势,许吱快速运球,一个侧身带球而过。

她喘着粗气,带球上篮,死死盯着篮筐,一、二……

球进了。

"天哪,直接三分,"老三直接从座位上蹦起来,"敢情许吱妹子一直在隐藏自己的实力。"

"稳了,这回有好戏看了,照这情势下去,文科班要一雪前耻啊。"后面有人兴奋地喊。

"哎,刚刚那个进球的女生谁呀,哪个班的?"有男生问。

"新转来的吧,叫什么我回头帮你打听打听。"

……

付衍舟神色不明,一把将蹦跶的老三拽回座位。

老三一脸蒙地问:"干吗啊你,你们家许吱进球了,你怎么还这副鬼样子?"

付衍舟打断他的话:"是你,没有'们',用词要准确。"

老三无语。

被许吱噎了一招的陈娜拉脸色顿时铁青,她算是彻底看清了许吱的实力,随后攻势越来越猛。

许吱避开跟陈娜拉发生任何冲突,让陈娜拉大为光火,连这是场正规赛事都不管了,堵在许吱面前,带着她的两个队友跟许吱挤成一团,说得直白一点儿,如果不是因为在众目睽睽之下,几个人早就打起来了。

虽然被前后夹击,许吱胜在个头娇小,找准了机会突围。这时队友之间已经找准默契,许吱接住了投过来的篮球。

陈娜拉打定主意不让她上篮，想要死死地抱住她，可惜抓了个空。眼见着球跳进了篮筐，陈娜拉索性撒泼，伸腿去绊许吱，自己也没站稳，两个人一起摔到地上。

从水泥地板的声音都能判断出这两人摔得不轻。

没人再关注篮球，两队人围拢过去。

看台上的付衍舟这时坐不住了，噌地站起来，风驰电掣地往篮球场跑去。

摔倒事件成为导火索，本来就因为比赛而窝火的两队人此时彻底撕破脸，不管不顾地指责对方，女生的嗓门又尖又细，比不得男生直接上手，吵嚷个没完，连裁判一时都没辙。

许吱的膝盖磕在水泥地上，此时痛得眼泪都要出来，听着周围嘈杂的叫喊声有些烦躁，她自觉地挪到一边，靠在篮球架上，一时不知道说什么。

陈娜拉的人缘比许吱好不知道多少倍，此时众星捧月一般被团团围住。不过真正让她开心的是付衍舟竟然也下来了，他的视线在人群里探寻，陈娜拉怕他找不到自己，举起了手，喊道："付衍舟，这儿。"

围观的学生起了哄。

漂亮女生本就是平凡高中生活里的一抹异彩，更何况陈娜拉还跟其他人不一样，喜欢付衍舟也就算了，偏偏还非要拉低身段玩倒追，别人越不拿正眼瞧她，她追得就越起劲。

这是块石头都该被焐热了。

陈娜拉双眸里盛着欢喜，双手捧着一颗心过去。

付衍舟从来不吃这套，他的神情简直冷透了。

喜欢跟厌恶在他心里有一条分明的界限，他的桀骜刻在骨子里，发起脾气来所有人都不敢靠近。

如此极端的一面却正是陈娜拉喜欢的，她看出他有着同龄人所没

有的炽烈与疯狂，一举一动都在燃烧着年少的肆意。

所以在此刻，付衍舟的视线落在她身上的一瞬，她是窃喜的。

"我脚崴了。"陈娜拉拿捏好娇软的语气，任谁听了都心动。

"嗯。"少年眼睫一掀，"所以呢，你想让我给你鼓个掌吗？"

话音刚落，陈娜拉眼底的光熄灭。

人群安静下来。

付衍舟找到了许吱，朝着她大步走去。

"怎么样啊你？"他弯下身，看她的伤势。

突如其来的关心让许吱愣住："啊……还好还好。"

她本来窝在角落里，不承想付衍舟一来，让她得到这么多关注。许吱躲了躲，小声说："只是青了一块儿，小事。"

"去医务室。"付衍舟过来拉她。

"不用，"她几乎在下一秒便拒绝，"我没那么矫情。"

矫情两个字一出，陈娜拉脸色倏地变了。

许吱这才意识到自己无意说出的话估计又让陈娜拉记在心里了。

"付衍舟，你能别这么高调吗？"许吱小声嘀咕着，对面投射过来的目光让她浑身不自在。

付衍舟的目光渐冷，唇线微抿，那张脸在不笑的时候显得特别严肃。

"高调又怎么样？"他将声音放缓，"你现在要是不跟我走……"付衍舟话说到一半停住，思索怎么威胁她。

许吱抬了抬下巴，难为情地说："别这样。"

现在要是跟他走，以后在学校树敌太多，往后的一年多她就不用再待了。

她眼睫一闪一闪，像有绒毛在付衍舟心脏上拂过。

"起来。"

他好像压根不是来关心她的，而是来讨债的大爷。

付大爷才不管你这会儿是如何抗拒，他压低了声音，嘴角勾起一抹笑："你要是再不起来，我就当众把你抱到医务室。"

许吱闻言脸红了。

小姑娘脸红的时候还挺可爱的。

许吱瞪着他说："付衍舟，你讲不讲道理，你管的哪门子闲事？"

"上一个跟我讲道理的人，"他思索了一瞬，一字一句道，"已经退学了。"

"……"

又来威胁这套。

两人对峙片刻后，许吱终于直起身，跟着付衍舟往医务室方向走去。

体委突然叫住许吱，喊道："球赛还没结束呢，要不你再坚持坚持？班上的荣誉分只能靠你了。"

付衍舟看了他一眼，声音冷淡道："腿都摔成这样了，还在玩道德绑架那套呢？"

"要当十大校园感动人物你自己去。"

一句话将体委噎在当场。

付衍舟的声音又狠又厉，奇怪的是，许吱却不觉得他有多吓人。

穿过篮球场边的草地时，她低着头看着离自己不远不近的身影。他逆着光，在这个春末的午后，她看不清他脸上的表情。

许吱的膝盖磕破了一大块皮，因为要掀起裤脚上药，她被医务室的医生领到里面，而付衍舟便一直在外面等着。他站在一片布帘后面，光影落在上面，映出他侧脸的轮廓。

破皮的地方在酒精的刺激下引发一阵钻心的刺痛，许吱吃痛地深吸一口气。

帘子那边的人影晃了晃，问道："没事吧？"

"没什么事，这几天注意不要沾水就行。"医生替她答了，随后跟

·068·

许吱小声说,"你哥哥还挺关心你的。"

许吱笑了笑。

临近放学时间,运动会最后的项目也落下帷幕,但热闹的余韵还在,不少人搬着操场的桌凳往教室去,途中笑着打闹。

她的书包还在教室,许吱回去取了下来。见付衍舟没走,他倚着楼下的公告栏,长腿交叉站着,见许吱下楼便跟上来,手指时不时拨动几下她垂在后背的高马尾辫,幼稚地找了下存在感。

许吱受不住了,站定回头,说道:"付衍舟,我要回家了。"

"正好我们顺路。"付衍舟手中动作一顿,扬了下眉梢。

他说的是事实,许吱也不好反驳。

许吱盯着他看了一会儿后,从书包里拿出一张二十元的纸币,说道:"这是昨天欠你的车费。"

付衍舟没接,而是反问道:"你很想跟我划清界限?"

"我们不是很熟。"

她硬着头皮强调了一遍。

"熟啊,怎么不熟?"付衍舟笑起来,一副特别欠打的样子,随后他俯下身,直视着许吱的眼睛,"在你还是个小萝卜头时我就认识你了。"

他的双眸湛亮,此刻看着她的视线一点儿杂质也没有。

付衍舟这个妖孽,他太知道怎么俘获一个人了。

许吱不自然地别过头,将二十块钱往付衍舟的衣服口袋里塞,动作幅度太大,惹得不少人回头看。

"许吱你到底在犟什么?"付衍舟不高兴了。

"我想我们两清。"她话说得特别认真。

付衍舟愣住,思索了两秒。

"那你请我吃晚饭,就算还钱了。"

许吱一跺脚,转身走了,没走两步,又折回来,问道:"你想吃什么?"

"都行啊。"付衍舟笑笑。

小丫头这么容易入套,他都不忍心再折磨她。

许吱再也不想多跟这个人纠缠,大踏步往校门口走。

男生小跑着跟上来,哄道:"别板着张脸了,笑一个呗。"

那张俊脸凑在她眼前,怎么看怎么无耻。

许吱狠狠地将他落在自己脚边的影子踩了一下。

学校周边没什么像样的餐厅,许吱本以为像付衍舟这样有极度洁癖的人,肯定待不了多久就会走,可偏偏他笑呵呵的,像中了大奖一样。

这个人,是不是把平生的耐心都用在这顿饭上了?在家都没吃饱过吗?

头一回两人单独吃饭,许吱恨不得将头埋进饭碗里,全程盯着面前的盘子夹菜。

付衍舟最后看不下去了,换了盘菜推到她面前:"说句话,别闷着,我又不吃人。"

许吱抬眸看他时有些迷茫地问:"什么?"

"我总不至于再拿个卷发棒弄得你哇哇大哭,这都多少年了,你还记仇?"

"我没有,"她没想到付衍舟还记得从前那茬,但此时不能认怂,她对上他的眼睛,泰然自若道,"以前的事我早就忘了。"

付衍舟抬眸,懒洋洋地回道:"是吗?"

"我想要安稳地度过我的高中生活,可跟你走在路上都会遇到各种注目礼。"

知道她意有所指,付衍舟扭头,看到周围投过来的目光里,不少都是十中的。

.070.

许吱顿了顿,继续道:"我不知道哪里惹上你了,我道歉好吗?"

付衍舟双眸漆黑,直勾勾地看着她。

"你跟哥哥的关系好,我不想因为我的原因弄僵……"许吱还没说话,付衍舟突然抬手。

他的指腹突然在她的嘴角摩擦了一下,很快离开。

许吱僵住,没说完的话卡在嗓子眼里。

他对她刚才的话置若罔闻,慢条斯理地伸手过去,擦掉她唇边粘上的饭粒,眼里全是漫不经心。

"饭粘脸上了。"他解释道。

许吱"哦"了一声,低下头,好不容易挺直的腰杆又弯了下去。

"我刚说的你明白了吗?"

她声音细软,男生压根没仔细听,而是把注意力放在另一件事上。

"你脸好红。"他闲闲地补了一句。

许吱心一空,感觉心跳骤停了一秒,随后狂跳不止。

"喝点水就好了,"她转移话题,"我们本就不是一个年级,这些交集本来可以人为避开的。"

付衍舟右手撑在餐桌上,掌心托着腮,仔仔细细地打量着她,问道:"你为什么脸红?"

"汤太烫了。"许吱淡定地撒谎。

"是吗?这碗排骨汤就在我面前,从头到尾你都没有盛过。"付衍舟淡淡地回,脸上写着:朗朗乾坤你敢在付大爷面前撒谎,不要命了?

"说吧,你为什么脸红?"

许吱凌乱了。

她不知道他为什么一直要纠结着这件事,也不知道自己是哪根筋搭错了，为什么还要搭理他。

许吱的沉默让付衍舟找到了答案，他从鼻尖逸出一丝笑，没继续追问了，转开话题："所以你现在是在拜托我跟你装不认识？"

"算是吧。"

付衍舟吊儿郎当地跷着腿问："既然是求人，那就要有一副求人的样子，你打算怎么回报我？"

"哈？"

"要做交易，双方条件起码得对等，我总不能白白答应别人的请求。"

"你刚刚说过了，吃完这顿饭我们两清。"

"那是刚才，我现在又不乐意了。"

许吱差点儿噎到："凭什么？"

"我想怎么样，我说了算。"付衍舟嚣张至极地说。

许吱恨不得给他一拳头，但鉴于双方的身高差跟武力值差距，她也就在心里起了个念头，实际上怂得跟只猫一样。

付衍舟看着许吱服软心里乐得不行，表面却装得理所应当，付大少爷的理论体系自成一套，打遍天下无敌手。

他仔细地观察了一下，对付许吱，只要以受害者的姿态自居，总能拿到几分赢面，她心软，又不肯给人添麻烦，循循善诱反而更容易些。

付衍舟正乐和着，老三突然打来电话。

"晚上老地方约呗，"老三在电话那头得意扬扬地说，"福记的水煎包，小爷我排了两个小时的队，拿到了最后一屉。"

"你自己吃吧，我没空。"付衍舟懒洋洋地往椅背一靠，瞧着对面的许吱郁闷地将面前那碗白米饭一顿乱翻。

"你能有什么正事儿，"老三问他，"难不成在外面被艳遇缠住，脱不开身？"

.072.

"你再说这种话,我下回把你剁成馅儿免费送给福记包饺子。"付衍舟说。

"我不管,我失恋了,你今天怎么着都得来陪我。"

付衍舟笑道:"你在我这儿作呢?"

许吱将牛奶盒子里的最后一口喝完,拿着书包去前台结账,回来后见付衍舟还在打电话,敲了敲他面前的桌子,问道:"走吗?"

付衍舟瞥了她一眼,背着包起身。

她走在前面,能听见付衍舟敷衍地回了句:"你还有完没完?"

许吱的胳膊被拽了一下,她回头,付衍舟将手机递过来,屏幕上还保持着通话界面。

"干什么?"她疑惑地问。

"给我接个电话。"付衍舟催促道。

他的电话为什么要她来接?

付衍舟眼皮轻轻抬了下,面不改色地撒谎:"我家里人在查岗。"

"噢。"

冷场了两秒,许吱接过电话,不等对方开口就说道:"阿姨您好,我是许吱,付衍舟跟我在一起。"

她一口气说完,拿下听筒,对付衍舟做了口型:"可以了吗?"

"嗯。"

电话那头的老三愣了三秒,还没反应过来,就听见电话那头欠兮兮地传来几个字:"听到没?你哥我很忙。"付衍舟故意将忙字拖了个长音。

"挂了。"随后,他挂断了电话。

那头的老三不淡定了,对着电话骂了一句。

兄弟如手足,女人如衣服,这人居然反着来。

"你膝盖还疼不疼?"

许吱走在前面,就听付衍舟在身后突然来了一句。

她扭头,见他在店门口推了辆自行车出来。

"我没事。"许吱将书包带子拽了拽。

男生伸手过来,抽出她捏在手心的小票,上面写着 31.50 元。

他蹙着眉看了眼这个数字,突然莫名笑了声。

许吱像看神经病一样地看着他。

"你知道,昨天的车费扣掉今天的饭钱还剩多少吗?"

许吱有不好的预感,这家伙又有坑她的打算,但她现在欠人钱是事实,总不能不认账,于是问道:"我还欠你多少?"

"十三块一毛四。"

果然精确到小数点后两位,他简直计较到了极点。

不对。

这个数字……怎么想怎么别扭。

"哎,许吱,你可真够有心机的。"付衍舟扯了下嘴角。

许吱越看他的笑越瘆得慌,问道:"什么?"

"不知道的还以为你借机向我表白呢。难怪你今天点菜那么谨慎,是一直在想怎么把这个数字拿捏得刚刚好吧?"他突然靠近,面对着她俯身,眼睛直勾勾地盯着她。

"……"

许吱一根神经紧绷到不行,两条腿跟灌了铅似的,动不了。

他的瞳孔漆黑如墨,黑压压地笼罩住她。

完全就是胡扯。

付衍舟怎么能自大成这个样子?

她怎么可能会对他有别的心思?

但此刻她什么话也说不出来。

付衍舟面前的她像个被人拿捏住三寸的哑巴,准确地说,她被这个人的厚颜无耻震惊到了。

"虽然多你一个喜欢我的人对我来说没什么,"付衍舟直起身子,"但你喜欢我可以,以后别这么嚣张。"

付衍舟说完还看了她一眼。

嚣张?

许吱突然想到,为什么自己第一时间想要否认的是后半句,而不是前半句。

"剩下的钱你请我吃一个星期的食堂吧,那明天见。"他完全忽视了许吱瞪着他的双眼,翻上自行车,"刺啦"一声踩动踏板,从巷口飞快驶过。

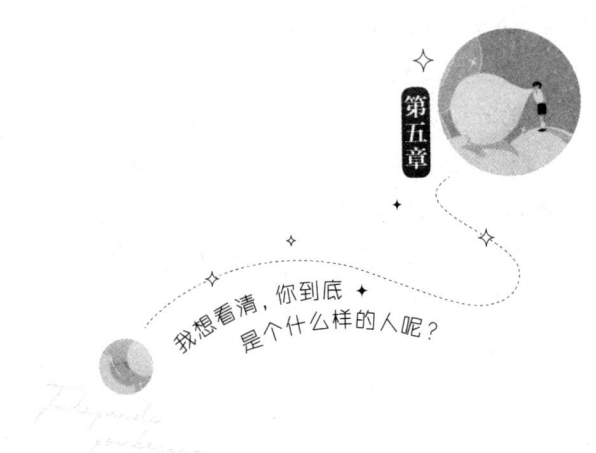

第五章

我想看清，你到底是个什么样的人呢？

风呼呼地从耳边划过，成了付衍舟的世界里唯一的声音，此刻外界的嘈杂全部被他屏蔽，只留下风声。

他不知道自己在想什么。

也许是完全放空的状态。

他踩着自行车从街头到巷尾，突然从脑海里冒出一个念头——

付衍舟，原来你也能因为喜欢一个人而变成这副鬼样子。

手机嗡嗡响了两声，有短信进来，他按了刹车，停下来看，是家里发来的消息。

"你哥回来了。"

短短五个字而已，却像有千万斤一般压得他顿时无法呼吸。

付衍舟关掉手机，从人行道上掉头。一路沉默着朝家的方向骑，刚刚跟许吱分别后的欢喜一扫而空，连喘气都有些吃力。

从楼栋下面能看见家里的灯亮着，付衍舟心里暖和了些，哪怕他知道那里面没有一盏是为自己亮起的。

付衍舟的哥哥付塬自从双腿瘫痪,付家爸妈用尽一切方法做康复治疗,但最终得知并不能使儿子的腿完好如初之后,家里便开始了维系表面和平但实际上早已乱成一盘散沙的生活。

付衍舟抬步上楼,推门进去,发现原本空荡荡的家里多了一点儿生气。

付母做了一桌子菜,餐桌边有几个孩子跑来跑去,让原本偌大的餐厅显得很拥挤。

付母见他进屋,扫了眼他衣服上的灰尘,脸色不太好地说:"不是让你早点回来吗?"

付衍舟在玄关换鞋,没抬头,回道:"有点事。"

付母心里憋着一股气,很想反问他能有什么正经事,但碍于家里有客人,将话咽了回去:"你叔叔带着小圆子来家里了。"说完便去了厨房。

付衍舟扯了扯嘴角,算是跟没怎么打过照面的亲戚打了个招呼。

那个前一秒还在客厅里喝茶的叔叔站起身冲着付衍舟笑:"舟舟回来了,瞧这个头。"其余的人都在各做各的事,他的笑显得特别突兀。

就连自己的爸妈从自己进屋到现在,脸上也没有过笑容。

冷漠才是这个家庭的常态。

"叔叔好。"付衍舟挤出一抹笑。

"好好好,今天塬塬生日,我们一家子特意过来给他庆祝。"男人笑着说。

付衍舟的视线从他右边移去,看见付塬坐在轮椅上,面前摆着一个棋盘,正在跟爸爸对弈。

付塬手肘撑在轮椅一侧,食指跟中指间夹着一枚象棋,不时在下巴处点了点,在听到说话声后扭头,两人隔着一段距离有片刻的对视。

付塬大部分时间住在康复学校。

尽管是付衍舟跟父母相处时间更多一点儿,但远远没有付塬跟父母的感情深。这一点,从付衍舟出生开始就如此,付塬样样出色,学习成绩更是名列前茅,是付家之光。在付塬出事之后,付母也没放弃,更是将全部的心力倾注在付塬身上。

从儿时开始,付衍舟跟付塬在家里的待遇便完全不一样,付衍舟在完美哥哥的影响下,叛逆的个性越发明显,打架闹事不计其数,使得付衍舟越来越不讨母亲喜欢。

对于妈妈,付衍舟的印象永远是她看着自己时淡漠疏离的那双眼。

但这也没什么不好,付衍舟甚至觉得,没有亲情的羁绊,他可以堂而皇之地在大院里的一帮孩子中称王称霸,当孩子王;有时候在外挨了一板砖之后回到家里自己清洗干净额头上的血迹。这种事事靠自己的状态,让他对一切没有负罪感,活得坦荡。

"来,吃饭了。"付母在餐桌边招呼了一声。

付衍舟放下背包,洗手出来时,一群人已经坐到餐桌上,有说有笑地开动了。

"今天得来点好酒,"付爸从酒柜里拿出一瓶价值不菲的红酒,给自己和孩子的叔叔满上,笑道,"几个孩子不能喝,咱俩碰碰。"

"是啊,我听说付塬这孩子上电视了?身子成这样了还在坚持学习,据说当时电视台的记者都感动得哭了。"

"哪有这么夸张。"付母有些高兴,笑着摇了摇手。

付衍舟心不在焉地啃着面前的一盘排骨,坐在他边上的堂弟小圆子直接上手,弄得脸上衣服上到处都是油。小圆子啃完一块排骨,他手又要往盘里伸,付衍舟瞪过去一眼。

小男孩被吓得变了脸色,下一秒就要哭出来。

付衍舟捂住他的嘴,小声道:"不哭的话,晚上我把变形金刚给你玩。"

小圆子闪动着大眼睛,点了点头。

这边刚安抚好,付衍舟听见桌子对面有人叫他名字:"阿舟。"

付衍舟闻言抬眸,见付塬笑着跟他说:"咱俩好长时间没见了,碰一个吧。"

他已经力求做个隐形人了,没想到会被点名。

一时也不知道怎么回应,他坐着没动。

"你哥喊你呢,"付母出声提醒,"怎么,还要他过来请你是吧?"付母语气里都是不满。

"我没兴趣。"付衍舟低声答。

气氛突然一滞。

"你说什么呢?"付母眼睛一瞪,"你哥今天生日你跟他喝一杯怎么了?"

"学生不能喝酒。"

"呵,你还知道自己是个学生,你一学期上的课还没你闯祸的次数多……"

"孩子不愿喝就算了,吵什么?!"付爸声音一提,将酒杯磕在桌上。

"是我要吵的吗?"付母声音又尖又细,说话显得格外难听,"是你这个儿子故意找碴。"

坐在一边的叔叔此时拿着筷子,夹菜也不是,撤回也不是,只能局促不安地僵在原处,大概是震惊怎么好好的一家人说吵起来就吵起来了。

见大人吵架这么凶,小圆子没忍住,"哇"的一声哭出来,在他的引导下,另外两个孩子也跟着号啕。

哭声此起彼伏,餐厅像在举行着一场演奏。

所有人的肢体动作就变得缓慢，像谁按了慢放键。

付衍舟不紧不慢地吃掉了碗里最后一口排骨。

付爸站起身，怒不可遏地指着妻子说："每年都这样是吧？每年都要来这么一出，有意思吗？"

"付国庆！我告诉你，当初嫁给你是我瞎了眼，我辛辛苦苦给你怀上二胎，结果你背着我在外面瞎搞，想让我给你和小三腾地儿，我偏不，我就把孩子生下来，可谁晓得啊，这一生就成了祸害。"

"够了！"付爸怒目而视。

"如果不是他，"付母突然指向付衍舟，"塬塬的腿不会像现在这样……"

话一说，餐厅里顿时安静下来。

如同火药桶爆炸的前夕，暴风雨来临之前片刻的安宁。

所有人藏在心里的怨怼蜂拥而至。

"挺好，"付衍舟突然笑了笑，"这样就对了啊！老是装着有什么意思？早说呀，我欠他一条腿，要不我今儿还上？"

他站起身，慢悠悠地抽了一张餐巾纸，擦了擦嘴角的油渍。

他耳窝子嗡嗡作响，整个脑袋仿佛都要爆炸一般。

见付衍舟伸手握住面前不远的红酒瓶子，旁边的叔叔怕他做出过激动作，将小圆子拉进怀里。

付衍舟面上轻笑着，抡着红酒瓶猛地往餐桌上一磕。

玻璃落在地上发出一声脆响，碎片落了一地。

他看着手里剩下的半截酒瓶，裂口尖锐，好像有无数把利器对准自己。

随后他转而朝下，迅速地往自己的大腿上扎去。

"行了吧？"

他做完一系列动作，脸上的笑容一丝都没散去。

所有人都僵住。

饶是付母再怎么心狠,也尖叫一声捂住眼睛。

这声尖叫让付衍舟感到异常地爽,她给自己的终于不再是淡漠,也有了一丝别样的情绪,尽管这里面掺杂了害怕。

付衍舟转身上楼,回了卧室。

始作俑者的离席没有让一切平静下来,楼下的火药桶终于爆炸。

"家人"这两个全世界最温暖的字,在他这里成了绝望和冷漠的代名词。

外面的吵闹声和孩子的哭闹声怎么也屏蔽不了。付衍舟扭头看向漆黑一片的窗户,他忽然觉得自己被困在一个盒子里,四面无风,没有一点儿氧气灌入,他好像呼吸不了,几乎窒息。

而他的生机在那扇门外,只要推开门,就能得到一丝光亮。

那门把手在诱惑着他,可付衍舟怎么也迈不动步子。

他突然转身,拿着旁边的椅子往窗户砸去,那一刻,夜风呼呼灌入,他半个身子往外探去。

听到声音的时候,许吱正在卧室的书桌上做题,下周要进行一次摸底考,她的数学要恶补。突然,有东西落在外面的阳台上,动静不小,连许妈妈都听到响声,敲了敲她房间的门。

许吱放下笔,往阳台上走去,还没来得及开灯,她就着卧室的光看清了盯着自己的那双眼。

"跳错地方了,"男生呻吟了一声,"别开灯。"

许吱没听他的,按了墙上的开关。

灯亮之后,她才看到地上有血迹,再往付衍舟落地的方向看,阳台上方垂着一根用床单做成的绳子。

"你……"许吱一时不知道该说什么。

这个人在白天跟自己分别的时候还意气风发,此时却狼狈不已。

"你受伤了?"

付衍舟站起来,还是一副吊儿郎当的模样,笑着问:"吓到没?"

"倒没有。"他现在做出什么出格的事她都不吃惊了。

"连越的房间现在在哪里?"

她现在住的房间以前是连越的卧室,自从她搬进来,连越主动去了隔壁。

许吱往右边指了指,见付衍舟要开门,一把扯住他的衣服,小声道:"连叔叔跟我妈还在客厅呢,你现在出去不要命了?"

"那怎么办?"付衍舟摊了摊手。

许吱指着墙角的凳子说:"你坐会儿,等外面的灯关了你再出去。"

付衍舟皱着眉,表情要多勉强就有多勉强,脑袋往门的方向一偏,顿了顿说:"算了,我还是出去吧。"

"别,"许吱央求,"你现在这个样子出去被我妈看见了,我会被骂死的。"

付衍舟不搭理她,甩着胳膊往前面走,衣服却被许吱死死扯住。

"付衍舟,"许吱不松手,"舟哥。"

"你再多加一个哥。"付衍舟扭头看她。

"舟……哥哥。"许吱硬着头皮含混不清地叫了一声,脸都不知道往哪儿放了。

付衍舟满意了,眼里闪过一抹火光,说道:"记住了,以后都这么叫。"

许吱恨不得狠狠踹他一脚,怕他反悔,再次扯住他的衣服,将他往书桌边的椅子上拽。

付衍舟跟着过去,坐下来,见许吱片刻不停,满屋子找东西,疑惑地问:"你干吗呢?"

许吱找了条干毛巾,走到他面前,蹲下了点,仔细看了看伤口,说道:"给你处理一下,不知道的还以为你自残。"

付衍舟没说话。

.082.

许吱停下动作,不可思议地问:"不是吧,真是你自己弄的伤?这大晚上的,你发病了?"

伤口在腿上,许吱轻轻碰了下牛仔裤的豁口,付衍舟轻抽了口气,很快转移了话题:"不然呢,谁能伤到你舟哥哥?"

许吱抬头打量他的表情,皱眉问道:"你不会有什么隐疾吧?"

"许吱,我发现你现在越来越猖狂了,"付衍舟活动了下上半身,"对别人都客客气气的,在我这儿就开始损了是吧?"

许吱笑了:"谁让你老干这种莫名其妙的事儿。"

还好有一层布料挡着,伤口不算特别深,但有大大小小好几个口子,她看着都觉得疼。屋子里没有可处理的工具,她开门出去,再进来时手里提着个小医药箱。

"哪儿来的?"付衍舟问。

许吱拿棉签蘸了点酒精,忙着擦伤口边的血迹,头也没抬:"我跟我妈撒谎说我感冒了有点头疼,你这会儿别抖腿,把裤子往上掀点。"

付衍舟照着她说的话做。

她第一次清理伤口,怕弄疼他,手都有点抖,问道:"为什么把自己搞成这样?"

"被气的。"他轻描淡写地说着,往椅背靠去。

"还有你被气到的一天?平时你不气死别人就不错了。"许吱故意找话题转移注意力,手上握着碘伏药瓶轻轻往他的伤口处倾斜。

付衍舟痛得差点儿叫出来:"许吱,你趁着我受伤要行凶是不是?最起码给我一点儿心理准备行吗?你这样突然来一下,我忍不住,这样显得我……"

他停顿了一瞬,继续说道:"像个受伤小白一样,很没面子。"

"你从小到大都是混混王,光荣事迹连越哥哥都说了几百遍了。"许吱没好气地回。

"我算是看出来了,你这纯粹是在打击报复。"

"谁让你老是吓唬我。"

"我是关爱你。"

"我不需要。"

"算了,"付衍舟接过她手里的棉签跟碘伏,"我还是自己来吧,搁你手里我总感觉自己在被凌迟。"

许吱站起身,这才感觉腿发麻了,看到付衍舟熟练的动作她愣了愣,才开口问道:"你要不要去医院?"

"不用,小伤。"他拿出习以为常的态度,好像找回了属于自己的主场。

许吱坐在床上,手臂向后支棱着,看付衍舟将伤口处理完,又问道:"你吃过饭了没?要不要吃点东西?"

"有什么?"付衍舟无论何时何种境地都将大佬气质发挥到极致。

许吱抿抿嘴,她没有囤零食的习惯,书桌抽屉下面的几盒早餐饼干还是妈妈死活塞下的,料想他也不爱吃。她于是蹑手蹑脚地出去,去厨房拿了一个饭盒,晚饭吃得晚,电饭煲里的剩饭还是温热的,剩菜已经全部放进冰箱,完全凉透了。她将西红柿炒蛋全部倒在白饭上,又夹了几片凉拌牛肉,随后将饭盒揣进怀里,用外套捂着进了卧室。

付衍舟在伤口贴好纱布,见许吱缩着个小脑袋进来后关上门。

"你演特工?"他打趣她。

许吱白了他一眼,将餐盒开了盖,推到他面前说:"已经凉了,你凑合着吃。"

付衍舟往饭盒里瞅了瞅,还挺香,他晚饭本来就没吃好,经过这一折腾,早就已经消化得差不多了。

"你妈妈做饭还挺好吃,主要是火候到位。"付衍舟扒着饭,塞了满满一嘴,含混不清地说着,"这西红柿炒蛋凉的时候最好吃。"

许吱边笑边给他倒了杯温水说:"你还懂做菜呢。"

"会一点儿,以前我爸妈忙的时候,都是我自己做饭吃。"他噎得不行,端起手边的水杯,仰头一饮而尽,这才松快了,"你别不信,我又不骗你。"

付衍舟夹着块西红柿,没急着喂进嘴里,用认真的语气说:"我不是你认识的那种衣来伸手、饭来张口的贵公子,从小到大我能自己做的从不麻烦别人。"

许吱抬眼看着他。

"我生来就是多余的吧,"付衍舟笑笑说,"我爸妈算是白手起家,为了家里的生意吃了不少苦头,我妈怀我的时候正好接了几个大单,她的本意是要打掉的,可偏偏那时候知道我爸在外面有了人。她天生要强,于是赌着一口气把我生了下来,逼着我爸回归家庭。在她的心里,我不过是她用来拴住我爸的手段而已。"

许吱不知道怎么接话,犹豫了一会儿,小声喊道:"付衍舟。"

"怎么,你要可怜我?"他的脸上一点儿哀伤的神色也没有,看得许吱心里五味杂陈。

"这几年我知道我挺那什么的,"付衍舟垂眸,"见到不爽的人就揍,学校里的人都怕我,见着我恨不得绕道走。"

"校霸做厌倦了,想做回好学生?"

付衍舟"嘁"了一声:"我初中有一回跟班上的同学打架,正好碰见教育局的领导来学校视察,我抡着椅子差点儿砸到领导身上,那件事差点儿闹到被开除。"

许吱吓得呆呆地看着他,过了半天才说:"你这胆子也太大了吧。"

付衍舟看着她,语气认真了些:"许吱,你有想过以后干什么吗?"

"我?"许吱想了想,"去外地吧,离开这个地方,上一所好大学。"

"什么大学?不会是北大清华这样的吧?"付衍舟撑着脖子想了想。

许吱笑道:"我的成绩都挨不上边儿。"

"我看以前班上的同学填理想都填这些大学。"付衍舟看着她的眼睛说,"他们考不考得上我不知道,但许吱,我觉得你可以。"

"嗯?"许吱愣了愣。

"许吱,你要知道,人就要有个大多数人都难以触及的梦想,然后实现它。这样等下次有人问你的时候,你才有拿出炫耀的勇气。"

他从来没这么认真过,一时间,许吱竟不知道如何回答他。

"那你也快点振作起来。"许吱说。

付衍舟笑了:"我就没长学习的细胞。"

"你先证明给我看,人只要努力就能做到任何事。"

付衍舟愣了愣,随后鼻尖逸出一丝笑:"行,到时候舟哥罩着你。"

他说完这句话之后,没有撤回视线,不知道为什么,看着灯光下的许吱,他一时有点失神。

聊完这个话题,两人突然安静下来。

付衍舟给许吱让了位置,她坐在书桌上继续看书,房间里一时安静得只剩下沙沙的纸页翻动声。

他是个实打实的学渣,上一次看书还是老三在课上给他传的篮球杂志。可这个时候,也不知道是中了什么邪,前所未有地觉得翻书的声音出奇的动听。

付衍舟看着许吱的背影,瘦瘦弱弱的,腰肢不盈一握,但他心里清楚,这个瘦小的身躯能爆发多大的能量。她就像一个白白净净的瓷器,可以安静地在角落里当一个好看的摆件,可一旦你触碰她,她会碎成碎片,刺痛你。

他竟然招惹上了一朵假白花。

他这样想着,觉得跟她认识也是一件神奇的事。

客厅的灯终于关掉,许妈妈敲了敲卧室的门,提醒许吱早点休息。许吱应声之后,外面有脚步走动跟关门的声音,最后彻底安静下来。

付衍舟蹑手蹑脚地出去,临走前,回头对正看着他的许吱说:"谢了。"

这是认识他之后,第一次听见他道谢,于是许吱赔着笑:"那请你吃学校食堂的事能不能就算了?"

"想得美。"付衍舟毫不留情地拒绝她,果断地合上了门。

许吱恨恨地在心里嘀咕一句:不懂感恩,早知道就把他撵出去了。

连越听到敲门声的时候还没休息,开门见是付衍舟吓了一大跳。他环顾了四周,将付衍舟拽进房间,瞪着眼珠子问:"你怎么进来的?"

付衍舟往楼上一指,随后在床沿坐下,双腿蜷曲,伤口被扯得一阵剧痛,侧身看见书桌上摊开的习题册,说道:"你们这对半路兄妹还挺像的,这都多晚了还在看书,都是学习的好苗子。"

"付衍舟,你再敢翻到我妹妹的卧室,小心我揍你。"连越压低了声音威胁他。

付衍舟哼笑:"你揍得赢吗?"

"咬也得让你去半条命。"

这下付衍舟彻底笑了:"我忘了你是属狗的了。"

连越轻揉了下他的肩,严肃地问:"听见没?"

"看你表现,要不今天我睡床,你睡地上,我这人觉浅,不习惯跟人睡一张床。"付衍舟说完,顺势往后面的床上一倒,故作享受,"你这床还挺舒服。"

"你怎么这么欠呢?"连越踢了下他晃动的双脚,"这位少年,你到底是来有求于人的,还是来找碴的?"

付衍舟勾起嘴角,此时累得够呛,懒得回连越。

他一进门就装得跟没事人一样,强忍着痛跟连越打趣,连越这才看到他腿上的伤,心里有些难受地问:"你又对自己下狠手?"

付衍舟淡淡地回道:"你怎么不认为这是我爸揍的?"说完,他自问自答,"也对,不管我怎么胡闹,他都不会对我动手的,你说这是好还是坏?"

"你这人怎么这么找虐呢?下次别搞得一身伤,我还得伺候你。"

付衍舟眼睛一眯,愉快地笑出声:"该。从古至今,没人能在拿捏着自己把柄的人面前硬气起来。"

付衍舟跟连越熟悉起来,是因为篮球。连越跟付衍舟不一样,家教极严,从小被逼着一门心思扑到学业上,就连这点额外的兴趣爱好都快被磨灭得渣都不剩。

后来在付衍舟的带领下,连越放飞过一阵子,不过说起来,自从上了高三,两人已经很久没在一块儿打球了。

付衍舟将脑袋侧了侧,伸着手臂去拿书架上的一张专辑,正反两面瞅了瞅,问在前面看书的连越:"你什么时候喜欢听摇滚了?我记得初中那会儿,我们组了个乐队,想拉你入伙,你可死都不乐意。"

"这是给吱吱的,"连越比了个嘘的手势,"她马上要过生日了,我给她准备的生日礼物。拿开你的蹄子,别给弄坏了。"

"我怎么从你身上感受到一丝母爱的光辉,连……大妈。"

"滚,小时候你可比我更疼许吱。"连越说。

付衍舟原本半眯着的眼睛突然全部睁开,问道:"什么时候?"

"我记得那会儿许吱喜欢玩兔子芭比,但游戏店的老板不给租,你攒了半个月的钱把那个游戏机买过来,说要送给她。"

"后来呢?"说实话,付衍舟一点儿印象也没有。

"忘了,好像许吱那时候跟许阿姨回家了,你礼物没送出去,站在小区门口的槐树下哭鼻子来着。"

"你就扯淡吧你,舟哥我从小到大没掉过眼泪,娘们儿唧唧的。"付衍舟骂了一句。

连越在一旁笑得连翻书的力气都没有了。

付衍舟若有所思地看了眼手里的CD,不屑地撇撇嘴,这都什么年代了,喜好还这么老土。

"阿越,"付衍舟咳嗽了一声,轻声开口,"我问你个事儿。"

"什么?"连越扭头看他。

付衍舟的脸在灯光下白得发亮,眼神深邃得如同夜间寂静的海面。

见他难得认真,连越挺直了脊背。

"如果想成为年级第一,"付衍舟看着他,"要怎么做?"

闻言,连越哈哈大笑:"玩儿肯定不行。"

"那你觉得如果是我的话,可能性大吗?"付衍舟依然看着连越。

连越"啧"了一声:"我这辈子还能从你嘴里听到这句话,我突然有种死而无憾的感觉。"

"找打是不是?"付衍舟握紧拳头,睨了他一眼。

"你先端正态度,我再告诉你怎么做。"

付衍舟泄了气,瘫倒在床上:"算了,当我没说。"

隔了许久,他又问:"许吱什么时候生日?"

连越扭头:"怎么,你要表示表示?"

"你的妹妹都不拿正眼瞅我,我还不得借着这个机会明目张胆地讨好讨好。"

他这模样要多欠揍有多欠揍,连越忍不住踢了他一下。

运动会之后学校就安排摸底考,同学们都叫苦不迭,个个唉声叹气，上课情绪都很低迷。但由于此次考试是市里几所高中联合出的试卷，各科老师恨不得使出浑身解数调动学生的集体荣誉感，好让自己的科目在市区拿到名次。

不得不说，这些有经验的老教师都是成了人精的，效果还真是有。

许吱所在的班级在课间都能听见嘈杂的背课文的声音，状态堪比面临高考。

上午第二节英语课下课后，何灵拉着许吱去楼下打热水。学校的热水池前面就是男生宿舍的入口，打水的人很多，队伍排得很长。许吱跟何灵分开排，她站在靠近人行道的一侧，刚站定就见到老三从男生宿舍出来，手里抱着两件脏衣服，往洗衣室这边跑。

老三等走近了才看清是许吱，他对人十分热情，嗓门又粗犷，大喊一声："许吱妹子。"

许吱看了眼他手里的衣服，笑着问道："你这脏衣服攒了不少天吧？"

"不是我的，"他怕许吱不信，重复了一遍，"真不是我的。付衍舟的，他这人爱干净，上午刚打了球，受不了汗味儿，衣服丢在我宿舍就不管了，这大爷脾气不好，也就我乐意屁颠儿屁颠儿地伺候他。"

洗衣室离热水池不远，老三跑进去，出来见许吱还在。

她排在中间，离热水池还有好一段距离。

老三去开水房的窗户边上不知道跟里面的人说了什么，隔了一会儿走过来，接过许吱跟何灵手里的水杯，再回来时，里面已经灌了满满当当的开水。

考试前都是争分夺秒，许吱感激地笑笑："谢谢。"

"别客气，举手之劳，这开水房的师傅跟我是老熟人了。"

老三身形高大，站在两个女生面前，显得她俩特别娇小。

"付衍舟呢？平时见你们形影不离的，今天怎么没在一起？"何

.090.

灵随口一问。

"他老人家忙。"

"你们知道咱们认识的人里,谁要过生日了吗?"老三特意看了许吱一眼,见女生沉默着,没吭声。

"舟哥翘课,满大街地买礼物去了,还真没见他对谁这么上心过。"

"指不定是哪个女生。"何灵笑道。

两个人一来一回,意有所指。

许吱扯了扯何灵的手臂,说道:"要上课了,我们赶紧走吧。"随后跟老三挥了挥手,两人进了教学楼。

老三进教室的时候,某付姓同学正躺在教室最后一排安寝。三张凳子拼成一个狭小空间,付衍舟半双长腿垂在地上。

"你昨晚干什么了这么困?"老三踢了踢他的脚,但知道他的腿伤有好转,早上一场球估计又裂开了,老三没敢用劲。

闭眼假寐的付衍舟没搭理老三。

"我刚在热水池撞到许吱了,"老三见他还是没动,故意刺激他,"她向我问起你来着。"

前一秒还躺着的人突然蹿起来,吓了老三一跳。

付衍舟问道:"问我什么?"

"问你的脏衣服攒了多少天,都有味儿了。"

付衍舟僵住片刻,眼底闪过一抹尴尬,手肘直接锁住老三的喉咙,死死地往怀里箍:"陈奥,你找揍吧?"

"你这么在意自己在许吱那里的形象,早干吗去了,何必当初?"老三差点儿被气笑了,不过是如实转告,结果变成自己备受摧残?

他好不容易从付衍舟的魔爪挣脱开,衣服发型全乱了,坐在凳子上咳嗽了好一阵,不满地说:"你真下死手哇?"

"让你下回再胡说八道。"付衍舟没好气地回。

老三叹了口气:"你什么时候变得这么计较了?不管到什么时候,老大的范儿可不能丢。"

过了一会儿,他又不爽地问:"我在你这儿怎么没有这么好的待遇?好歹咱们也是混了四五年的关系,还比不得半路认识不到一个月的许吱啊?"

"一边儿吃醋去。"付衍舟推了推老三的脑袋,在桌肚里翻了又翻,"我那书呢?"

"什么书?"

"就那物理课本。"

"啊?"

"啊什么啊,没见到老大学习吗?"

老三摇了摇头:"还真没见过,这要搁以前,我肯定会以为你家祖坟上冒青烟了。"

付衍舟停下动作:"还想挨揍是不是?"

"但我现在不这么认为了呀,"老三凑到他跟前,一张大脸在他眼底放大数倍,嘿嘿笑了两声,"现在我知道了,是爱情的力量呗。"

付衍舟想也没想,在课桌里摸到一本书朝老三砸去。

上午最后一节体育课被数学老师强行要去,用作考试前的突击。好不容易盼来的休息时间被用来啃试卷,同学们怨声载道。数学老师明显感觉到学生们向他投来充满怨气的目光,在讲台上待了没一会儿,就拿着书回办公室了,留下一班上人自习。

大家安分了一阵儿,不知谁出声打破了安静的学习氛围,所有人开始有默契地聊天,不少人换了座位,跟要好的伙伴坐在一块儿。

许吱被后座投来的纸团砸了脑袋,回头一看,是何灵抱着书满意地坐在她边上。

好朋友待在一块,很难再看进去题。

何灵撑着头，手指绞着许吱垂在肩膀的头发，小声问道："生日打算怎么过？"

许吱停下笔，扭头问："你怎么知道？"

"我上次帮班主任整理班上同学的档案，特意留意了下。"

"你有当特工的潜质。"许吱由衷地说。

何灵凑过来挽住许吱的手臂，小声问道："那你到底打算怎么过呀？这种日子真是太无趣了，好不容易来了件大事，可不能勉强凑合。"

"你喜欢什么？"

"我们野炊去好不好？"

许吱抬眼问："就咱俩？"

"有点冷清对不对？"何灵见许吱点头，盘算道，"我打算叫上老三，他刚刚还帮咱们打水了，我感觉他这人不错，适合交朋友，再说滴水之恩要涌泉相报嘛。你要不要再叫上顾以择？"

"算了，"许吱埋头继续做题，"过个生日没必要搞得尽人皆知。"

"这有什么。我看他对你挺愧疚的，自从上次陈娜拉搞出那事，他每次见你都欲言又止。"

许吱扯了扯嘴角，挤出一抹笑："有吗？"

"你还在生他气啊？"

"没有，我只是觉得，他可能跟我想象中的不一样。"许吱不想再在这个问题上纠缠下去，看了看腕上的手表，提醒道，"这堂课已经过了二十分钟了，你大题一道也没写，中午不打算吃饭了？"

何灵一摊手，无奈地说："写了也白搭，反正都是鸭蛋。"

"大题有步骤分的，你最起码把答题思路写上，等会儿咱们再讨论讨论。如果你这次摸底考试在班上前进十名，我就答应你去野炊，否则免谈。"

何灵长叹一口气，重新坐回座位，埋头答题，嘴里还不住抱怨：

"许吱,你比老徐还磨人。"

摸底考安排在这个星期三,也许是怕影响许吱考试,付衍舟好些天没找过她,上次的食堂之约又被往后延迟,这样的滋味十分不好受,总有一种跟付衍舟藕断丝连的感觉。

欠人钱的感觉实在太糟糕了,她这辈子都不要再有这种经历。

整场考试下来感觉还不错。许吱的成绩在之前都不算特别差,不过她严重偏科,主科成绩在年级都拿得到好名次,但副科实在惨不忍睹。

好在她学的文科,只要死记硬背,也能勉勉强强不拖班上后腿。

来十中之后,她的心念有所改变。以前觉得高考离自己太过遥远,许多事情也是能拖就拖,也不懂得私下恶补,但现在觉得一切迫在眉睫,大概是想要离开这里的愿望太过迫切。

有时候,她觉得自己生出这种念头挺没良心的,连叔叔是一个非常完美的继父,挑不出任何缺点,但她害怕自己会生出依赖感。从父母离婚之后,她尽量在情感上保持一个独立的状态,这些年跟妈妈辗转去过不少地方,许吱得保证自己能在妈妈每一次婚姻破裂之后,迅速地抽身出来。

妈妈在婚姻里是个追求完美的女人,而许吱知道,自己就像小时候玩的推箱子游戏中,在错综复杂的迷宫里的那个麻烦碍事的箱子一样。

离开也许是最好的选择,对自己,对妈妈都好。

好不容易考完试,结果下午最后一门副科考完之后,学校广播通知,在晚饭前半小时,教导主任会在各个班级来一次违规物品大检查。自从上个月男生宿舍有人煮火锅而差点儿引发火灾之后,检查的次数越来越多了。

许吱倒觉得没什么,她课桌里就几本课外杂志。

何灵就不一样了,她还带了卷发棒来学校,许吱至今都不知道那东西到底有啥用途，让何灵恨不得走哪儿带到哪儿。

不过小女生爱漂亮也不是什么奇怪的事，许吱扭头，看向跟她隔了一排的何灵，扎着双马尾辫的女生冲自己比了个OK的手势。

看来她早有准备，提前藏好了。

教导主任是个不苟言笑的小老头儿，年纪挺大身形却很板正，听说年轻的时候当过兵。

他推门进来时，班上讲小话的声音戛然而止。

巡逻了一阵，他没缴获到什么违规物品，正打算离开，目光在教室里来回，最后停在第三排靠近走道的女生的头顶，于是走过去敲了敲她的课桌。

许吱闻声抬头，见教导主任一脸严肃地看着她。

教导主任问道："这位女同学，你头发是刚染的吧？"

许吱愣了一瞬，否认道："不是的老师，我发色天生这样。"

"每个被抓到的学生都这么说，你们怎么还统一供词呢？不能来点新词？"

"老师我没——"许吱气结地反驳，话还没说完就被打断。

"你知不知道最近教导处再三强调，不要违规违纪，你们怎么还顶风作案呢？"

"你们这些学生，一个个的不好好学习，成天就知道臭美，搞这些花里胡哨的成绩就能提高了？"

许吱低头，教导主任说话跟机关枪一样，她一点儿申辩的机会也没有。

"周五学校要开集会，你就上主席台站着吧。"他说完要走，随后又补了一句，"还有，下周一之前，把头发给我染回来。"

他摆明了想杀鸡儆猴，话说完还扫视了所有人一眼，背着双手绕过讲台出门了。

他一走，同学们都直呼教导主任太变态了。

何灵匆匆跑过来，问道："你没事吧，许吱？"

许吱苦笑："没事。"

就是相当丢脸。

她此时尴尬得恨不得找个地缝钻进去。

这辈子第一次被通报批评，还是当着全班同学的面。一整天她都有点焦虑，晚饭在食堂遇见付衍舟跟她打招呼，她也没怎么回应，吃了几口饭就回教室了。

晚自习下课后，老三拖着付衍舟和班上的几个同学去校门口开了间台球室。

好久不打，有些手生，再加上付衍舟心不在焉，从开球时状态就一直不对，连输了两局，他将球杆给了其他人，坐在一旁的沙发上玩手机。

老三余光看了看付衍舟，一屋子人玩得热火朝天，没人注意到那边的沙发上有人大有一副要把手机捏碎的气势。

"干吗啊？"老三看了付衍舟一眼，"这手机可经不起你这么折腾。"

付衍舟按着键盘快速打字，在老三的话语声中渐渐停下来，不耐烦地掀了掀眼皮："起开，你挡着我光线了。"

老三听话地挪了挪位置。

"又发病。"他嘀咕了一句，但没让付衍舟听见。

"明天开会你来不来学校？"确认付衍舟是真的没听到自己说他坏话，老三才开口问。

"不来。"付衍舟盯着手机发呆，想起在食堂许吱丝毫不搭理自己径直离去的背影有些烦躁，不知道自己什么时候又得罪她了？

"哎，我今儿遇到何灵了。"

付衍舟没回话。

老三偏偏哪壶不开提哪壶，故意刺激他："后天是许吱生日，她们要出去野炊，邀请我了。"

付衍舟这才缓缓扭头,看着老三那张油光满面的脸,不可置信地问:"邀请你?"

他用了很大劲才将嗓音压得冷静克制,付衍舟突然觉得自己十几年的脾气都憋在许吱身上了。

"对呀,许吱有没有通知你去?"老三问。

付衍舟过了一会儿才冷着声音说:"请我我也不会去,没空。"

"不过,也没个准儿,"老三顿了顿,"也可能会取消,何灵说许吱心情不好,被教导主任训了一顿,周五大会上还要通报批评呢。"

"因为什么?"付衍舟问。

"教导主任你还不知道,一天到晚就找学生碴儿。今天全校大检查上,非说许吱染了发。染就染了吧,再染回来不就得了,非要把人拉到主席台上一顿教训,人家女生脸皮薄,脸往哪儿搁呀。"

付衍舟放下手机,原来她是因为这个心情不好的。

他想了一会儿,心里的阴霾稍微散了散。

一旁的老三仰头灌着冰可乐,随后长长地打了一个嗝,说道:"没想到我在女生中的人气比舟哥你还要高呢。"

"你是不是可乐喝多了有点脑残?"付衍舟弓着背,边穿鞋子边说。

老三掐着兰花指,做娇羞状:"舟哥,你怎么能这么说人家呢?"

这话听得付衍舟鸡皮疙瘩都起了一身,连连摇头,将沙发上的帽子往老三脑门上一扣,笑着说:"小心哪天你那点人气跟可乐气一样,撒丫子跑了。"

"付衍舟。"老三瞪着他。

"瞎喊什么?走了。"

付衍舟去前台给订的包厢续了三个小时,听着身后的房间里传来一阵热闹的碰杆声,付衍舟这才觉得自己也有了点人气儿。

许吱因为烦闷第二天的事,又不敢让家里人知道,早早睡觉了。

但也只是睁着眼睛在床上躺着,到凌晨才睡着。第二天她顶着俩熊猫眼出卧室门,许妈妈还以为女儿生病了,嘘寒问暖好一阵。

许吱佯装着镇定,度过了早自习。

然后广播通知全校学生去操场开会,她整个人都要炸了。

干脆跑吧,落荒而逃吧,跟班主任请个病假溜之大吉。

可偏偏找了半天都没有看见班主任,她硬着头皮在教导主任的召唤下上了主席台。前面的老师在读着学生守则,许吱接受着全校学生行的注目礼,掌心汗涔涔的。

"那人谁啊?"

主席台下的学生早就被守则折磨得昏昏欲睡,此时人群一阵骚乱,所有人都来了精神,往高三年级的后排看去,有眼尖的人认出来。

一个身穿白T恤,头戴黑色棒球帽的男生姗姗来迟,他又高又瘦,再普通不过的白T恤穿在他身上异常挺括。他边走边取下帽子,那头红色的头发在人群中格外显眼。

"那是付衍舟?"有眼尖的男生答。

"哇,发型好帅。"女生纷纷星星眼,这下完全不淡定了。

有男生打趣道:"你们是在看发型吗?"

"在发型的凸显下,脸更帅了。"

"对,腿好长,我觉得他应该去做偶像,参加选秀节目,评委最吃他这种颜了。"

有个同学扯了扯正在打瞌睡的老三,老三睡眼蒙眬地抬头,见付衍舟就站在他边上,顿时一个激灵,睡意全不见了。

这人不是说今天不来学校的吗?

结果现在却当着全校同学面耍帅?

老三严重怀疑是不是昨天自己大言不惭地说自己在女生中比付衍舟更有名气,刺激到他了。

"舟哥,你……"老三刚要开口,便听见主席台上正在讲话的教

.098.

导主任又气又怒地对着麦克风喊道:"刚来的那位学生,你把老师的话当耳旁风是不是?!上来!"

付衍舟头一歪,显然觉得一切都在意料之中,双手插兜,无所谓地往主席台走去,很自觉地站在了许吱身边。

许吱觉得如果刚才自己有百分之五十丢脸的话,现在是百分之百了。因为全校所有女生的目光都盯着俩人,或是羡慕,或是嫉妒。

"付衍舟,你又抽风?"许吱目视前方,话却是对着旁边的人说的。

"什么?"付衍舟侧目问。

"你别看我,还嫌我不够引人注目?"

"哦。"他低低应了一句,没动静了。

"你干吗把头发染得这么红?"

"你有没有欣赏水平,樱木花道你知道吗?这是全中国最流行的发型。"

许吱被他的信口胡诌噎得半晌说不出一个字。

"尤其再配上小爷这张脸,无敌。"付衍舟挑动了下眉峰。

许吱腹诽:无敌到被教导主任当众通报,你可真是好棒棒哟。

"许吱。"付衍舟突然叫了她一声。

她下意识扭头:"啊?"

付衍舟沉默了一会儿,笑着问道:"你觉不觉得两个人一起经历这件事,其实也没那么丢脸?"

"啊?"许吱愣了愣。

男生英俊的脸只正经了一秒钟,下一刻便乐不可支道:"许吱,你刚刚嘴巴微张的时候好像个傻子。"

"……"

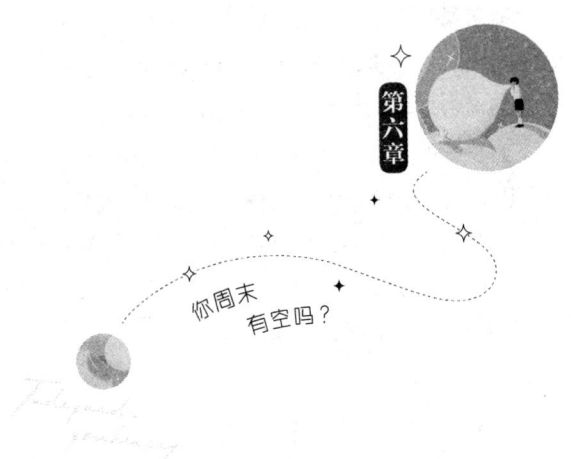

因为提前跟家里人说好,周末要跟同学出去庆祝生日,所以晚上许吱到家时,妈妈已经做好一大桌子菜,全家人早早等着她了。就连因为高三学业繁忙,大多数时间寄宿在学生宿舍的连越,也发信息说会提前下晚自习回家。

榴梿千层蛋糕,她最喜欢的口味。

一切都是那么温馨,将她从进门的恍惚拉回现实。

"坐啊吱吱。"连叔叔高兴地喊了她一声,"愣着干什么?快把书包放下,吃饭。"

许吱应了一声。

连叔叔从厨房往餐桌上端菜,冲许吱说:"这两道土豆牛腩跟鱼香茄子是你妈妈的拿手菜,我们今天沾你的光了。"

许妈妈解下围裙出来,佯装生气,瞪他一眼:"说得好像我平时亏待你似的。"

四人坐好,许妈妈边盛饭边问许吱考试情况。

许吱埋怨道:"今天你还要管我学习,简直太可怕了。"

"不到高考,一天都不能松懈,"许妈妈苦口婆心道,"你就算是以后进入了社会,也要抱着学习的态度。就像我,都已经跟不上公司里新来的孩子的思想观念了,要是平时不多看多学,完全跟不上他们。"

连叔叔在一旁劝道:"孩子还小呢,慢慢来。许吱的成绩一直很不错,现在也适应了学校老师的教育模式,应该八九不离十,你少操心。"

"嗯,我感觉我这次考得不错。"许吱给妈妈吃下定心丸。

许妈妈这才放心下来,笑盈盈地给女儿夹菜:"再接再厉。"

也不知是真的饿了,还是妈妈做的饭太好吃,她一下子扒了一大碗饭。

许妈妈看着灯光下的女儿,一时之间有些恍惚,喃喃自语道:"当初生下来就那么一丁点儿大,没想到再过两年就要成人了。"

"有礼物吗?"许吱从饭碗里抬头,撒娇说。

"我不知道你们小孩子喜欢什么,"许妈妈看了她一眼,"就在书店里给你买了点学习资料。"

"啊?"许吱皱眉。

"啊什么啊,有礼物收就不错了。"许妈妈笑道。

许吱撇撇嘴,这算哪门子礼物。

隔了一会儿,许妈妈才轻声说:"你爸打电话过来了,他给我银行卡里转了笔钱,让你拿去买点好吃的。"

许吱眼神一黯,点头道:"哦。"

许吱爸妈当年算是和平分手,在那个年代已算非常前卫,不过爸爸在跟妈妈离婚的第二年,便跟另一个女人再婚。这么多年以来,他彰显自己存在感的除了银行卡上冰冷的数字,再无其他,甚至明知道许吱自己有手机，两人也从不通话。

而她对于爸爸的唯一印象，是小学时的家长会，当时穿西装出席的爸爸跟一众跷着二郎腿嗑着瓜子的学生家长格格不入，像从电视机里走出来的人物，帅气逼人。

那是她读书以来，唯一一次有家长参加的家长会。

很多年后，她再次回忆那个场景，尽管有些陌生，但那个只能在睡梦里才能有的场景，甚至会让她感到一丝甘甜。

许吱生怕自己在妈妈面前泄露一丝失落而引发她不愉快的回忆，匆匆扒了几口饭，将碗放回洗碗池后，跟此刻在餐桌前一语不发的妈妈和连叔叔说："我先回房看书去了，你们慢慢吃。"

说完，逃也似的离开了餐厅。

等许吱回到卧室，掩上房门，才听见外面传来断断续续的啜泣声。

"我真的不想跟他吵，这么多年累了也倦了……可他怎么对我无所谓，对孩子也没半点关心，难道吱吱对于他来说，真的只是一个需要例行完成的任务吗……他想生几个儿子，关我什么事，我要的只是他对女儿好……"

许吱听着，深吸了口气，缓缓地吐出来，迈向书桌的步子仿佛有千斤重，在台灯下看了半天书，却怎么也看不进去。

她很想跑出去告诉妈妈，不用这么介怀，她早就将爸爸缺失的那部分掩盖起来，修炼成金刚不坏之身了。但此刻她有些害怕，不知道怎么去面对红着眼眶的妈妈。

她盯着习题册，一个小时过去，竟半个字都没写，脑子里浑浑噩噩。没一会儿卧室门被推开，许吱扭头，是连越。

"小丫头，生日快乐。"他递过来一个礼盒。

许吱双手接过，道了谢。

"你怎么过生日还这么愁眉苦脸的？高兴点。"

他说完，见许吱挤出了一丝比哭还难看的笑容，蹲下身打量她的脸，问道："怎么了，有心事啊？来，跟哥哥说说。"他也就大她一岁，此刻拍着胸脯，还真有几分兄长的模样。

许吱被他逗笑了，摇头道："没有，刚才蛋糕吃多了腻得慌。"

连越蜷着食指敲了下她的额头："馋鬼。"

"啊……"许吱戏瘾犯了，扶额装作很疼的样子，捂着被他敲的地方，埋着头半天不起来。

"你这个演技会不会太过了点？"连越笑着说。

"真的疼。"许吱蹙眉。

连越笑得直不起腰来："你这碰瓷的样子，让我想起来一个人。"

"谁啊？"

"算了，不能背地里说别人坏话。你继续写作业吧，我走了。"

"哥哥，"许吱忙喊住他，见连越回头，许吱又有点难以启齿，"能求你帮个忙吗？"

"怎么，这么快找我要医药费啊？"

"那代替医药费，你把付衍舟的微信给我吧？"

连越问："你要他微信干什么？"

"上次你不是让他送我回家吗？一直没感谢人家，我想着明天邀请他一起去野炊。"许吱很自然地给了个理由。

"那我一会儿推给你，"连越想了一会儿，犹豫着说，"不过他那家伙很冷漠，要是拒绝你，你可别难过呀。"

许吱点点头。

连越站在门口，台灯的光又暖又亮，将许吱的脸映照得甜美可人，他突然心里生出怜爱，又想到之前爸爸跟他说过许吱前几年的境况，心里泛起一阵酸楚。

她常年戴着护腕，从不在人前取下。连越盯了一瞬，冲着埋头写作业的女生轻声开口："许吱。"

"啊?"听到叫她,许吱抬头看过去。

那双眼睛澄澈发光。

"能跟你做一家人,我很高兴。"连越轻声说。

说完,他轻掩上门,不知道房内的女生眼眶里有了泪花。

付衍舟自从上次跟家里人闹过一阵之后,好些天都住在外面。上了高三他就在学校附近租了个房子,家里没人反对,大概是觉得与其让他在家里祸害,还不如眼不见为净。但今天他得回家,天气越来越热,他需要一些换洗的衣服。

家里的气氛不好也不坏,又恢复了往日的死寂,对已经过去的事只字不提,这是他们多年以来养成的默契。

付衍舟躺在床上,放在身边的手机"叮"的一声。他捡起手机看,有人发来好友申请,备注"许吱"。

付衍舟一个激灵坐起来,点了通过申请。页面转到一个空白的对话框里,付衍舟盯着最上面那行"对方正在输入",大约半分钟过后,许吱才磨磨蹭蹭发了一句话过来。

"付衍舟。"

连叔叔新买的手机她还不适应输入法,打字慢得跟蜗牛一样。

隔了一会儿,对方回了个问号。

许吱心想:还以为他不在呢,回复得这么快肯定在玩手机。

付衍舟眼睛一眨不眨地盯着屏幕,这人发消息这么慢,他都恨不得钻到那边的屏幕上,去替她发完算了。

在他耐心就要被磨得一干二净的时候,许吱的消息姗姗来迟。

"你周末有空吗?我们约好出去玩,你去不去?"

许吱发完,对话框再没动静了。

许吱在心里腹诽着:该不会真的会被拒绝吧,虽然现在两人也算患难与共了,但按照付衍舟这种阴晴不定的性格,不见得他会答应。

·104·

反正人她已经请过，答不答应是他的事儿。

想了一会儿，她没再纠结，上床睡觉了。

付衍舟在漆黑的房间里吹了声口哨，嘴角上扬着将对话框截了图，发给老三，并说道："看看，什么叫真正的人缘。"

老三好不容易睡着，被消息提示音振醒，打开一看，脑补了发消息的人那副嘚瑟的嘴脸，大大地翻了一个白眼，回道："大半夜你抽什么风？"

"不抽风，只打脸。"

老三只觉得要吐了，回复了个抱拳的表情："甘拜下风。"

付衍舟心情一下变得很好，要不是怕邻居投诉，他恨不得立马站起来大声放歌。

第二天，许吱才看到付衍舟惜字如金地回了一句："嗯。"

高冷得好像多说一个字就碍着他什么事儿似的。

大爷，知道你不乐意，很勉强，是小的不知趣了。

许吱扯出一抹假笑，洗漱完约大家在校门口集合。

许吱到操场的时候才发现来的人比她邀请的要多，并不是她人缘不好，只是她觉得太高调不太好。她又不是太后，不想过个生日整得全民皆欢。

结果老三把他毕生的人缘都耗尽了，自己贪玩还要冠上美名——人多热闹。

他叫的人里面大部分都是他跟付衍舟圈子里的。

一行人在校门口等，十分钟后，头顶鸡窝头的付衍舟姗姗来迟。陈奥身后那群男生起了个哄，都拍了拍付衍舟的肩膀，喊着舟哥加油啊，整得跟付衍舟要去参加大型国际赛事一样。

去往郊外的大巴车上，何灵一头雾水，凑到许吱跟前问："加油是什么意思啊？"

许吱耸了耸肩膀，表示不知道。

她隔着几排座位往后座看去，与付衍舟对视了一眼。

他今天能到场没放她鸽子已经算是个奇迹了，别的随大家高兴吧。

老三的座位上跟长了针头一样，他摇来晃去，浑身一股使不完的劲儿。

付衍舟原本闭眼假寐，被他烦得不行，睁眼怒视他，忍不住说："你干什么呢？"

"给你组织啊，你看我这组织能力怎么样？"老三嘚瑟地眨巴着小眼睛。

"人家许吱过生日，你给我组织什么？"

"撑腰团，能喊的我全给你喊来了。瞅瞅你今儿这打扮，这发型，难道不是我猜的那个意思？"

付衍舟觉得莫名其妙，瞪了他一眼："哪个？"

"表白啊。"老三意识到自己声音有点大，迅速压低了嗓音，"你磨磨蹭蹭这么久，干脆今儿哥们儿替你决定了，你看这天时地利人和全都来了，再不行动黄花菜都凉了。"

老三话音刚落，司机一个急刹车，付衍舟猝不及防撞在前方的椅背上，眼冒金星。半晌他才反应过来，揉着额头骂老三："扯什么淡呢？"

"我不管，反正今儿我话都已经放出去了，身后这帮哥们儿都看着呢，你不出手的话，反正尬的人是你。"

见付衍舟动了下唇，老三想着他多半是在骂自己，于是别过头去，干脆不看，心里暗自乐和。老三跟付衍舟认识多年，太了解付衍舟什么时候真生气，什么时候只是单纯的嘴炮。

大部分时间，付衍舟都懒得讲话，跟他无关的事他连点评几句都吝啬，不过这都是遇到许吱之前。现在他改变不少，会参加一些集体活动，即便很少；有时候也会意见不合跟自己争吵；遇到高兴的事，有时也会说说。

老三以前觉得,像付衍舟这种个性,不出几年肯定会被憋出病来,而从天而降的许吱简直就是来给他治病的。

付衍舟现在才算沾了点人气,多好哇,这才是高中生该过的生活。

老三是真心替他高兴。

因为老三感受到了,此刻付衍舟虽然嘴上不乐意,但付衍舟的眼角眉梢都是飞扬的。

说是野炊,但边上就有一个度假山庄,地点是何灵定的,理由是大家都没做过饭,到时万一不成功,直接去餐厅里吃一顿算了,总不能饿着肚子。

许吱对她的想法表示叹服,果然吃货考虑得很周到。

山庄是何灵舅舅开的,暂时还在试营业阶段,他们成为过去的第一批客人。因为是熟人,老板愿意把庭院免费给他们使用一晚上。

许吱在附近的超市里租赁了几顶帐篷。新闻上渲染了好久的最好观星季已经来临,何灵异常兴奋。

"何灵,我先把今天的餐费给你吧。"许吱从钱包里拿钱,被何灵按住:"别呀,我舅说了,大家都是自己人,不要钱的。"

"可这么多人,我总觉得不太好。"

"人多我舅才开心,"何灵坏坏地笑道,"再说我舅那人平时财大气粗惯了,你非要给钱,他肯定跟我急。"

许吱虽然觉得很不好意思,但也没再坚持。

山庄在一个景区附近,交通很便利,坐了一个半小时的巴士就到了。

等下了车,一行人跟着何灵走,路边有个中年男人过来接过女生手里的行李,看长相应该就是何灵的舅舅。人比她想象的还要随和,甚至偶尔还会跟他们这帮高中学生开玩笑。

许吱回头看了眼走在队伍最后面的付衍舟,他低头正在打电话,许吱怕他掉队,想等着他一起走,何灵突然折回挽住她的手臂,问道:"怎么样,这位置寿星还满意吗?"

不仅有景区可以逛,还有好吃的,她哪里还有不满意的。

许吱笑着回:"谢谢。"

"谢你个大头鬼,走啦。"何灵扯着许吱进了山庄。

一行人兴奋异常,坐了这么久的车也丝毫不影响心情,离晚上的烧烤还有一阵儿,放下行李之后,各自商量着去附近的景区逛。

许吱再回头时,付衍舟不见了。

她挪过目光跟老三的视线撞在一块,老三大概猜到她要问什么,说道:"舟哥说他有点事儿,先出去了,估计要晚上回,顺便带点烧烤的材料回来。"

许吱点了点头。

这周的考试快把大家憋坏了,何灵嚷嚷着要出去玩,两个女生无非就是逛街什么的,老三没跟着去,约上剩下的人打游戏。

这是第一次跟许吱在一起过生日。

付衍舟满脑子都在想要给她送些什么,买现成的显得太没诚意,于是他兜兜转转进了家烘焙室。

店主热情地给他介绍了几款主打的蛋糕。付衍舟直接略过,问道:"能自己手工做一个吗?"

"可以呀,我们有店员教你会简单很多,你有自己想设计的花样吗?"

"我想做一个……"付衍舟想了想,挤出一个词,"可爱一点儿的。"

"行啊,"店主在宣传册上翻出来几张图片,"我们这边有很多适合男生给女朋友做的蛋糕款式,你可以参考参考。"

女朋友?付衍舟在心里默了默。

.108.

"你知道以前有款游戏叫兔子芭比吗？"付衍舟翻开手机里存的图片给边上的店主看，"我想在上面画这样的图案。"

"没问题，"店主笑了笑，"你先跟我去后面的烘焙区吧。"

付衍舟生平第一次给别人做蛋糕，过程并不顺利。他一双手用来打台球还行，挤奶油完全门外汉，浪费了不少原材料。

教他的店员恨不得自己上手给他做算了，但男生肃着张脸，认真劲儿起来，周身都写着生人勿近四个大字，店员也不敢多说什么，急得一脑门儿汗。

好在最后东拼西凑的还算出来个满意的成品，见他最后结账的时候十分痛快，店主高兴得笑出一脸褶子。

付衍舟提着蛋糕站在马路上时，正好老三来了电话："舟哥，蛋糕做好了没？有照片吗？"

"没有，恕不分享。"付衍舟直接断了他的念想。

"你重色轻友，我年年过生日怎么不见你给我做蛋糕？"老三悲愤不已。

付衍舟没好气地问道："去年那双限量版的AJ是喂狗了吗？"

老三声音弱了三分，内心还是不平："哪能比得上你亲手做的蛋糕有心意。"

"得了吧，我看你穿得挺开心的。"

老三被怼得整个人都不好了，弱弱地问："你什么时候回？"

"再晚点吧。"付衍舟说，"你等会儿找个理由让许吱出来吧，我给你发个定位。"

"你是打算跟许吱两个人单独过？这次终于是要抛下弟兄们了吗？"

付衍舟笑了笑："你要是表现得好，明年我会考虑送你一个满意的生日礼物。"

"好勒，请收下我的甜心。"

付衍舟"啧"了一声:"要死,你还是把它送给哪个女生更合适一点儿。"说完,忙不迭地挂断了电话。

老三还想着要是许吱跟何灵逛到很晚就难办了,他还在心里琢磨着找个什么借口骗许吱出去时,两个女生已经提着大包小包回来了。

老三做焦急状,喊住许吱:"舟哥刚打电话过来,说他找不到山庄的地方。"

"啊?"许吱回头。

老三立马接话:"他手机没电了,刚借的路人的电话。我们马上要搭烧烤架跟帐篷走不开,你能不能帮忙……"

他话还没说完,被何灵打断:"我去找他吧,我对这片儿熟悉一点。"

老三一把扯过何灵,眼神勒令她站着别动:"你也算半个主人,怎么能走呢?"

"那我去吧,"许吱没犹豫,"他说在哪个地方了吗?"

付衍舟在的那个地方不难找,只过了一个路口,许吱就远远看着男生坐在星巴克外搭建的露天咖啡篷下面,正逗着他脚边的一只流浪猫。

她第一次见付衍舟安静又温柔的模样,一时都不想走过去破坏氛围,远远地站了一会儿。付衍舟有点着急地往路口一瞥,看见许吱的一瞬,眼底闪过一抹亮光,随后按捺住情绪,冲她挥了挥手。

许吱走过去,付衍舟将剩下的猫粮递给她,问道:"要喂吗?"

"嗯。"那只流浪猫十分可爱,看得许吱心都化了。她小时候养过宠物,不过父母离婚之后,那只英短就被送人了。

许吱摸着它可爱的小脑袋,仰头征求付衍舟的意见:"咱们带回去成吗?"

她用的是"咱们"。

付衍舟没拒绝，只是问："谁养？你要养吗？"

"不是，我想给它找个主人。"

付衍舟多看了她两眼，日光下，女生的侧脸平添了几分温柔。

"可以，"他没有阻止她的善意，"在这之前，把这个吃了。"

他第一回对一个女生表现好意，又不知道怎么表达，干脆将蛋糕盒子递到许吱面前。

"什么呀？"那个包装盒完全看不出来里面装的是蛋糕，许吱狐疑地接过，找了纸巾擦了擦手，才抱起盒子。

盒子上的带子被扯开时，付衍舟竟然莫名紧张了一下。

那个蛋糕用粉色打底，最上面缀着一只芭比兔，许吱看了一眼，不由得"呀"了一声。

他原本紧绷的脸上露出了几丝得意，挑了下剑眉，故作平静地说："瞎叫唤什么，没见过世面。"

许吱的心情一点儿没受他不屑的影响，笑着说："我没吃过这么可爱的蛋糕，都不忍心动叉子。"

付衍舟打量了她片刻，看出她没撒谎，淡淡道："你再不吃，里面的冰激凌要化了。"

"那咱们赶紧回去吧。"

他见许吱抱着盒子要走，拉住她："回哪儿？"

"带回去大家一起吃啊，正好今天缺个蛋糕，"许吱瞅着付衍舟的脸色，感觉他有些不乐意，顿时软下来，"怎，不行吗？"

"嗯，不行，那几个大老爷们儿吃什么蛋糕。你要想给何灵吃，我再去给她买一个，但你手里的不行。"

"付衍舟，你别这么小气嘛，人都是因为我来的，你现在却要我一个人吃独食，太不讲义气了吧。"

男生被她这么一说，脸都青了，瞪着她说："许吱，你有没有良心？你知道这蛋糕有多贵吗？买一个蛋糕不过两百块钱，但这个是我浪费了一千多的材料亲手做出来的,这还不算人工成本,你知道我这双手多贵重?这辈子第一次给一个女生做蛋糕,总体算下来,这可是无价之宝。"

付衍舟难得一次性说这么多话,虽然依旧那么厚颜无耻,但听得许吱乐了:"原来是你亲手做的呀?"

付衍舟抿了抿嘴,目光看向别处,小声嘀咕:"不然呢?随便买个蛋糕我也拿不出手。"

许吱重新坐了回去,对着蛋糕左瞅瞅右瞅瞅,最后抬头看着付衍舟说:"谢谢,我能拍张照吗?"

付衍舟虽然脸上什么表情都没有,但心里却非常高兴,点了点头说:"拍吧。"

果然女生都喜欢这种粉粉嫩嫩的东西。

许吱低着个小脑袋瓜子拍了半天,几乎完全忽略了身边还有他这么个人。付衍舟看她高高扎起的马尾辫在眼皮子底下晃晃悠悠,顿时觉得满足。

等许吱拍完了,才动了刀叉,将蛋糕分成了几块,给付衍舟递过去一份。许吱曾经因为太爱吃甜食而长了不少蛀牙,上了高中之后妈妈就很少让她吃了。

这回没人监督,她吃得开心,她埋头吃蛋糕的模样比刚刚的小奶猫还可爱。

付衍舟忍不住揉了揉她的小脑袋,轻声说:"许吱,生日快乐,快点长大。"

许吱托着腮,问付衍舟:"你这是什么祝福哇?大人们不是都在说,长大不是件好事吗?"

付衍舟坐在许吱对面,眼底闪过一抹光,说道:"也许吧,但我突然想去未来看看。"

许吱没听明白:"看什么?"

·112·

她嘴角沾了一块奶油，付衍舟用指腹帮她擦了擦，没好气地说："看你以后是不是跟现在一样难看。"

许吱作势要打他，突然心里闪过一个念头，猛地明白过来，笑得很愉悦："付衍舟，原来你未来的规划里有我啊？"

付衍舟没料到她想到这一层，愣了一下，随即点头，语气软下来："是啊，你怎么想？"

"原来你想以后都跟我一块儿玩哪？"

付衍舟轻轻挑眉，"嗯"了一声："是玩，但跟你和老三、何灵他们不一样。"

许吱点了点头，他是哥哥的好友，从小又跟他相识，虽然她起初有点排斥他，但这么久相处下来发现他不过是个心思简单的大男孩，对他竟然不自觉生出几分依赖，这么看来，情分确实是不一样的。

付衍舟见她没有否认，居然有种钓了这么久的鱼终于上钩的快感，他扯动了下嘴角，一阵风吹过，他竟然感受到了一股甜味儿。

还没正式营业的山庄小院里热气腾腾，树上都挂满了小夜灯。天气已经炎热起来，大家都穿着短袖，露出白花花的手臂，烧烤的烟雾熏得所有人眼泪直流。

许吱从门口进来的时候，碰上一脸灰的何灵，她一脸哭丧地拽着许吱喊着："你终于回来了，我身上太脏了，陪我洗澡去吧。"

见许吱被何灵扯着往楼上去了，老三在后面像个唐僧一样念叨："她们女生怎么上厕所一起，洗澡还能一起呢？"

付衍舟背靠在光洁的石砖墙壁上，弯了下嘴角，没说话。

山庄的二楼提供少量的住宿房间，公共浴室，何灵拿了沐浴露，提着桶就往浴室去了。许吱在隔壁的单间里洗头，有一搭没一搭地接何灵的话。

"你今天跟付衍舟去哪儿了？怎么这么晚才回？"

许吱眼珠子转了一圈,总不能说她背着大家把整个蛋糕都吃完了吧,于是简短地回了几个字:"就逛了一下。"

"咦,有好玩的不叫上姐妹,重色亲友。"何灵顿了顿,"我看根本就是付衍舟找借口把你叫去,好明目张胆地跟你约会。"

许吱恨不得马上移过去捂住她的嘴,惊呼道:"什么约会?"

高中生怎么能提这个词呢?

何灵自知说错了话,换好衣服,倚在门口不好意思地笑笑:"我瞎说的。"

许吱涨红的脸这才缓和了些,站在淋浴下面用干毛巾擦头发。她很久没理发了,平时都是高高地扎着马尾辫,很少放下来,这次洗的时候才发现,已经过腰了,又长又密,擦起来很是费劲。

何灵突然凑过来说:"我听老三说,付衍舟有喜欢的人了。"

闻言,许吱擦头发的动作停止,转过头,有些惊讶。

何灵怕她不相信,再次肯定地说:"是真的,听说他现在读书可用功了。你说像付衍舟这么傲的人,哪个女生会让他低头哇?"

许吱没答话,也没了擦头发的心思。

洗过头发,她想回房间换身轻松的衣服,在行李箱里翻了翻,看到了垫在最底下的一件蓝白相间的格子半长裙,是去年中考后,妈妈带她去商场给她买的第一条裙子。昨天晚上在收拾行李的时候,她鬼使神差地将其装进了箱子。许吱挠挠头,找了件纯白T恤来搭配。

许吱拿着吹风机将头发吹个半干,她昨天没睡好,后遗症很快从脸上显露出来,下巴上冒出了几个痘。

遮是遮不住了,她深吸了口气出门,何灵不在房里,估计已经下楼。

她转身从台阶上下去时,对面跑上来一个人影,许吱没刹住车,额头磕在对面人的下颌,两个人都是闷哼一声。

付衍舟下意识就要发火,等看清了来人,硬生生将火吞了回去。

.114.

许吱捂着额头,怪叫道:"付衍舟,你上辈子属铁的呀?"

付衍舟瞅了她一眼:"我还没说你练了铁头功呢,怎么反咬一口?"

"你……"许吱指着他,刚要说话,听见何灵在前面叫她,这才瞪了他一眼,从他身侧绕过,昂首挺胸地往楼下跑了。

发觉空气里还残留着一阵清香,付衍舟在原地站了一会儿。

身后老三跟上来,一拍他的肩膀:"想什么呢?"

付衍舟没动,顺势往左边一歪,抱臂靠在墙上,犯懒道:"你上去拿,我在这儿等你。"

老三没好气地"啧"了一声,上楼把放在冰箱里的柠檬茶用纸盒装好抱下来。付衍舟伸手从里面拿了一瓶,提着茶走在后面。

忙碌了一阵,众人口干舌燥,这饮料放平时没人要,但这会儿成了抢手货,还没分到许吱那儿就被拿光了。

她是真的口渴,转身瞥见付衍舟手里还有一瓶没开盖的,冲着他露出讨好的假笑。

她一脸灿烂过头,付衍舟身上鸡皮疙瘩都起了,心想:她在干吗?还真是一点儿吃的就能骗走,刚刚那跟他斗嘴的劲儿去哪儿了?

许吱抿抿唇,觉得这样确实不好,自己没拿到也不好抢人家的,于是在何灵的呼唤下帮忙端盘子去了。

烤食物的只有一个人,速度远远不够,后面付衍舟也加入了。炉子里的炭火正旺,他整个人热得不行,脱掉了外面的白色外套,扔给了许吱,当然落在许吱手里的还有那瓶柠檬茶,也不知他是有意还是无心。

许吱背过身去,拧开盖子,偷喝了好几口,这才做贼心虚地用衣服将它包好。

何灵感叹道:"哇,原来付衍舟还真是传说中的穿衣显瘦脱衣有肉的类型啊?"

许吱的焦点全在他手里那几串被烤得吱吱冒油的五花肉上,正咽着口水盘算着先吃哪串呢,果然人跟人的关注点是不一样的。

身旁的何灵托腮看着这一幕,眼里全是星星:"许吱,这要不是托你的福,我做梦也吃不到付衍舟烤的串。"

许吱努嘴,咋的,他烤的串儿是黄金做的不成?转念一想,管他呢,是什么最后不还得进本馋鬼的嘴里。

烤好的串一盘又一盘地被端上桌,摆在拼在一起的四张桌子上。许吱没忍住,偷拿了一串香菇往嘴里塞,最后一口还没送进去,半块香菇掉在付衍舟的外套上。

完了,他那么爱干净……

许吱忙拿了湿纸巾对着白色布料一顿猛搓,油渍的颜色稍微淡了点,已经到不仔细看不会发现的程度。她将整件衣服撑开看了看,发现在油渍上面的领口有一小块淡红色的东西。

她拿着衣服在灯光下仔细看了看,竟然有点像嘴唇的形状。

许吱将脑海里的记忆碎片缝缝补补,拼凑在一起。

这是之前自己下楼撞在付衍舟身上而蹭在他领口的唇蜜……

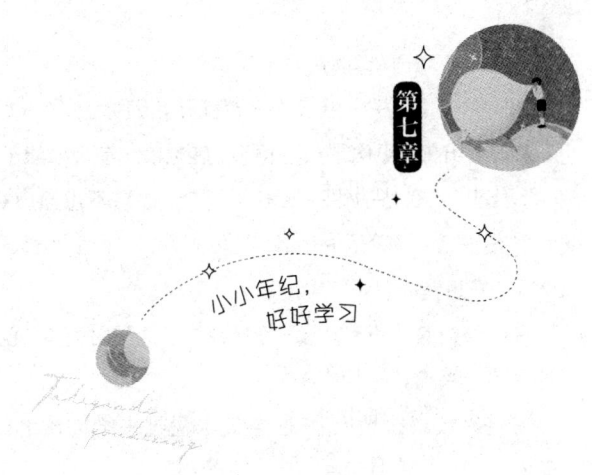

第七章

小小年纪,好好学习

许吱将衣服叠好,严严实实地藏在身后,前一秒还念叨着要吃东西,下一秒像打了霜的茄子,低着头不知道在想什么。

付衍舟翻动了下手里的烤串,见许吱半天没说话了,心想小姑娘是不是饿极了心情不好,于是加快了手里的动作,还特意将烤好的食材放到她伸手就能拿到的地方。

何灵平时最会察言观色,立马看出了付衍舟心里那点小九九,趁人走了之后,才悄悄地问许吱:"你跟付衍舟什么时候关系这么融洽了?"

许吱咬了一口烤肠,肉香浸透了整个口腔,她瞬间感觉自己活了过来,郁闷一扫而空,边咀嚼边回答:"他其实也不难相处。"

何灵哈哈大笑:"我敢打赌,全校的女生应该只有你这么以为。"

许吱白了她一眼:"那关于他女生缘很好的传闻从哪里出来的?"

"那是凭他那张脸给人的主观印象,实际上敢跟在他后面的人就一个。"

许吱抬头问道:"谁?"

"那谁,陈娜拉啊,从高中入校就开始缠他了。"

许吱拧开瓶盖,喝了口柠檬茶,感觉没之前那么甜了。

"不过,现在他的绯闻又多了一个,你想不想知道是谁?"何灵见许吱不说话,摇着她的手臂,"你问我嘛,这个八卦在我这里积攒太久了,好想释放啊。"

许吱将头偏了偏,余光正好扫到炉子边的付衍舟,轻声回道:"我对这些不感兴趣。"

何灵兴致缺缺地说:"他今天专程过来给谁过生日,你心里不清楚?"

许吱想了想,又说:"我跟陈奥学长也很熟哇。"

"你说老三啊?"何灵眼珠子都瞪出来了,这小妮子是调教不出来了,哪有什么恋爱的细胞。

许吱转过头,一本正经地说:"他又热心,人又踏实,就是学习一般。"

何灵连连点头:"行行行,你是寿星佬你说了算。"

说话间,付衍舟一行人过来了。

陈奥坐在何灵正对面,倒了杯饮料,咕噜喝了一大口,这才解了渴,问相谈甚欢的两个女生:"聊什么呢,这么开心?"

何灵神秘兮兮地说:"聊最近学校的八卦。"

"许吱什么时候对这些话题感兴趣了?"

"怎么,我们许吱大美人坯子,不少人来我们班上就为了看她一眼呢,还不兴人家交友啦。"

何灵那张嘴没个把门的,每逢聊开就爱说大话,尤其今天的人里面还有些不认识的。

.118.

许吱的脸热了起来，一抬头，就感觉到对面一道炙热的目光落在她脸上，好像散发了无数的小火球在她身上噼里啪啦炸开来，她更烫了。

何灵正讲得津津有味。

把许吱那档子事拿出来讲了一遍，也就是许吱初中跟一个男生做朋友，最后才发现他一直在暗恋自己，最后弄得朋友都没得做，只能避而远之的尴尬史。

末了，何灵还有板有眼地补充了句："许同学什么大风大浪没见过，哪是能轻易动心的人。"

许吱撞了下何灵的胳膊，示意何灵别再瞎掰了。她从上学以来身边就没几个男生，哪有什么夸张的暗恋，不过就是那个男生一时兴起，最后说清楚了，是人家太尴尬才疏远了自己，她可没那么高冷。

"所以那个男生喜欢了许吱三年，最后还没得到一个结果？这也太难追了吧，好想知道谁是下一个勇士。"

老三说完，陡然感觉到周身的空气凝滞，忙咳嗽两声。

何灵半开玩笑地说："所以说呀，电视剧里的高岭之花单身都是有原因的。像我这样立陷爱的少而又少。"

老三挺直了腰杆说："那你觉得我怎么样？干脆毕业了我也不谈恋爱了，就等你一年，咱俩凑一对得了，免得出去祸害社会。"

"说谁祸害社会呢？"何灵没忍住丢了一根竹签过去，"滚吧你。"

谁也没料到画风转到这步，大家都哈哈大笑起来。

付衍舟摇了摇手里只剩半瓶的柠檬茶，口干舌燥也不管是谁喝过了，只想用它赶跑胸腔里的郁气，等喝完冷静下来，才觉得自己是有多闲，还真的听何灵瞎扯这么久，居然听进心里。

他不是有话就能憋住的个性，平时也是直来直去。

尤其是许吱坐在对面，难得散开长发，偶尔垂在桌面，她向后撩到耳侧，露出高高的美人尖，好看到近乎张扬，这完全就是持美行凶了。

付衍舟抿了抿嘴，淡声道："吃饭别拢头发。"

众人正说在兴头上，男生突然出声，谈话声都停了下来，看向坐在桌子最边上，一直没参与到话题里的付衍舟跟许吱。

大概是付衍舟的声音稍沉，听得许吱愣了一下，乖乖拿头绳把还未干的头发扎起来了。

何灵眼底闪过一抹惊讶。

这家伙虽然现在对付衍舟没那么抗拒了，但什么时候行动上也变得这么乖巧了。

这次许吱没跟他对着干，付衍舟都有些不习惯，清了清嗓子，故作不在意地提醒："小小年纪，别跟有些人学着早恋。"

有些人。

明明没指名道姓，但老三感觉自己被批评了。

许吱没仔细留神他讲话，视线还定格在那瓶去了大半的柠檬茶上，再看着握在瓶身上的那只手，不自然地收回视线。

这算……间接接吻吗？

付衍舟用食指敲了敲桌面，突然问道："你跟你们班男生关系怎么样？"

"啊？"许吱不知道他为什么问这个，想了想，还是回了，"我这学期才转过来，不怎么熟悉。"

付衍舟点点头："很好，以后也少来往。"

"嗯。"她应下了。

气氛忽然变得不大自在，付衍舟这才发现所有人都盯着他俩。面上有些过意不去，怎么刚才他有种调教小媳妇的感觉？

"我也就看在你哥面子上提醒你，别人我才不管。"

欲盖弥彰的解释，算是把这波尴尬压过去了。

许吱心里本来跟蚂蚁啃噬一样，又麻又痒，在听到这句话时，所

·120·

有情绪突然闪退。她既觉得松快，又觉得有种说不出来的憋闷，弄不清楚这股情绪起自哪里，去向何方。

"那什么，许吱，给我递一只烤虾。"

她正发怔呢，旁边有人喊。

许吱往面前看了看，有些不好意思，不知道怎么回事，一桌里大部分好吃的都在自己面前。

她伸手正要去拿，付衍舟的手伸过来，比她动作更快，拿起那盘虾递过去，抬眸睨了那人一眼："别总使唤人。"

那人不好意思，想要跟许吱道歉，她连连摆手："我没关系的。"

老三见不得付衍舟这么护短，往他那边侧了侧身，小声嘀咕："平时也没少见你使唤人家，现在倒护上了。"

"那也只能我，别人不行。"付衍舟答得干脆利落。

老三忍不住在心里呸了他两声。

整盘虾都被付衍舟端走，许吱还想吃，这下也不好再去拿回来。

付衍舟看向她时，发现她的眼神从那盘虾上掠过。

他手在离开盘子的瞬间，在里面拿走一只，问道："要我给你剥一只吗？"

"谢谢。"许吱馋起来，一点儿没客气。

付衍舟喜欢她这个样子。

原本许吱只想吃一只，谁知她刚吃完碗里的虾，第二只又剥好了放在她碗里。肥美的虾肉看得她垂涎欲滴，她盯着付衍舟的动作，视线微移了下，嗯，付衍舟的手真好看。

再往上，看手的主人，夜灯就在他那侧，整个院子的光线似乎都被他吸引了去。付衍舟鲜有这么耐心的时候，而他安静下来，认认真真做一件事的这一刻，帅得简直无法形容。

许吱心脏颤了颤。

"好吃吗？"整盘虾都差点儿被他剥完时，付衍舟抬头漫不经心地问。

"好看。"她舌头一闪,鬼知道她回的啥。

许吱端着水杯的手都抖了抖,恨不得当下抽自己一巴掌:你怎么敢觊觎付衍舟的美色呢?

而被她搞得莫名其妙的人正盯着她。

许吱吞吞吐吐地说:"我是说……这虾的颜色好看,一看就是新鲜的。"

好在付衍舟没多问。

许吱低头,掌心里冒出密密麻麻的细汗。

她深呼吸,谁知付衍舟那张脸一直在眼前晃着,怎么躲都躲不开。

"还想吃什么?"付衍舟扫了她一眼。

"鱿鱼。"许吱今天像怎么也吃不饱似的,嘴里的虾还没咽下去,忙答道。

"看你馋成那样,我去给你烤。"说完,付衍舟站起身,眼底还噙着一丝笑,语气里的温柔兜不住。

老三是彻彻底底地羡慕了,他从来没在付衍舟那里得到过这种待遇,此时活生生酸成了一个柠檬精。他细着个嗓子,朝那个颀长的背影喊:"舟哥哥,人家也想吃。"

付衍舟白了他一眼:"自己没长手?"

老三摊摊手,冲着许吱说:"你看,区别就是这么明显。"

付衍舟在那边嗤笑:"我也可以给你烤,就怕你吃了晚上睡不着觉。"语气里充满了赤裸裸的恐吓。

众人哄笑,何灵更是笑得嗓子冒烟,找许吱拿水喝。桌上的冷饮全都被喝光了,只有热茶无人问津,热水跟辣味搅在一块,完全是火上浇油。但此刻何灵也顾不得了,只想喝水。

那水壶比许吱想象中要沉,她单手拿起来往杯里倒水的时候突然一阵无力，铝皮水壶重重磕在桌面上，打翻了桌上的水杯。

何灵比她反应还要强烈，惊呼着一把扶住水壶，但并未阻止得了里面的热水浇在许吱左手上。

大家反应比较大，忙问道："没事吧？"

大概是手腕上有护腕阻挡，所以那下面的皮肤感觉到疼痛也后知后觉。

许吱缩了缩手臂，将整只手藏在袖子里，结果何灵硬生生拽过她的手，左看右看，想要帮她把护腕取下来，不解地问："你怎么还戴着这个，赶紧取下来，把手腕放在凉水下冲冲，不然一会儿该起水泡了。"

"没事，小问题。"许吱下意识拒绝。

何灵又心疼又内疚："怎么没事，都怪我。"

她拽着许吱的手不肯松开，朝着大厅喊："舅舅，后厨有冰块吗？"

比起疼痛，许吱更在乎的是隐藏在护腕下的伤痕，当下她站在众人的视线里，心里另有其事，脸上顿感火辣辣的。

何灵回身说："我找舅舅拿了冰块，敷一下就没事，我先帮你把这个取下来。"

许吱刚要打断她，手被另一个人拉住。

付衍舟抓起椅子上的外套，盖在许吱受伤的地方，转头看向何灵："我带她上楼冲一下吧，你们继续吃。"

"还是我来吧。"何灵想再过来。

付衍舟突然说："别碰她。"

何灵愣了愣，停住了动作。

付衍舟将外套轻轻打了个结，随后扣住许吱的另一只手，拉着她在众人的视线中走了。

二楼有一个小卫生间，刚好可以容纳两个人。

许吱站在付衍舟面前显得又瘦又小。

他弯下腰去，迅速解开外套，看到她手背上已经红肿一片。

他扫了她一眼，轻轻去取那只护腕，布料擦过的瞬间，女生轻嘶了一声。

付衍舟动作轻缓了些，但没有停下，只是一点点往外移。小姑娘的手腕纤细，他的手指从上面滑过，感受到她的温度。

从来没有哪个女生会跟他说"付衍舟你把自己变好先证明给我看"。

也从来没有哪个女生表面上看起来温顺无比，实际上身上长满了刺。你以为这是刺，走近一看，也不过是一层薄薄的绒毛。你以为她只有一副盛世美好、天真无邪的模样，但其实看到的只有裂纹。

护腕被取下来了。

他看着那道伤口。

这一次，许吱并没有抽回手。她第一次觉得，这样也没什么不好，她想让他看清自己。

付衍舟扭开水龙头，将她的手放到下面冲了片刻，疼痛缓和了些。

许吱偷看了他一眼，男生脸色不太好看。

疼痛在一点点消退。

他握着她的手没放，伴随着哗啦水声，他轻声问道："谁弄的？"

许吱低头小声说："没有谁，我自己。"

付衍舟沉默。

许吱不知道他在想什么，轻声问："你是不是觉得我很奇葩？"

"我没这么无聊。"付衍舟声音平静。

她漂亮的脸蛋映在他的眼底，他想象不出为什么她会在这个花一样的年纪对世界保持温柔，却对自己充满敌意。那是她自己的事，他无权干涉。

这一点让他心里莫名升腾起无边的火气,但对着面前这张小脸,火气又变成了疼惜。

许吱对上他的眼神,没看懂。

卫生间里安静得只有流水声。

半晌,付衍舟幽幽地喊了一声:"许吱。"

"嗯?"

付衍舟压低了声音说:"偷偷伤害自己的小鬼一点儿都不可爱。

"所以你以后要保护好自己,知道吗?"

"哦。"

"'哦'是什么意思?老师没教过你,如果真的听到脑子里去了,最起码要回一句知道了。"付衍舟突然凑近,脑袋向左侧了三十度,从下往上打量着许吱的表情。

他这动作来得猝不及防,许吱心跳漏了一拍。

她站在卫生间的里侧,背对着光,而他刚好在门口的灯光下,一明一暗。

"我知道了。"她认认真真地回。

付衍舟将许吱整个动作收在眼底,她规规矩矩地站着,像极了挨教导主任训导的模样,姿势板正。

他知道自己的脸色过于威严了,于是变回平常懒散的模样,松开许吱的手,靠在水池边上,看着她自己冲了一会儿。

小姑娘动作慢悠悠的,付衍舟一点也不介意。

他还想时间再慢一点儿,而他看向她的目光就能够再久一点儿。

见付衍舟跟许吱下楼回到院子里,何灵闻声忙站起来,小声问道:"许吱,你怎么样?"

"没事,已经好了。"她晃了晃手,虽然还是有点肿,但没起水泡。

何灵放心多了,吐了吐舌头,凑在许吱耳边说:"刚才付衍舟吓死我了。"

"他没恶意。"

何灵挽着她的手臂,点头道:"我知道,他护着你嘛。"

许吱看了眼正跟老三说话的付衍舟。

这顿烤串吃得时间太久,桌上的已经凉透了。没人再继续动筷子,全都哈欠连天地嚷着收拾了回房睡觉。原本准备的帐篷也懒得搭了,大家匆忙收拾好四下散了。

许吱的怀里还抱着付衍舟的外套,正想要溜回房间,就被付衍舟叫住:"你干吗跑这么快?"

"没有哇,我累了,想睡觉。"许吱说谎的时候习惯性地看自己的脚尖。

付衍舟一根食指点在她的额头,轻使了点劲儿,迫使她仰头看向自己。

"干吗?"

"你说干吗?衣服还我。"

许吱想到外套上的唇印,生硬地摇头,说道:"我拿去给你洗洗,脏了。"

"不用这么麻烦。"

"要的要的。"许吱坚持。

付衍舟突然站定,打量着她。

许吱心虚得很,此刻心没由来地乱撞,好似有一把火烧红了她的脸。

两秒过去,付衍舟像是窥探到什么了不起的秘密,蓦然笑了:"许吱,看不出来,你这么想抱着我的衣服睡觉哇。"

"没有。"

"没有,你脸红什么?"

"我感冒了发烧。"

付衍舟哈哈笑了两声:"你都烧了一晚上了。"

许吱被他几声轻笑折磨得脸一阵白一阵红,此刻像喝醉了酒一样,再也无法安然地站在他面前,迅速地将衣服拧成一团,双手抱紧,然后绕过他的身侧,说道:"那个,我先上去了。"

她慌不择路,逃得比兔子还快。

这个生日过得热闹无比。

周一回学校,课堂上开始发各科考试试卷。与此同时,学校里开始张贴高考动员的横幅,学校通知月底会开誓师大会。

这是十中的传统,据说每年都会为毕业班举行一次。许吱算了算时间,付衍舟跟她同在一所学校的时间,也就两个月了。

两个月后,她依然会过着两点一线的生活,而付衍舟又会在哪里呢?

依照他那么爱玩的个性,恐怕很少再回来了吧。

许吱看了眼自己比上次摸底考高出不少分的英语试卷,暗暗提醒自己该收心了。

高考的气氛感染着这个学校的所有准毕业生,黑板上临近高考的数字越来越近,那用红色粉笔特意加粗的字体显得格外刺眼。

自习课已经下了十二分钟,付衍舟还坐在课桌上没有一点儿要走的迹象,教室的后排就他一个人。

从上高中以来,付衍舟就没好好学习过,所以,当他现在重新拾起书本,根本就没弄明白为什么他要跟这帮从来都看不顺眼的书呆子坐在一间教室里,还要绞尽脑汁地做手里这本练习册。

他脑海里甚至有种留给他的时间不多的紧迫感。

他开始计算分数,查看排名,甚至默默计算离压线上二本还差多少分。

果然儿女情长是绊脚石,他再也不像以前那样对任何事情都无所谓了,突然想要拼搏一把,理由可能是来源于学校超市里播放的一部烂大街的偶像剧。

当时,他拿着一瓶可乐去收银台结账,电视里的穷小子男主一脸惨相地跟朋友说,给不了她任何未来的喜欢,说出来比草都轻贱。

他才不是穷小子,每个月的零花钱足有五位数。

而许吆也根本不是偶像剧里人见人爱的女主角,她只不过是一个平平凡凡,还有点心事的小丫头。

可从电视里偶然听见的这一句话,在他心里生了根,发了芽。

小时候他觉得她好玩,想逗她。后来,盼着她喜欢他,欲望越来越多,怎么也填不满。他的姿态越来越低,付衍舟甚至觉得哪怕她怜悯自己也是好的。直到那天她红着脸从他面前逃走,他看着她的背影才突然明白,他才不是什么暖男,如果喜欢一个人只能默默无闻地守候,他做不到。他喜欢她,就要拥有她的全部。

他要走进她的未来,即便很难。

付衍舟微微苦恼了一会儿,继续啃题。

老三在球场上没等到他,单手举着篮球走到教室最后一排,啪地一掌拍在课桌上,眼睛瞪着握着笔杆子在稿纸上演算的付衍舟,浑身散发着怨气。

付衍舟受到干扰,这才微抬头,淡淡道:"起开。"

"你魔怔了?"老三伸手探了探他的额头,再对比自己的,嘀咕道,"也没发烧哇。"

"你才发烧。"付衍舟没好气地回道。

"那就是受刺激了。"

"别烦我,打你的球去。"

"大哥,你可别抛弃我去做你的好学生啊?走吧,跟我一起去,在球场挥汗如雨那才是你嘛。"

"自己去,"付衍舟顿了顿,难得地好脾气说,"距离高考的时间越来越短了,我想好好复习一下。你,要不要跟我一起?"

·128·

"我?"老三一听见学习两个字浑身上下都不舒坦了,连连摇头,"算了吧,我不是这块料。"

"那你想过毕业了做什么吗?"付衍舟问。

老三想都没怎么想,答道:"去职校呗,我家里人已经给我打算好了,我就去学门技术,以后进社会照样吃香。"

付衍舟闻言,笑了笑:"没想到你早就规划好了。"

"那是,我再没心没肺,偶尔也会装点事儿,是不是?"

付衍舟点点头。

老三没想到他会挑起这个话题,不禁问道:"你呢,你什么打算?"

"我不知道,"付衍舟眸子深了深,沉声道,"我就想考个大学。"

付衍舟轻咬着最后两个字,没什么底气。

"既然你有这个想法,哥们儿绝对支持你,"老三说,"你就好好干,哥们儿做你坚实的后盾。"

付衍舟笑了:"我尽力。"

两人说话间,老三余光瞥见外面走廊上有人走过,他眼尖,立马认出了是谁,朝着门口号了一嗓子:"许吱。"

付衍舟跟着他看过去,女生不知道是不是没听见,已经走过了后门,没停下。

"都这个点了,回家吧,再拼命也得劳逸结合啊。"老三催促道。

付衍舟收回了目光,"嗯"了一声,站起来将书本收好放进书包里,右手握着背包带子,往后轻轻一甩,挎在右肩上,跟着出了门。

许吱这次考试成了班上进步最大的学生,头一回在班主任那儿冒了个尖。老徐在自习课后找她谈话,她怎么也没想到平时在班上凶巴巴的老师私底下是个十足的话痨,谈话结束时已经很晚了。

班主任办公室下面一层是付衍舟所在的班级,许吱在楼梯口见教室灯亮着,鬼使神差地从那间教室的走廊过去。她原本想悄无声息瞅一眼,没承想付衍舟那家伙真的在,要是被多事的老三问起她明明不顺路为什么要从他们教室路过,她找不到理由搪塞,于是只能装作没听见飞快下楼。

付衍舟一直到校门口都没找到许吱。

从他教室到校门口最近的就是这条路,他在门口站了一会儿,远远看到一个人影。

难怪,她走的那条路最近在重修,车辆都过不了,人也少,胆小的学生一般都不从那儿过。

付衍舟跟上去,他没想去打扰她,只是戴了耳机,随便在手机里找了首歌。

两人之间保持了一段距离。

远远地,付衍舟盯着她的后脑勺看。路灯在她身上打了一层薄薄的光晕,给女生增添了一丝温柔。

她就像耳机里传出来的音乐一样,一点点流淌进他的心里。

付衍舟心里突然冒出一个矫情的念头——这条路要是再长点就好了,永远这样走下去也挺好。

他想跟她独处,但他知道她怕他。

付衍舟深吸一口气,再定睛看过去时,女生突然停住了脚步。

而她的前方几棵树下,有断断续续的说话声传来。

他关停了音乐。

"最近学校里有传闻你们听过没,就五班那个许吱,听说她脑子有病才转到咱们学校来的。"

"不是因为她妈妈再婚吗?你从哪儿听来的?"有人问。

"这事怪就怪她那个狐媚子妈,不知道找了个什么人,听说总趁她妈妈不在的时候对许吱动手动脚的。"

"啊?好恶心……那许吱不反抗啊?"

"谁知道,"说话的女生笑了一下,"老男人是恶心,但她也不见

.130.

得多干净,你看她成天往付衍舟跟前凑那样,还好付衍舟不吃她那套,不然……"

几个人低语几句,呵呵笑了两声。

突然传来一道男声:"陈娜拉,这话是你传出去的吧?"

其中一个女生出声维护道:"顾以择,你最近怎么回事?娜拉犯得着传这种话吗?你怎么老向着那个许吱说话?"

"学校里没人有这个闲心,你早看她不顺眼,上次球赛你不也故意把她绊倒吗?你就算再讨厌许吱,这些编排她的话也有点过分了吧?"

陈娜拉气愤地说:"是我怎么了?你跑这儿来当正义使者来了?有本事就去向教导主任举报我呗,你能拿到半分证据我跟你姓。"

"陈娜拉,大家怎么说都是同学,没必要做到这个份上吧?你知不知道谣言会害死人的……"

男声突然停顿,多了几份讶异:"许吱?"

众人纷纷朝这边看过来。

而陈娜拉第一个注意到了付衍舟,她眼底闪过一丝慌乱,问道:"付衍舟,你怎么在这儿?"

闻言,许吱扭头,眼底闪过一丝难过。

四目相对间,她看到他浓稠如墨的瞳仁。

他在这里,比让她一个人暴露在他们面前更让她难堪万倍。

顾以择快步朝许吱走过来,关切地问:"许吱,你没事吧?"

"没,没事。"她慌作一团,满脑子都在想付衍舟听见了多少?

"刚刚大家都是瞎说的,你别往心里去,你放心,这些话不会在学校传开的,还有之前的事,对不起呀。"

"啊?"她抬头,"嗯,没事,我回家了。"

她唯一想做的就是离开这里,可偏偏顾以择扣住她的手臂,不让她走:"许吱,你听我说……"

许吱侧眸，见付衍舟走过来了。

"她说要回家了，你没听见？"付衍舟的声音里充斥着前所未有的戾气。他脚踩在地上的一根断树枝上，发出"咔嚓"一声闷响，那根枯枝再次断裂。

"顾以择，你要是不想我在这里动手就放开她。"付衍舟说。

几秒过去，那只拽着许吱手臂的手松了松。她挣脱出来，大步往前面走，头也不回，似乎嫌这样也慢了，于是越走越快，从这边跑到路的尽头，一直到主干道上，行人多了，她才停下来。

回头时，那条昏暗的小道像一个狰狞的骷髅。

许吱的心疼了一下。

她再一次被裹挟在流言里，就如同之前一样，不，应该比之前更糟。她抬头，寂寥无星的夜空像掉下来的一块黑布，从头到脚将她包裹住，无法呼吸。

付衍舟知道许吱走远了，天知道他刚刚是怎么控制住脾气的。

几个女生都感觉到了他周身的低气压，全离他远远的。

顾以择没动，见付衍舟突然朝自己走近了些。他话还没出口，就感觉眼前一黑。受到重力的袭击，他惨叫一声，一个踉跄跌坐在地上，紧接着有血从鼻子里滴落下来，砸在地上。

"付衍舟！"顾以择朝付衍舟吼道，"你别以为我不敢跟你动手。"

付衍舟勾了勾嘴角，但脸上没有一丝笑意，只有冰冷的声音在这条昏暗的小道上响起："你可以起来试试。"

顾以择挣扎着站起来，却见陈娜拉飞奔过来挡在付衍舟面前，喊道："别打了。"

"滚开。"付衍舟说。他知道自己近乎要疯掉。

"付衍舟，你别这样，"陈娜拉颤抖着声音说，"大家只是开个玩笑……玩笑而已嘛。"

"我要是在学校里听见关于这个传言的只字片语，到时就不是一

·132·

拳这么简单了，"付衍舟看了眼在场的所有人，一字一句道，"就算追到地狱，我也要弄死你们。"

陈娜拉被他眼底的狠厉吓得呆住。

"还有你，"他指着站都站不稳的顾以择，"离许吱远点。"

付衍舟留下一句话便往许吱离开的方向跑去，路上人流如织，他却没有再找到许吱。

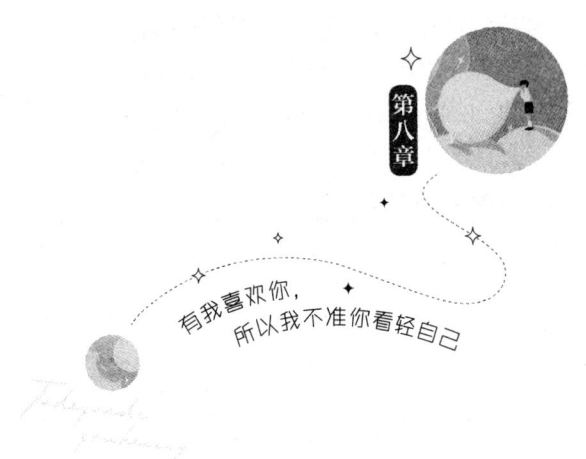

第八章

有我喜欢你，
所以我不准你看轻自己

付衍舟好几天没见到许吱。

学校为了让高三学生错过就餐高峰，把高三学生的吃饭时间提前了十五分钟。所以即便他再怎么制造偶遇，也很难再遇见许吱。

而许吱也不再去常去的自习室了。

他知道她在躲着他。

付衍舟不是不识趣的人，既然她有意，他便没必要再去教室门口堵她。

春末时，学校举行了誓师大会，校领导在主席台上雄赳赳气昂昂地大喊口号，底下的学生稀稀落落地回应着。

许吱从教学楼的窗户看下去，操场上全是穿着蓝色校服的学生，远远看着根本分不清谁是谁。

只有主席台左侧飘扬在空中的国旗随风飞舞，红得刺眼。

何灵从教室后门出来，拍了下正在发呆的许吱，问道："在看什么呢？"

"没，"许吱撤回视线，"我等你半天了。"

下节是体育课，难得没被班主任以查漏补缺的名义占去，教室里的人都走得差不多了。

"你怎么不叫我呀？"

两人边走边说话。

许吱笑道："我看你在跟于秀娟她们讲悄悄话，就没打扰你。"

"哎，就是点八卦，"何灵看了许吱一眼，"不过，是关于付衍舟的。"

许吱侧眸，等她说完。

"你登过学校校网吗？"

许吱摇头："没有。"

"我也好久没进去过了。本来里面也没啥，就是时不时公布点校务什么的，还没贴吧论坛有意思。但我听于秀娟她们说，这两天有个帖子闹得沸沸扬扬的，大部分都是高三那边传过来的。"

许吱问："什么事？"

"说付衍舟把他亲哥的腿给弄断了，写了很多细节，说得跟真的一样。"

学校的流言都是捕风捉影，一传十，十传百，最后假的也变成真的。

许吱蹙眉问道："谁发的？这种事情谁也不是目击者，怎么能随便捏造呢？"

何灵说："帖子肯定是匿名，谁敢明目张胆招惹付衍舟？指不定是从前跟付衍舟有过节的人肆意报复呢。虽然我不了解付衍舟以前是什么样的人，但我也不相信他会做出这种事。"

许吱黯然，她以为成为流言暴风眼的是自己，没想到是付衍舟。

何灵挽起许吱的手，说道："吱吱，你担心吗？担心的话一会儿下课了我陪你去找付衍舟问问。"

"算了。"许吱摇头。自从那天陈娜拉议论她的话被付衍舟听了去，她便觉得这辈子她都不想出现在他面前了。

她在介意什么呢？

明明她们说的话都不是真的，没必要往心里去。

但她知道，从很早以前，付衍舟在她心里就跟别人不一样了。

所有人都可以用异样的眼光看待她，但付衍舟不可以。

她不能让自己身处这样的境地。

许吱低着头，不让自己往操场那边看，拉着何灵小跑着往室内运动场去。她没想到会撞上一个人，她站定，看清了是顾以择。

男生好看的脸上挂了点彩，鼻梁上贴着一张创可贴。

许吱轻轻推了推何灵，跟顾以择隔了一点儿距离。他好像要来拉她手臂，许吱往后侧了侧身子，避开了。

"许吱，"顾以择叫她，"我知道你们这节是体育课，特意来体育馆前等你。"

"有事？"许吱冷淡地回应。

她眼睛还是那么澄澈，不含任何杂质，盯得顾以择不敢再多看她。

"我只是想说声，对不起。"他嗫嚅。

许吱垂眸。

她要回什么呢？没关系吗？

她曾经是喜欢他的，想到自己刚入校的时候对随和的他抱有好感，好像有点可笑了。

即便他这次真真切切地为她说话了，也改变不了之前陈娜拉一行人多次找她碴，而他选择沉默的事实。

顾以择喜欢陈娜拉，传闻没错。

许吱绕过他往体育馆的大门走，何灵扭头看顾以择独自站在昏暗

.136.

的天幕下，竟觉得有些可怜。

她扯了扯许吱的衣袖，小声问道："他这是怎么了？"

"他没怎么，是陈娜拉……"许吱顿了顿，没继续说下去。

何灵性子单纯，一点就着，大声嚷嚷起来："她又找你麻烦？有完没完了？"说完，她松开许吱的手往回走。

许吱拦住她："你干吗呀？"

"我找陈娜拉去，在我这儿，欺负你许吱就是不行！"何灵一生气，小脸通红。

许吱笑道："我不跟她一般见识，再说也没事了。"

"你别总是没事，你就是太好说话了，真的，人不能总这样。"

许吱打断她："是付衍舟，他帮了我。"

何灵停下了动作，想了想："那这次付衍舟被人在校网爆了，会不会也是陈娜拉搞的鬼？她还真把自己当女王了，得不到就要毁掉？"

许吱脸色沉了沉。

她还没想得这么深，会是陈娜拉吗？

一节排球课上得心不在焉，许吱被传来的球砸到好几次。

体育课下课后是高三晚餐时间，大批人流往食堂走。许吱隐匿在人群里很不显眼，但付衍舟一眼便看见了，打发老三跟了过去。

许吱很少有去别人教室找人的时候，此时高二还在上课，她在走廊外等了一会儿，听到下课铃响了，老师夹着教案出来，后面跟出来几个学生。

许吱走过去低声说："麻烦你帮我喊一下陈娜拉。"

那人在前门吼了一嗓子，没一会儿，陈娜拉出来了。

陈娜拉不是寻常坏学生的打扮，她拉直了长发，齐刘海，看起来像个瓷娃娃，给人的第一感觉很纯情，但这一点放在付衍舟身上，她确实很长情。

有女生看向她们的眼神有些古怪,但不敢多停留,匆忙路过。

许吱开门见山地问:"是你做的?"

"你指什么?"陈娜拉睨她一眼。

"校网上那个帖子。你讨厌的人是我,没必要把火撒在付衍舟身上。"

陈娜拉冷笑一声:"你也知道我讨厌你,还往我面前凑?兴师问罪也最好找个理由,你是付衍舟什么人?他自己都没怎么着我呢,用得着你来质问?"

"删掉。"许吱盯着她冷冷地说。

"凭什么?我要是不呢,你拿什么威胁我?"

"果然是你。"

"是又怎么样,不是又怎么样?"

许吱沉默了,她确实不能把陈娜拉怎么样。

转到十中以来,她低调得没什么存在感,现在却跑来为付衍舟出头了。

凭什么?

陈娜拉反问她的时候,她答不出来。

她不是付衍舟什么人,难不成是路见不平,拔刀相助吗?

"你别伤害他。"许吱喑哑着嗓子。

陈娜拉愣了愣。

"我求你,把帖子删掉吧。拿一个人的家庭伤害他,手段太拙劣了。你难道想让你喜欢的人在学校里被人指指点点,说三道四吗?他心里肯定很难受的。"许吱瞳孔缩了缩,语气里带着哀求。

"别说了,"陈娜拉不耐烦地瞪她一眼,"不是我。"

陈娜拉见许吱不说话,烦躁地补充道:"我不会对他做这些。"

这两天学校里的流言纷纷,陈娜拉也烦得不行。她喜欢了付衍舟几年,那些人凭什么把他作为课后的谈资。

陈娜拉白了许吱一眼:"你还杵这儿干什么,嫌别人看得不够?"

许吱转身就走,紧握的拳头突然松开,掌心冒出一层细汗。她不知道自己出于什么目的来找陈娜拉,明明这个女生前几天还在侮辱她。

许吱快步往前走,心里像被巨石压着一般喘不过气。

她右转进楼梯口,突然见右方有个人正双手插兜,靠墙站着。他垂着眸,长长的睫毛投下一小块阴影。

他微抬头,露出一张平静无波的脸。

付衍舟看到许吱时,愣了一瞬,显然没料到她来得这样快,随后迅速转身,长腿一迈,走下台阶。

他目视前方越走越快,许吱跟上去,喊道:"付衍舟。"

听见声音,他也没回头,几个跨步走到篮筐下。许吱小跑着上去拦住他,问道:"你怎么了?"

付衍舟双手插在衣兜里,一脸冷峻地问:"这话该我问你,你找陈娜拉干什么?"

许吱略过他低沉的嗓音,胡诌了个理由:"学习上的事。"

"胡扯。"付衍舟冷嗤了声。

她在他面前说不了谎,索性沉默了。也许他不知道校网上的事儿,他一周来学校的次数超过三次已经很了不起了,即便有人小声议论,也不敢传到他耳朵里。

这样想着,许吱的担心少了些。

"去哪儿?"付衍舟问道。

许吱抬头看他:"啊?"

"现在是吃饭时间,你不去食堂?"

"不饿。"许吱随口答了句,突然感觉肩膀上的校服被人提了提,在这股力量下,她整个人被连拖带拽着往前走,"干吗呀?"

"吃饭。"

两个人没去食堂,直接出了校门。

十中的校门拐角就是一条美食街,不少学生嘴馋了都来这边。几十米的巷子里店铺一家挨一家。

付衍舟进了肯德基,推开门冲正盯着边上一家小蛋糕店看的许吱道:"过来。"

许吱跟了上去,店里这个时间乌泱泱全是人,两人好不容易才找到两个位置,付衍舟去前台点餐了,没一会儿端着两个套餐过来。

她第一次见他规规矩矩地穿校服,整个店里都是十中的学生,可他从人群里走过来的时候,依旧那样亮眼。

许吱不相信付衍舟会跟传言里那样对待自己的亲哥哥。

这个人把阴鸷狠厉都用在自己身上,对外人顶多冷漠,从不主动伤害人。

"你盯着我看干什么?"他过来问道。

"我在想,你毕业了或许可以去当模特。"许吱自然地接过话。

他知道她在夸他好看,勾了勾嘴角说:"那职业需要成天对着镜头假笑。"

"现在的人很吃冷颜帅哥呀。"

"那你呢,你也喜欢?"付衍舟出声问。

许吱抬眸,四目相对,她感觉一个激灵,浑身汗毛都要竖起来。她往嘴里送了根薯条,心想:这话要怎么回答?

付衍舟察觉到气氛的异样,撤回了视线。

"为什么不吃饭?心情不好?"付衍舟见她餐盘里的薯条空了,将自己的那份递了过去。

"不好也不坏吧,"许吱避开他的视线,"你今天心情很好吗?"

"还行,"付衍舟想了想,补充了句,"你怎么知道的?"

"你说话比之前多,以前都是几个字几个字往外蹦。"

"你跟我在一块的时候都在观察我?"付衍舟突然反问。

许吱呆了呆,神情里闪过一丝慌乱,那种只有跟他待在一起才会有的慌乱。她咬着吸管点头:"文科生都这样,善于观察生活。"

付衍舟鼻尖逸出一丝笑:"是吗?"

许吱看过去,不知是不是她的错觉,在嘈杂的快餐店里,白炽灯光下,付衍舟的眼底含着柔光。

她压住心事,细嚼慢咽地啃汉堡。

付衍舟早早吃完了,也没催促她,在一边玩手机等着。

两人吃得差不多了,从座位上离开时,许吱这才想起班主任让她午休去办公室一趟的事,怎么忘得一干二净了?她一拍脑袋,小跑着回教室。后面付衍舟喊了她一声,她扭头,见他手里拎个大袋子。

"你跑那么快干什么?"付衍舟看了她一眼,女生刚刚走得太快,额前的刘海分了个叉,有点滑稽,他忍住笑,将袋子递过去,"诺,给你。"

许吱接过去,打开牛皮纸袋子,里面是各种提拉米苏。她一时不知道说什么,站着不动了。

付衍舟笑道:"我不知道你到底喜欢吃哪个,就让老板把所有的都打包了一份。你要是有不喜欢的,分给班上的同学吧。"

"嗯,谢谢。"

"不客气。"

付衍舟让开了路。

许吱走过去,脸红红的,张嘴正要开口说什么,突然听校门口有男生喊了一声:"阿舟。"

两人均回头,向同一方向看过去,只见太阳底下一个斯斯文文的男生坐在轮椅上,朝两人投来温和的微笑。

付衍舟脸上的笑意一闪而逝,压低声音叫了声:"哥。"

男生转着轮椅过来时,付衍舟转身对许吱说:"你先走吧,晚上放学一起回家。"

她点了点头,朝着教学楼小跑而去,直到跑到操场尽头,才没忍住回过头去,站在远处的二人不知在说些什么,她看不清付衍舟脸上的神情。

许吱没见过付衍舟的哥哥,只听闻他比付衍舟年长几岁,因为小时候的事故,延迟了学业,最后只在一所特殊学校里学习。

付家对这个大儿子极度宠爱,为了方便他的出行,特意为他在学校附近买了一套房子。而他也很争气,不仅成绩优异,还上过本市的感动人物专栏。今日见到,他比她想象中的还要随和,与付衍舟是完全不同的气质。

许吱去了趟办公室,班主任不在,她若有所思地进了教室,将纸袋子放进课桌。

何灵拿着习题册搬了张凳子坐到她边上,借着请教题目的由头跟她讲话:"你怎么一个人去找陈娜拉?"

"你怎么知道?"许吱愕然,她没跟任何人说,怎么现在有种尽人皆知的感觉?

"嘘,小点声,小心被学习委员看见记小本本。"何灵伸出食指,在唇边比了个手势。

顿了顿,何灵接着说:"你去找陈娜拉好多人都看见了,学校里没有不透风的墙。"

"我只是想知道付衍舟的事是不是她干的。"

"那她怎么说?"

"不是她。"许吱泄了气。

"中午,有人又在底下更新帖了,列举了付衍舟在校期间的霸凌行为,还有不少人在帖子下留言。付衍舟本来就是学校的风云人物,现在出了这种事,帖子已经登上榜首了。这事要是闹大,肯定会被人举报到教育处,最后就不好收场了。你想帮付衍舟吗?"

许吱点头道:"当然想。"

.142.

"我之前在网上认识个大神,虽然是职高毕业的,但计算机这块儿特别精通,说不定可以找到发帖人,要不咱们找他帮忙吧?"

"靠谱吗?"许吱问。

何灵拍了拍胸脯说:"放心,我跟他在网上认识快两年了,不过这半年因为家里管得严很少上网,所以聊得少了,我一会儿想办法给他邮箱留言。"

许吱没想到何灵联系的那个网络大神回复得比她想象中的快,才不过两天的时间,便来了消息。邮件上说不清楚,正巧这人也是本市的,现在开了一家网吧,离学校也不远,于是许吱跟何灵想着直接去找他。

晚自习最后一节是自由复习,两人偷偷地跑了。

A市有唯一一所大学,之前许吱跟何灵来逛这边的图书馆进去过,但后门大街还是头一次去。街道两边全是简陋的旅馆,给夜色增添了几分暧昧的气氛。约好的网吧已经落了锁,连防盗铁门也有不少灰。

许吱心生警惕,扭头见何灵脸色也变了。

两人往外走,见有人正倚在一棵大树下抽烟。那人身穿黑衣黑裤,剃着个小平头,俨然一副社会大哥的模样。他冲两人招了招手,何灵壮着胆子过去。

"找我帮忙查帖子的是你俩?"那人先开口说话。

"嗯,你那边有消息吗?"

男生磨磨蹭蹭地从口袋里摸出一张字条递过来,就着昏暗的光线,两人看清了上面的字。

"我顺着他的ID,追踪到了他所在的登录地址,"那人轻咳了声,"说好的报酬呢?"

何灵忙"哦"了一声,从钱包里拿出几张一百的钞票递过去,男生数了数,转身要走。

这事没出什么幺蛾子，两人松了口气。从后街出去的路只有一条，许吱拉着何灵远远地跟在他后面，夜色渐深了些。

快到主干道时，路口有三五个染着黄头发的人排成一排，堵住去路。

许吱不认识那些人，何灵也不认识，很显然是冲着前面那个男生来的。

前面的男生想硬冲过去，却被几个人团团围住，拉扯间他被踢中腹部，闷哼着蹲在地上。

虽然隔得远，许吱也感觉到了那一脚带来的痛苦。

踢他那人是那群人里为首的，声音狠辣："你的网吧倒闭了，欠我的钱什么时候还？"那人说着又踢过去一脚。

许吱看着冷汗涔涔，她们不能蹚这趟浑水，这些人明显是混社会的。

但此时她俩也不敢过去。

染黄头发的男生发觉了还有两个女生在，眯着眼问："你们认识？"

在他脚底的男生挣扎着求救。

许吱摇头："不认识，我们是路过的高中学生。"

黄毛盯着她俩的校服看了一会儿，不耐烦地抬了抬下巴："那还不赶紧走？"

许吱扯了扯何灵的手臂，侧身而去，慌乱间听见地上的男生迷迷糊糊地喊着，似乎在喊救命。

两个人在大街上飞奔，等离得远些了，才敢停下来，也不嫌脏，坐在花坛边上大口喘气。

"现在怎么办？"何灵问道。

两个女生互看了一眼，随后异口同声说："报警。"

许吱扭头问何灵："你报过警吗？"

何灵摇头："没有。"

许吱正想着，手机里发来一条信息，是付衍舟发来的。她这才想起白天跟他约好要一起回家的事儿。于是她发短信问："你知道怎么报警吗？"

信息刚发过去，电话便打过来。

电话那头男生压着声音问："你在哪儿？"

许吱听出了他还在上课，也不知道他哪来的胆子打电话，同样小声地报过去一个地址。

付衍舟"轰"的一声从凳子上站起来，把老三的瞌睡吓跑了大半。

老三抬头见老师还在讲台上，此时所有人都往教室后面看过来，他扯住付衍舟，问道："你干吗去呀？不上课了？"

付衍舟没搭理他，拿了书包从后门冲出去，完全把一教室人当空气。被打断课堂的老师此时怒不可遏，对着大敞的后门骂道："规矩了几天还以为你转性了，原来还是个不受教的，你们谁敢跟他再混在一块儿，以后我的课都滚出去。"

老师话音刚落，老三哆哆嗦嗦地举了手，赔笑道："老师，他流鼻血了，我跟过去看看。"

老师眼珠子都要瞪出来了，看样子气得不轻。

老三猫着腰，半个身子隐藏在课桌下，尽量让老师眼不见为净。

等他出了教室，哪里还见得到付衍舟的人影，他拨通了电话破口大骂："付衍舟，你有好玩的不带老子？"

电话那头风大，他就听见模模糊糊的几个字音，挂断电话，他默念着将它们拼成一句话——许吱出事了。

难怪他跑得这样快，从来没见付衍舟在意过一个人，原来他把一个女生放在心尖上的模样是这样的。

警车比付衍舟早来，将在后街斗殴的一行人抓个正着，许吱跟何灵配合着做了笔录。

许吱侧眸，正见黄毛被羁押上警车，那人目光凶狠，直勾勾地盯着她，恨不得从警察手里挣脱开来，将她活生生掐死。

许吱心里咯噔一下，刚想躲过黄毛那令人毛骨悚然的目光，眼前一黑，一道人影挡在她面前。许吱抬眸，只能看到男生的后脑勺。

许吱心一下安定了，惊喜地叫道："付衍舟！"

等黄毛被押上车，扣上车门后，付衍舟才转身。女生的手紧紧抓着他垂在身侧的手腕，他低头看了眼，没挣脱。

倒是许吱察觉到异样，悄悄松开手，问道："你怎么过来了？"

付衍舟双手插兜，淡淡道："你问我？你胆子倒是大，这么晚了跑这儿来溜达？"

许吱傻笑："是你在来的路上打电话报的警吗？"

"嗯。"他在她身上打量了一圈，"你没哪里受伤吧？"

"没有。"许吱挠了挠头，"你上次不是说不要多管闲事吗？我跟何灵特意走远了才想着报警。那些人一根头发也没动我们。"

付衍舟扭头看向警车，目光冷了冷："最好是。"

随后，他转头过来，语气温和了些："回家吧，顺路。"

许吱喜上眉梢，乐呵呵地跟在他身后，仿佛今天什么事也没发生过。

两人说完话，何灵也做完了笔录，朝这边走过来，冲付衍舟打了声招呼。

三个人在路口等了半天车，老三才过来，他撑在路边一棵树下喘气，路过的行人把他当成呕吐的醉鬼，没一个人敢搭理他。

老三平复了气息，才冲他们挥了挥手，问道："让我一通好找，出啥事了你们？"

话是对着许吱跟何灵说的，随后被付衍舟接过去："都摆平了。"

"啊？我还叫了一帮小弟呢。"老三微微有些惋惜。

·146·

付衍舟没理他，对许吱说："这儿打不到车，去下面那个路口看看吧。"

许吱点点头。她偷偷看着付衍舟的侧脸，想起何灵之前说，他的五官单看并不深邃，但放在一张脸上就如刀刻斧凿一般精致，尤其是那双眼睛，盯着你看的时候，似乎瞬间就能将人溺毙。

付衍舟是许吱这十七年来见过的最好看的男生。

许吱想着，突然觉得背上的背包轻了。

付衍舟将自己的书包挎在左肩，右手腾出来将她的背包往上提了提，目光向下，满脸嫌弃："走得这么慢，属乌龟的吗？"

许吱撇撇嘴，收回刚刚的念头。

路上的两道影子一点点向前移动，付衍舟嘴上那么说，脚步却放慢到跟她一个频率。

许吱正发呆，边上的人突然停下来，问道："你们晚上来这边做什么？"

"嗯？"许吱想着要怎么回答，却见付衍舟想了想，再次发问："这边大学里有你想见的人？"

"才没有。"许吱打断，她从哪来认识这所大学的学生。

"那你俩偷偷摸摸密谋着什么呢？"

许吱是个一撒谎就上脸的人，两颊红通通的全部写着心虚二字。

付衍舟静静地看了她一会儿："你要是不想说可以不说，但我不喜欢你对我撒谎。"

两个人面对面站着，眼看着何灵跟老三要跟上来了。许吱从口袋里拿出那张字条，递给付衍舟。

他接过去看了看，问道："这是什么？"

许吱避开他的视线，问道："你最近上校网了吗？"见对面无话，她继续说，"上面有你的帖子，我想找出发帖的人。"

付衍舟的脸色沉下来，有些冷淡地问："理会那些传言干什么？

你很闲吗？"

许吱张了张嘴，声音发沉："原来你知道的，但为什么你表现得毫不在意？"

"大概，我平时被人指着脊梁骨骂习惯了。和这些比起来，不过小巫见大巫。"

"可是你不该被这样污蔑，这些都是你的私事，为什么对方这么了解，连细节都清楚呢？只能说明他有意图地打听你，然后刻意公之于众。"她越说越激动，过马路连红绿灯都不看了，一辆摩托车过来，险些将她撞倒。

幸好付衍舟迅速将她拽了回来。许吱有种劫后余生的感觉，一张小脸惨白惨白的。

付衍舟的手紧紧扣着她的手臂，安慰道："没事了。你干吗这么着急？我说了我不在乎。"

"我在乎，"许吱脱口而出，随后补了句，"我们是朋友。"

"谣言之所以会被人当真，就是因为听的人原本就信了三分。要是我现在说那些事我都没做过，谁信？你信吗？"

"信的，"许吱仰起脸，又强调了一遍，"付衍舟，我信你。"

原本还云淡风轻的男生眸色渐深，僵在原地，半晌才说："哦。朋友之间你也没必要做到这样，我不需要你以身涉险。"

许吱一时不知道怎么答，跟着付衍舟过了马路，突然发现，他扣着她手腕的手一直没松开。

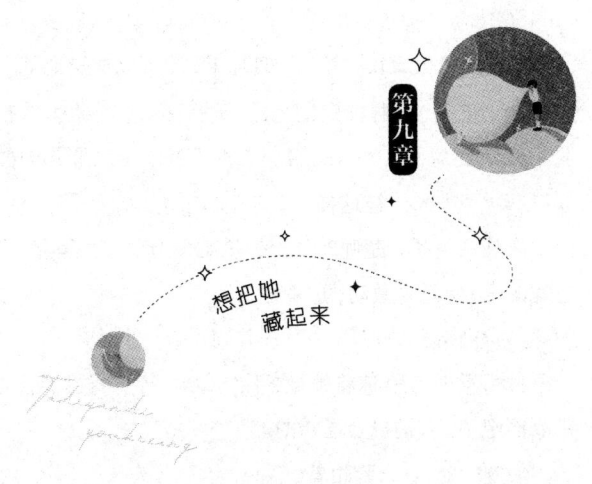

第九章

想把她藏起来

一连好些天,许吱早上出门都见付衍舟等在楼梯口,晚自习下课他也等着自己一起回家。付衍舟很少这样规律上学,连越都发现了异样。

许吱蹲在玄关换鞋,连越把书包放在肩上,没急着出门。她换完鞋,见他欲言又止的模样,喊道:"哥?"

"那家伙怎么天天等你上学?"连越问,"你俩不会是有什么事吧?"

"啊?"许吱知道他想歪了,连连摆手否认,"不是你想的那样,他高三了嘛,再不上心也要抓紧。我跟他一个学校的,又是楼上楼下的关系,而我的哥哥呢又是他的好友,一起上学很正常嘛。"

连越眯着眼瞅她:"你今天话格外多。"

"反正不是你想的那样。"许吱拿了鞋柜上的钥匙,转身要跑,临关门前脆生生地笑了笑,"哥,马上要高考了,加油哦。"

房门里的连越看她逃得这样快,"啧"了一声,没有猫腻才怪。

A市的夏天来得很快,才四月末,就可以穿短袖了。

楼下的男生侧倚在栏杆上,长腿交叉,淡蓝色的校服外套被他脱下来放在肩头,明明是店小二的打扮,在他那儿却像是走T台的模特。

许吱走下楼,付衍舟余光扫过她的身影,直起身,自然而然地接过她的书包。

"那事你怎么打算的?"许吱问道。

付衍舟推了单车过来,漫不经心地说:"我已经让老三帮忙留意那家网吧了,有消息会通知的。"

话题中断。

"呃,那个……"许吱跟着他往路口走,轻声道,"你可以不用每天等我的。"

"顺路。"他挤出两个字。

人家都这么说了,她还怎么拒绝?

单车的车轮在地上飞速打转,许吱侧头看了眼始终跟她保持同样速度的付衍舟,心里有点期待每天上学放学的这段路程了。

即便什么都不用说,什么都不用做,已经足够美好了。

单车骑进食堂边的停车棚,许吱落了锁,跟付衍舟挥了挥手算告别。

许吱在食堂门口碰见正往嘴里塞小笼包的何灵,说道:"吃货。"

何灵跟上她,因为有话想问她,包子咽得太急,噎得整张脸通红。

许吱看不下去了,一边拍何灵的后背,一边说:"你慢点,我等你就是。"

何灵好不容易咽下去,脸色好了点,就迫不及待地八卦:"最近你跟付衍舟走得也太近了吧?"

.150.

许吱扭头，见付衍舟已经被一行人簇拥着走远了。

"我们本来就是邻居呀。"

"不对，你还记得前几天咱们遇到的那个黄毛吗？"何灵叹了口气，"你都不知道，这些天我都不敢一个人睡，害怕得做噩梦。"

许吱笑了："你这也太夸张了点吧。"

"真的，他最后看咱们那个眼神，摆明了是告诉我们，他一定会找机会报复。那付衍舟挑这个时候当起了护花使者，肯定是想保护你嘛，怕你在校外遇上那个黄毛，所以寸步不离地守着你。"

许吱迟疑道："不是吧？他没说。"

何灵敲了敲她的脑袋："这你就不懂了吧？像付衍舟这种人，对一个人好肯定不会主动说出来，太没面子了，要始终保持高高在上的人设呀。"

"咦，何灵，"许吱叫了一声，"你拿你沾满油的手碰我的头。"

何灵吓得赶紧跑路："对不起，我一时激动了。"

许吱看着何灵跑远的身影笑了笑，脑子里回荡着何灵刚才说的话，明明知道何灵说的话从来都只能听三分，但此刻回忆付衍舟的行为举止，她恨不得将他说过的每句话都拆开来听。

因为许吱起了心调查发帖的事，才差点儿遇险。

付衍舟将这事放在了心上，老三那边很快有了消息。

"能上校网的肯定是咱们学校的学生，"老三在电话里说，"我顺着前几次他发帖的时间，让老板帮忙查看上网名单了，好在现在都实名登录，按照他平时的发帖频率，今天晚上肯定有动静。舟哥，你怎么想？"

付衍舟问道："什么？"

"我调查了这个账号，他不仅在校网，在学校论坛里也发过同样的帖子，只是没什么人关注，就沉了。这次闹得这么大，咱们绝对不能轻易放过他。"

付衍舟说:"等找到后再说吧。"

"那咱们通知许吱吗?"

"不用,"付衍舟想了想,"你别说漏嘴了,这事我不想把她再牵扯进来。"

老三从小柯南看多了,立志做一名私家侦探,虽然这个志向被现实磨灭了,但查东西还是很在行的。

付衍舟吃晚饭的时候,老三打来电话:"人已经被我让人扣着了,竟然还是个认识的。"

付衍舟挂了电话,赶到校门口那家网吧的时候,老三单独开了个包厢,把人都清退了。

那人被按在椅子上,转过来,付衍舟看清了他的脸。

就一瞬间。

付衍舟的眼底起了霜,冷冷地问:"是你?"

顾以择抬眸看他,冷笑道:"用不着这么高兴吧。"

"怎么说?"付衍舟拿把椅子坐下,"解释解释?"

"你不就是觉得现在拿捏到我的把柄,可以告发到教务处嘛。因为许吱跟我走得近,你早就不爽了吧?"

付衍舟面无表情的脸上终于有了一丝起伏,不解地问:"不爽什么?不爽她交朋友的眼光太差?我只是有点好奇,拿笔杆子编排人,好学生也做这种事?"

"编排?"顾以择挣扎着站起,又被边上的人按下,"你有没有做过这些,自己心里有数。难道你不是因为记恨才把亲哥哥的腿弄残?不是因为仗着家里有钱就在学校胡作非为?你到底有什么呀?明明样样不如人,凭什么永远一副趾高气扬的样子?"

付衍舟没有如顾以择所愿被他激怒,反而连眼神都不愿给过去。

付衍舟淡淡答道:"起码我敞亮,我讨厌一个人就堂堂正正较量,不会背地里玩小动作。我本来无所谓的,但你知不知道,许吱为了查

·152·

这件事,差点儿遇到危险?"

顾以择眼底闪过一抹诧异,随后低头说:"那你更得意了吧?这件事要是让她知道是我做的,她会讨厌我的。"

"男生跟男生之间的事情,我没你做得这么下三烂。"付衍舟声音冷淡却凌厉。

"付衍舟,你有本事报复我呀,我根本不怕你。"

"我们的积怨是从陈娜拉那里来的吧?"

他一语中的,顾以择愣住。

付衍舟继续说:"你喜欢她,她却看不上你,所以你恨我?"

"你根本不值得她喜欢!"

付衍舟扶额想了一会儿,突然起身,朝顾以择走过去,俯身贴近他的耳朵,小声说:"你一开始就是因为我才接近许吱,对不对?"

顾以择双目通红,瞪得吓人:"是又怎么样?"

"不怎么样,所以在她那儿,你从一开始就输了。"

在顾以择发怔的瞬间,付衍舟不屑地说:"我今天来只为了证明这件事而已。帖子既然已经删了,你走吧,我没兴趣把时间浪费在你这种人身上。"

"你又想搞什么花样?"顾以择指着付衍舟说,"你想对我做什么有本事趁着现在,付衍舟你怕了对不对?"

"你不用上赶着往上凑,我想揍你往后有的是机会。"

付衍舟飞去一记眼刀,不知是不是他气场过于凌厉,顾以择吓得止住了话。

人被拖拽着出了门,包厢里归于平静。

付衍舟的眼里隐着情绪,老三一时没看懂,问道:"舟哥就这么把人放了?不像你平时的风格呀。"

"你想我把他打一顿,闹得尽人皆知?"付衍舟理了理衣服,往外走,"都要高考了,消停点。"

老三眯着眼打量他:"我怎么觉得你自从跟许吱玩在一块儿后,心就变软了呢?"

付衍舟睨他一眼:"少用这种娘唧唧的词形容我。"

付衍舟没跟许吱提起这件事,而校网上的帖子消失得一干二净,她猜到他已经解决,也没再追问。

晚自习下了后,他照例在教室外等她回家。

许吱被后座的男生缠着问问题,下课十分钟了还在等他慢悠悠地演算。在那个男生第三次算错的时候,许吱在心里暗暗骂了句"笨蛋"。

她着急地往后门看去一眼,付衍舟低着头玩手机,手机的光亮反射在他脸上,时明时暗。

男同学不好意思地笑笑:"许吱,你是不是赶时间哪,要不明天再算吧?"

"没事,"她回过神,"其实你已经会了大部分,就是这个三分之二的地方,这里可以换一种思路,其实挺简单的,套用之前老师教的公式就可以……"

许吱将垂下的碎发拢到耳后,认真地再次演算了一遍。

那人这次才真正会了,将算好的答案填进习题册。

教室里的人都走了个干净,许吱匆忙收拾好书包,正要从座位起身,就被这位男同学叫住:"许吱你住校外,这个点不安全,我送你回家吧?"

"不用,"她拒绝道,"有人在等我了。"

男同学眼底闪过一抹失望的神色,随后从课桌里拿出一根棒棒糖说:"那这个给你,就当谢谢你今天教我。"

许吱要拒绝,见那人手伸了过来,她想了想就接了,回道:"谢谢。"

她出了教室,付衍舟见人出来了,收起了手机。

已经下课好久了,许吱有点不好意思,走到他跟前说:"你其实可以早点回去的。"

"怎么,我在这儿等着,妨碍你了?"付衍舟面色不悦,故意拿话堵她。

"没有,我能有什么被你妨碍的?"

"我看你刚刚跟男同学笑得挺开心的。"

"才不是,我很着急的,怕你等久了。"许吱小心翼翼地回答,不知道他哪里来这么大的火气,又将刚刚从同学那里收到的棒棒糖递给他,"你吃吗?"

"哪儿来的?"付衍舟余光扫了一眼。

许吱舌头都在打战:"同……同学送的。"

付衍舟一个侧身,将她逼在楼梯墙角,越来越近。

许吱向后退了一步,紧张地问:"干吗呀?"她刻意压低的声音又软又糯,带着外地的方言腔调,听得付衍舟心头一暖。

"就是刚刚那个男同学?"

"嗯。"许吱轻声答。

他比她整整高出了一个头,光在身高上已经将她的气势压倒了。许吱一退再退,最后紧紧贴住墙壁,他身上好闻的气息扑面而来。

"你把男同学送你的糖给我吃?"

"那你不要算了。"

下一秒,许吱撤回的手被抓住。

付衍舟紧紧盯着她,问道:"你跟他什么关系?"

"谁?"

"就刚刚那个男生。"

"前后桌,"许吱想了想,补了一句,"平时聊的都是学习,很少私下聊天的。"

付衍舟看着她的眼睛,知道她没有说谎,这才直起身,咳嗽一声,挑眉接过了她手里的棒棒糖，撕了包装纸，一时没找到垃圾桶，便将糖纸塞到她手心。

一连串的动作没有丝毫迟疑，许吱气得只差没踢他一脚，气呼呼地说："把棒棒糖还给我。"

"我已经吃了，你要？嗯？"男生停下脚步，真的将糖从嘴里拿出来，递给她。

许吱皱眉："你恶不恶心哪？"

"叫哥哥，我跟连越可一样大。"

他大摇大摆地走在前头，许吱气不过，对着他落在地上的影子狠狠踩了几脚。

在备战高考的康庄大道上，许吱比付衍舟还要上心。她把自己高一整理的笔记全部翻出来，又找班上成绩好的同学誊写了本学期的笔记，厚厚几本笔记全给了付衍舟。

学习小组自动成立，就连原本已经放弃高考的老三也有事没事一块儿跟着上阅览室了。

虽然那个黄毛小混混没有出现在许吱周围，但付衍舟还是照常送许吱上下学。而她似乎也开始习惯有他跟在身边，即使很多时候两个人没有话说，只是一前一后走完回家的路，也是安心的。

站定，拧锁，开门，在一气呵成的动作里，她忍不住在心里暗暗想：已经与我擦肩上楼的付衍舟会不会回头呢？这种期待又紧张的情绪充斥着她的心头，她却是不敢确认的。这个人的名字不过简短又寻常的三个字，轻轻念出来，话音飘散在空气中，留在舌尖的是一点点雀跃和挥之不去的甘甜。

随着这种情绪的滋生，时间飞快而逝。

对于付衍舟来说，短暂的安稳来之不易，因为哥哥要出席本市的励志人物活动，付妈一心扑在大儿子身上，回家的时间少之又少。

.156.

付国庆这些年都为工作忙碌，回回到家已经半夜，他对这个小儿子并非不疼爱，只是小时候对付衍舟过于缺乏关心，孩子大了更难沟通，现在就算碰面也没有话说。但孩子高考是人生大事，于是他难得早点回家，准备与儿子来一次对话。

"儿子，你今后有什么打算？"付国庆掸了掸烟灰，吞云吐雾，"万一你考不上大学，毕业了就来爸爸公司，我会让人给你个小岗位，你先从基层做起。"

"我不去，"付衍舟拒绝，"你那点产业，还是留给哥哥吧。"

"怎么，还看不上了？"

付衍舟坐在沙发那头沉默了一会儿，说道："爸，我有自己的人生要过。虽然我现在还不知道以后要从事什么样的职业，但我想，等我上了大学，会有大把的时间好好考虑。我以前破罐子破摔，但现在我不想烂在泥地里。"

见付衍舟说得真心，付国庆原本心里的别扭和不舒服渐渐消散，他这才第一次看清这个桀骜不驯的小儿子，想说句"阿舟，你真是长大了"，但话哽在了喉头。他从未参与过孩子的成长，哪里有资格说这样的话呢？

但对于付衍舟这段时间的表现他还是很满意的，于是从公文包里拿了两张票，递给他，说道："你平时学习也要劳逸结合，我听公司的年轻人说你们这些孩子最喜欢这种，刚好合作的公司有渠道，就给你要了两张票，跟同学去玩吧。"

付衍舟目光从票根上扫过，是马上要在本市举办的音乐节。

"谢谢爸。"

付国庆本以为他会拒绝，见他收下，松了口气，点了点头。

在距离高考只剩下一个月的时候，学校为高三学生组织了一次动员大会，为了不占用学生学习的时间，安排在周末。浪费了好不容易得来的假期,学生们都怨声载道。

放学后,何灵背着书包走到许吱身边,见下楼的高三生个个都苦着脸,叹了口气说:"许吱,你说咱们上高三了不会也这样苦吧?"

"这些活动都是每年毕业班的传统,到咱们那会儿,只会多不会少吧。"许吱说。

何灵皱眉道:"啊?干脆死了算了。"

许吱笑了笑:"你想轻松点,上大学就好了。"

"什么呀,你听老师瞎说,上大学哪里真跟他们说的那么轻松,专业学不好,以后毕业了工作都找不到,找不到好工作嫁人都会被嫌弃的。"

许吱咂舌:"你想得可真够长远的,小朋友你才十七岁,就想着嫁人了?"

何灵脸一红:"我这不是顺嘴一说嘛。"

她撞了撞许吱的肩膀,问道:"你就没想过嫁给付衍舟?"

闻言,许吱连忙捂住何灵的嘴:"瞎说什么呀你?"

"你敢说,你就没有一点点喜欢付衍舟?"

"没有、没有、没有。"

"没有你还站这儿等他放学?你午饭吃多了?"

许吱正想回她,拥挤的楼道里,付衍舟从上面下来了,许吱扭头冲何灵比了个嘘的手势。

放学路上,几个人例行在烧烤摊上吃烤串。

摊主是个四十多岁的中年女人,是这条街烧烤手艺最棒的。

老三先拿了串烤好的鱿鱼吃得津津有味,烫得一边哈气,一边说:"这要毕业了,去外地上大学,最想念的肯定是这家烧烤摊。"

何灵踢他一脚,瞪眼道:"咱们这几个人还不如你手上这串鱿鱼吗?"

老三摇头晃脑地说:"我又不跟舟哥一样,有个惦记的人在这儿,

我要毕业了，就直接放飞自我了。"

付衍舟侧眸看了眼边上的许吱，没作声。

那两张门票被他在口袋里揉了揉，找不到合适的时候送给她。

这时，肉串已经烤好，付衍舟接过，递给许吱。

许吱咬了口肉串，嘴里塞得满满当当的，因为思绪飘到别处，竟食不知味。

她不敢将情绪在付衍舟面前表露出来，悄悄藏起表情，装作若无其事地问："付衍舟，你准备填外地的大学吗？"

付衍舟点头道："嗯，本市就一所大学，分数线挺高的，硬着头皮填可能会落档。保险起见，还是外省选择性多一些。"

"那你想好去哪所城市了吗？"

"你想去南方还是北方？"

两个人同时问道。

许吱嚼了嚼烤肉："是你填志愿，问我干什么？"

"你不是要跟我一起玩吗？"付衍舟递过去一张纸巾，"你该不会没放在心上吧？"

"我……"许吱低下头。

付衍舟见她嘴角的油渍仍旧没擦干净，于是干脆用指腹帮她擦掉了，这亲昵的动作让许吱为之一愣。

付衍舟笑了笑："许吱，就算是到了大学，我们肯定也会相见的。"

他的笑有一种前所未有的温暖，简直不是她以前认识的付衍舟了。许吱看呆了，站在原地动也不动，只感觉校服口袋有异动，她低头见付衍舟往里塞了个东西。

这时，老三跟何灵也过来了。

"你俩背着我们搞什么小动作呢？"老三打趣道。

付衍舟踢了他一脚，拽着他往前走了。

何灵一把挽住许吱的手臂，小声问道："他给你什么了？"

许吱将东西从口袋里拿出来,还没怎么看清,便被何灵抢了过去:"哇,音乐节的门票!这个好难买到的,付衍舟哪儿来的?他约你去看哪?"

"他没说。"

"我跟老三都没有,他肯定想你俩单独去,唉,重色轻友的两个家伙。"

许吱头埋得更低了。

老三见两个女生走得好慢,扭头喊道:"快点,公交车马上来了。"

许吱抬头见何灵在看着马路对面出神,问道:"发什么呆呢?"

"没什么。"何灵掩饰了慌乱,拉着许吱朝他们小跑过去。

许吱朝着她刚才的视线看过去,见几个男生勾着肩膀消失在巷口,那是八班的。

八班的人她不太熟,除了顾以择。

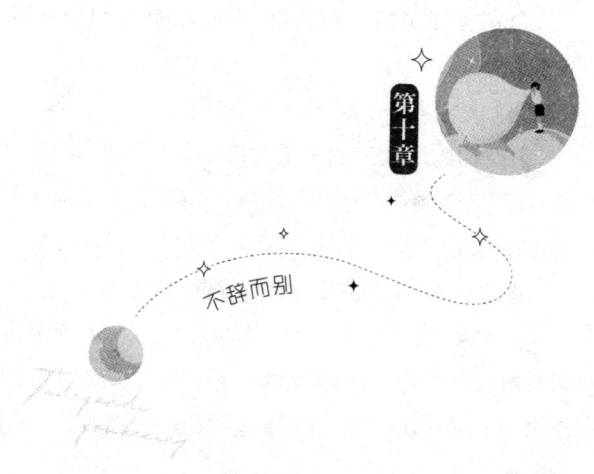

第十章

不辞而别

解了馋的四个人很快分道扬镳各回各家,只有许吱跟付衍舟顺路。

付衍舟边走边想:我给许吱的音乐节门票她肯定看到了,她会有什么反应呢?结果许吱一句话没说,快到了小区门口才拉住他的衣袖,想把那张门票往他手里塞。

付衍舟垂眸,不太高兴地问道:"这是什么意思?"

"还给你。"

听到她的话,付衍舟心凉了半截,冷冷地问:"你不想去?"

"我——"许吱轻声回,"我想的,但这地方太远,我怕找不到地方,浪费了门票。"

付衍舟有点无语地笑了:"就为这?"

许吱点头。

"我说了让你一个人去了吗?"

"你跟我一起?"

付衍舟揉了揉面前的蠢脑袋,没好气地说:"明天穿好看点出来。"

"嗯。"许吱脸一热,快步进了小区。付衍舟长腿一迈,很快跟上。

许吱加速,付衍舟也跟着加快脚步。

有邻居提着一袋子蔬菜被两个人超过,看着地上两道光影,摇摇头感叹了声:"现在的小孩子都早熟咯。"

许吱不知道穿得好看是什么意思,一度苦恼。

回到家,看到连越读大学的堂姐来串门。连越有好几个堂兄弟,但只有这一个堂姐,堂姐对着一帮哥哥弟弟觉得无聊得很,所以这个姐姐非常喜欢许吱,现在来家里的时间也多了,晚上还闹着要一起睡。

因为第二天是休息日,许妈妈也没阻止。堂姐说起她丰富多彩的大学生活,还会聊聊她刚谈的男友,两个人躲在被窝里聊天聊到深夜,在得知许吱第二天要跟同学出去玩,说要给许吱化妆。

第二天一早,她从包里翻出一本时尚杂志,推到许吱面前说:"你看看你喜欢哪个,我会把你打扮得比模特还漂亮。"

许吱硬着头皮指了个最不夸张的造型,几秒过后,吹风机铺天盖地的轰鸣声响彻房间。

半个小时后,许吱站在镜子前看着里面的人完全变了模样,心想:这样的自己,付衍舟会喜欢吗?

许吱深吸了口气,在堂姐的高跟鞋和运动鞋前,选择了后者。她拉开门,看到付衍舟靠在墙上,不知等了多久。

他的目光在她身上停留了一瞬,随后移过目光,吐槽道:"真够慢的。"

许吱没留意到他嘴角浮现的一抹笑意,回怼道:"音乐节九点才开始,现在出门时间够了。"

付衍舟最怕听人念叨，随手取下自己头上那顶黑色棒球帽，转身扣在她头上。

"干吗？"许吱皱眉，做了一早上的发型就这么被弄乱了，他简直不是人。

付衍舟走在前面，装作没听到她的抗议。

女生刚刚开门走出来的瞬间，那张粉蜜桃一般的脸在他眼底放大，用帽子挡了更好，免得被别人看了去。

许吱的视线被宽大的帽檐挡去一半，两个人单独去奔赴一场盛会，怎么想怎么别扭。

露天音乐节在一所大学的体育场举办，不设座位，大家在塑胶跑道上席地而坐，对着喧闹的架子鼓比着摇滚的手势，大声歌唱。前排的大哥嗓门实在太大，许吱连舞台的声音也没听清，但乐队的鼓点已经足够感染人，以至于在自己最喜欢的那支乐队出场时，她热泪盈眶。

因为沉浸在自己的情绪里，她完全忽略了身边的男生一直投向自己的眼神。

直到最后一首歌结束，全场粉丝闹着安可，主唱在舞台上说："每次结束演唱的时候，我都会满足一些粉丝的愿望，今天也不会例外。在来这座城市之后，我们在微博上收到一位粉丝朋友私信，说想为朋友得到一个与我们合影的机会。这样吧，既然大家都喊安可曲，那就由这位粉丝跟他的朋友一起来到舞台上，挑一首她最喜欢的歌唱给大家听吧。"

全场一起欢呼，许吱也不例外。

她想着能有跟偶像同台的机会，大概是所有人都梦寐以求的。

正想着，灯光突然朝这个方向打来，许吱措手不及，扭头看向付衍舟。谁知他轻轻握住她的手，拉着她往前面走去。有安保人员专程过来带路，周围人都投来艳羡的目光。

许吱完全蒙掉,像个机器人一样被付衍舟牵着走上舞台。

强烈的舞台灯光打在她的身上,她仿佛置身梦中。

她想这一定是她十七年来最高光的时刻,她崇拜了很久的偶像就站在她的左侧,对着她唱那首陪伴了她度过无数孤单岁月的歌,而站在她右侧用温柔目光看着她的男生,是她喜欢的人。

这一幕像被慢放无数倍的电影画面,她一帧也舍不得快进。

音乐节结束的时候,所有观众有序退场,保洁人员进来打扫。也不知是幸运还是不幸,天气忽然阴沉,一场暴雨倾盆而至。

大雨来得快,还好付衍舟提前备了雨伞。

许吱没舍得走,站在一棵树下伸着脖子看工作人员拆舞台,那边的音箱还不时传来歌声。

付衍舟撑伞的手酸了,换了只手,问道:"你打算在这儿回味到什么时候?"

许吱扭头对着他一通傻笑:"付衍舟,我们去赶他们下一个音乐节吧,哪个城市?长沙还是郑州?"

"不上学了?"付衍舟敲了敲她的脑袋,白她一眼,"色令智昏。"

许吱旋即瞪大眼睛,惊讶地说:"你刚刚用了一个成语!"

她见付衍舟没反应,提醒道:"你都会用成语了,看来这段时间的补习很有效果呀。"

"付同学,这要是在学校,我肯定奖励你两朵小红花了。"她背着手像个幼儿园的小老师。

"滚。"付衍舟咬着牙挤出一个字,脸绷了几秒,没忍住笑了。

"老师现在手里没有小红花,就奖你跟老师共舞一曲吧。"

付衍舟瞥她一眼:"你邀请我?"

"别告诉我你不会。"

"交谊舞我小学就学过了。"付衍舟哼哼两声,伸出一只手在空中划了两个圈,俯身一礼后,朝许吱伸出手。

伞被他扔在一边，许吱手搭在他的肩上，才发现他身上是湿的。

许吱走了神，不小心踩在付衍舟脚上。

"不跳了，脚要断了。"

"啊，别呀，我现在认真点。"

两秒钟后。

"我的脚……许吱你是不是专程借跳舞报仇的？！"

"我没……"

"你再敢踩我信不信我把你扔这儿？"

"你不会的，付衍舟，你最好了。"

见付衍舟面色很冷，许吱讨好地想转一个圈，没站稳，脚底一滑，像个小鸡崽一样跌进付衍舟的怀里。

"你……你干吗？"一向傲气的付衍舟也终于口齿不清了一回。

"脚酸了。"她无奈，撑了他的手臂一把才站起身，"没撞疼你吧？"

"疼了。"

"啊？"

"许吱你知道吗？你刚刚夺走了我的第一次。"

许吱仰着脸看他，腹诽道：什么第一次？什么虎狼之词？

付衍舟说得义正词严："我这辈子第一次跟女生的拥抱，就这样被你夺走了，你打算怎么办？"

啊？

他居然将她刚刚脚滑的那一下定义为拥抱？她跟他？

"就失误而已，你太严肃了吧。"许吱小声抗议。

"你不承认？"

"是这样，"许吱挠挠头，"你长我一岁嘛，像这种我们都不觉得有什么的，你看小孩子之前一块儿玩耍也能拉拉手啊，都是好朋友嘛。"

.165.

"你是说你跟我有代沟？"付衍舟睨着她。

许吱垂眸腹诽：我可没说得这么直白，但他确实是比我成熟嘛。

当着付衍舟的面，许吱自然也不敢说得这么直白，谁知男生以为她默认，尾巴简直要翘到天上去，他哼出一声："许吱，你说你以后该怎么办？"

"什么？"

"你都遇到像我这么完美的人了，以后看男生的眼界肯定有了质的飞跃，这样下去，眼高于顶，嫁不出去了怎么办？"

"付衍舟，你少自恋了。"许吱瞪他。

"我又没说错。"

"这边建议你看一下精神科医生哦。"

"我就不一样了，你简直拉垮了我周围女生的平均水平。"

许吱松开他的手，转身大步往体育场的门口走。

"生气了？"

付衍舟捡起伞，快步跟上。

"那你去跟聪明又漂亮的人玩儿去。"

许吱蹙眉，看得出是真生气了。

付衍舟将伞举过她的头顶，自己却站在雨幕中说了一句话。

雨声太大，身后舞台上的音乐已经放至高潮，她没听清，于是问道："你说什么？"

付衍舟贴近她的耳朵，一字一顿地说："可我就喜欢你这样的笨蛋哪。"

许吱先是被他的"喜欢"弄得满脸通红，而后才反应过来他压根就是在骂她笨。她无语地看了他一眼，心想：我的成绩可比你好多了。

付衍舟坏坏地一笑。

这雨越下越大，体育场上的保洁跟工作人员都跑去躲雨，放眼望去，再看不到半个人影。

许吱讨厌雨天,讨厌潮湿,喜欢艳阳。

她有些放空,双目失神。

猛地,男生的手朝着她垂在身侧的手背覆盖而来,许吱一时没反应过来。

付衍舟的手是许吱见过的男生里面最好看的,一双绝对能令人尖叫的手。

之前一起上自习课的时候,许吱常常会为之失神。她看着那双手转动着笔尖,又或者在草稿纸上奋笔疾书,当时心里想的是以后被这双手握住的会是个什么样的人呢?

付衍舟轻轻拉了拉她,朝一个方向抬了抬下巴,对着愣在当场的许吱说:"公交车马上来了。"

"哦。"许吱这才拉回了思绪,被他带着飞快地奔跑起来。

路上的低洼区已经积攒了不少水渍,脚尖踩在上面,"啪"的一声,声音又脆又动听。

许吱在雨声中安静下来。

她听见了自己的心跳。

咚。

咚咚。

咚咚咚。

见许吱浑身湿漉漉地回到家,许妈妈有点不高兴,但也没多说什么。对于这个女儿,她愧疚更多一些,平时很少责骂,这段时间小区里的流言蜚语,她不是没听见,只是很多时候睁一只眼闭一只眼罢了。女儿现在大了,应该知道分寸,如果她真的指出来,说不定会引发母女俩的争吵。

许晴闭上眼睛,想起邻居们对付家的评价,心乱了几分。

还没到饭点,许吱有点饿了,她洗完澡去冰箱里拿了点水果,边啃边进了卧室。

　　许妈妈见卧室门关紧,这才从阳台回到客厅。

　　连奇生正坐在沙发上喝茶看报,见妻子神神道道的,问道:"孩子已经进去了,你看什么呢?"

　　许晴给自己也泡了杯茶,挨着连奇生坐下,叹了口气说:"这小区里风言风语的,我想给许吱提个醒。"

　　"提什么醒?"

　　许晴压低声音说:"她现在才高二,比高三还重要,正是要打好基础的一年,这要是被别的事情分了心,上了高三,大家都自觉都努力,再想把成绩赶上比登天还难。"

　　"我怎么没听懂呢,她能有什么事情分心?"

　　"还不是楼上的,最近天天跟吱吱一块儿上学,那孩子自己读不进书,别把吱吱带坏了。而且你知道我今天去买菜,路过杂货铺人家怎么说吗?说我们家要跟付家成亲家了。孩子这么小,别把名声弄坏了。"

　　连奇生说:"这事都是捕风捉影,我看孩子们相处得好也是好事,有人跟吱吱一块儿上学,你也放心不是。"

　　"不行,"许晴脸上严肃了几分,"谁都可以,就他不行。他妈妈动不动骂他是个祸害,别再祸害到吱吱身上。"

　　连奇生连忙安慰:"你要是真放心不下,就旁敲侧击地问一嘴,别把孩子伤到了。"

　　许晴忧心忡忡地点点头:"嗯。"

　　她望着手上的茶杯出神,再喝时,茶已经凉了。

　　许吱抱着手机啃完了一整个苹果,手机屏幕还是黑的。她百无聊赖,在书架上随便抽了本书,趴在床上粗略地翻了几页,手机屏幕亮了。

　　付衍舟发来信息:"我煮了点姜茶,你要不要上来喝点?"

不去。

许吱刚想回,见手机上又来一条信息:"我爸妈不在家。"

那更不敢去了,孤男寡女共处一室……

不知道怎么,可能因为确认了自己喜欢上付衍舟这件事,每次想到他,许吱就隐隐有点心虚。

"现在没办法出来,你明天打算做什么?"许吱问道。

"下午跟老三约了打球,晚上的话可能会去学校自习吧。"

"我去给你送水?"许吱在屏幕上打了一行字,又全部删掉,重新再打上一行,"那学校里见。"

许吱发完信息,听到妈妈在门口敲门叫吃饭,她慌忙关掉手机,将它塞到枕头下面,起身出了卧室。

许吱到球场的时候没见到付衍舟,她不知道是不是自己早到了,在球场周围等了半天,没等到他,却等来另一群前来球场打球的学生。他们其中几个人穿着附近职校的校服,许吱听人说过,那所学校风评不好。

她掏出手机准备打电话,突然后脑勺被狠狠砸了一下。

许吱转身,砸在她后脑勺的那个篮球在水泥地上跳远了。有两个人从球场上跑过来,呵呵地冲她笑了两声。许吱只觉得那人声音怎么这么难听,也没打算兴师问罪,转身要走,却被拦住。

"小妹妹,看打球哇,哪个学校的?"其中一人笑呵呵地跟她搭话,一脸痘印看得许吱密集恐惧症犯了。

她不想再待下去,捏着手机要走,却被拉住。

"这么快就要走哇?"

"我跟你很熟吗?"许吱挣脱开那人抓在自己衣袖上的手。

"聊着聊着不就熟了吗?"

许吱蹙眉,低头摁着键盘,手机也被对方抽走,随即怒道:"手机还我。"

"可以呀,你自己来拿。"那人高许吱一个头,手还高高举起。

许吱正欲跳起来拿,头一下被人从后面摁住。

许吱下意识扭头,只看清身后人的脸部延展线条,但就已经知道是谁了。

付衍舟往她身后走了一步,手轻轻撑住她的脑袋,毫不费劲地拿走对面男生举着的手机。

"你谁啊你,跑这儿来管闲事了?"那俩人朝他围拢来。

付衍舟淡淡瞥去一眼,声音低沉道:"我是十中高三五班的,想打架随时奉陪,但现在我要带她走。"

他顿了顿,继续道:"你们是群殴还是单挑?"

这里不属于闹市区,但也算人多眼杂,那几个人显然也不想在这里闹事,指着付衍舟的鼻子警告了一句"你等着"之后,也没多阻拦两人。

危机解除了,付衍舟撑在许吱脑袋上的手却没挪开,他活像个找了个称心如意支点的大爷,不肯撒手。

"付衍舟你松开。"

男生在旁边哼了一声:"帮你解了围,靠一下都不给了?"

"你这样显得我很矮。"许吱黑着脸答道。

付衍舟从上到下打量她一番,点头说:"矮是矮了点,凑合着当拐杖还是很不错的。"

"付衍舟,你滚蛋,我被人找麻烦还不是因为你。"

男生松开了手,眼底有光,问道:"你是来找我的?"

许吱从背包里拿了瓶水塞到付衍舟的手里,再背好书包,冷冷地说:"我走了。"

他拿着水瓶瞅了瞅,愣了愣,随后反应过来,说道:"我们不在这个球场,在另一边。"

许吱停下脚步,问道:"那你怎么知道我在这儿?"

付衍舟挠挠头:"老三说看到个人影很像你,我无聊就过来看看。"

许吱放慢了脚步,等着跟他并肩。

付衍舟穿着一身绿白相间的篮球服,衬得他皮肤十分白皙,她侧眸瞟到他的下巴,慌忙移过视线。

付衍舟指了个方向,对她说:"老三他们在那儿,你要不要去待一会儿?"

"你们在打比赛吗?"

"嗯,纯友谊对抗。还是之前初中的时候跟你哥组的一支球队,水平一般,无聊可以看看。"

"嗯。"许吱答应了。

她走着走着,几乎想要跳起来,但由于四周还有人在,没敢太表露。

小区里面的篮球场简陋,观看的人也只有稀疏几个。她在边上的椅子上坐了一会儿,付衍舟跑出去又跑回来,手里拎着一大袋零食,给边上看球的人挨个发了一些,到许吱手里还是满满一大包。

许吱张了张嘴,这是在喂猪吗?

"怎么买这么多?"

付衍舟笑了笑:"还好这次看球的人少,要像上次那样,我可真要破产了。"

许吱没听清楚他说的"上次"是哪次,付衍舟看明白了她的疑惑,也没多做解释,只是深深地看了她一眼,然后跑回到球场。

篮球队里有个跟他关系不错的,找了个机会给他传球,忍不住问:"那女生谁啊,竟然让你这么体贴入微?"

那人话语暧昧,将付衍舟哄得尾巴要翘到天上去了。付衍舟一摆手,话中带笑:"少废话,赢了比赛,一会儿我请客。"

那人乐不可支,朝着正在防守的队友大声喊:"大家好好打呀,晚饭阿舟请。"

队员们气势一下高涨,在付衍舟的带动下,一连拿下好几个比分。

老三远远地朝许吱比了个大拇指。

许吱捏着付衍舟给的零食袋子,不好意思地挠了挠头。

她忙着看比赛,手机接连振动数下也没察觉,直到篮球赛结束,她才得空看手机,发现有好几个未接来电,是连叔叔打来的。

一行人都在商量着要去哪里吃饭,许吱找了个安静的地方回拨过去,电话响了好半天才接听。

连叔叔焦急地说:"吱吱啊,你妈进医院了,你赶紧过来。"

许吱挂断电话,心急如焚,电话里连叔叔并没说清楚,但既然进了医院肯定不是小事情。

她转身时,付衍舟跑过来,问道:"怎么了?"

"我妈妈进医院了,我得过去一趟。"

"哪所医院?"

许吱报了地址后,忙问:"离这里远吗?"

"不远,我送你过去吧。"付衍舟扭头冲篮球队的其中一人喊,"小武,借你的小电驴用一下。"

那人爽快地扔了车钥匙过来,付衍舟给许吱戴上安全帽,踩了油门飞快地往医院赶去。

风在车速的带动下越发呼啸,手机里传来信息,连叔叔发过来的:"你妈妈刚刚检查过了,问题不大,你不用太着急。"

许吱这才放心了些,她突然想到了什么,问道:"不会耽搁你什么事吧?"

"我能有什么事,临走之前我让老三带他们去吃饭了,缺我一个无所谓。"

风将他的衣服吹得向后鼓起,再拂过许吱的脸颊,让她感到一丝温暖。

"你刚说有话对我讲,是什么?"她问。

付衍舟说了句话,许吱没听清。

"什么?"她追问了一遍。

前方的声音落在她耳朵里,这次她听见了。

付衍舟说:"算了,等我高考结束,考上大学了再跟你说吧。"

许吱想着,离高考也没多久了呢。

她按捺住心中的好奇,说道:"那你一定要告诉我哦。"

"嗯。"付衍舟笑了笑。

两人赶到医院,许吱问了前台的护士,报了妈妈的名字,直接去了急诊科。

许吱在急诊室的病房里找了一圈没看到人,正准备打电话,就听见有人在她身后喊:"吱吱,你怎么来了?"

她转身,见连叔叔搀扶着妈妈站在走廊。

她视线下移,见许晴的左腿上缠着绷带,忙问道:"妈,你怎么了?"

"没事,就摔了一跤。"许晴简短地回了一句,然后转头怪连奇生,"这么点小事你把孩子叫过来干吗?"

"什么小事?你刚刚下半身全是血,把我吓得魂都差点儿没了。"

看丈夫这么紧张,许晴倒有些不好意思。

见许吱过来扶着自己,许晴感到一阵欣慰,却在看见从急诊室出来的付衍舟时,突然变了脸色,质问许吱:"你俩一块儿过来的?"

"嗯,我出门的时候在小区楼下碰见付衍舟,他骑车送我过来的。"许吱撒了个小谎,可惜她根本不会说谎,眼底的慌张很快被许晴捕捉了去,一眼识破。

许晴气不打一处来,将许吱推了个趔趄,吼道:"我看你真是没心没肝哪。"

许吱愣住。

"你在学校不好好学习,成天跟他混在一块?许吱,你对得起我给你的学费生活费吗?"

"妈,付衍舟是我朋友。"

"朋友?他高三你高二做哪门子朋友,物以类聚,人以群分,你懂不懂?我问你,前段时间,你过生日在外面过夜,是不是也跟他一起?"

许吱眼神坦荡,连眉头都没皱一下,答道:"是,也不是。"

许晴彻底怒了:"是就是,不是就不是,你跟谁学的玩模棱两可的游戏呢?跟他学的?"

"妈,我说了你信吗?"

"眼见为实,你怎么分辩都没用,小区里有人看见你跟他头天一起出去,第二天大早一起回来。"

许吱掐了掐手指,突然觉得有些无力。

她要拿出什么证据来向最亲的人证明自己呢?又或者,她为什么要证明?

气氛降到了冰点。

付衍舟走近了些,解释道:"阿姨,不是您想的那样。"

"我不需要听你说那些,我只要你保证离许吱远一点儿。别说她现在还是学生,就算是以后她成年了,你俩之间也不可能。两个不同世界的人不可能在一块儿,许吱是要考大学的。"许晴冷眼看着面前的男生。

许吱头一次看见付衍舟低下了头。

正在这时,一道凌厉且严肃的女声从两人身后响起:"阿舟,你

.174.

在这里做什么?"

付衍舟和许吱回头,见女人已经快步走过来,皱眉问愣住的两人:"我问你来医院干什么?"

许吱解释:"阿姨,我妈妈来看急诊,他是送我过来的。"

付母对着付衍舟冷笑:"送她?我打你电话你怎么不接?"

付衍舟看了眼手机,淡淡回道:"没电了。你怎么会在这儿?"

"那你得问问许吱同学的好妈妈了。"

付衍舟跟许吱站在双方家长中间,对视时,一时无言。他们已经大概猜到发生了什么事,两家人的气氛剑拔弩张,要不是因为医院人多眼杂,而大人们又是极其看重面子,不然早就破口大骂了。

许晴见不得家人一股子阴阳怪气,怒怼道:"你少在那儿趾高气扬的,你儿子天天在我家门口守着,鬼看不出他存了什么心思,我今天把话放在这儿,不可能。"

许吱垂眸,局促地站着,心里没由来地一股难过。

付母连连点头:"那可太好了,我也没打算跟你家有什么牵扯。起先大家都说你这人挺传奇的,我还不信。你自己想飞上枝头变凤凰就算了,现在培养出的女儿呀……有其母必有其女吧。"

许晴气得脸色煞白。

连奇生喝道:"你瞎说什么呢?孩子还在,你哪里还有点当妈的样子。"

"妈。"许吱见状要去搀扶许晴。

许晴一个眼神瞪过来,狠狠地甩开许吱的手,在连奇生的搀扶下走了。

许吱从未见妈妈发过这么大的火,她扭头看向付衍舟。

付衍舟轻声说:"对不起。"

许吱心里如海水一样翻涌,眼神闪避,不敢再去看他,转身追了过去。

回家之后,她在连叔叔那儿才知道事情的经过,作为十中的学区房,很多同学都住在这个小区,学校里的流言蜚语便传到小区。许晴是个眼睛里揉不得沙子的人,尤其是知道这么多年精心培养的女儿跟一个成天不务正业的男生纠缠在一起,更是无法忍受。于是打电话跟学校的老师沟通,希望跟付衍舟的妈妈来一次交谈。

原本楼上楼下的邻居,最后为了维护各自孩子大闹了一场。

连叔叔说完,语重心长地跟许吱说:"你妈妈这次真的伤心了,听妈妈的话,把心思用在学业上吧。至于其他的,等上了大学之后再考虑也不迟。"

她想说其实她跟付衍舟没有特别的关系,但现在这种情况,说什么都是多余,也没人真的会听进去。

付母身体没有大碍,只是手臂上有小块挫伤。

从医院出来之后,付母没有回家,而是带着付衍舟去了一家咖啡馆。见母亲频频看手机,付衍舟问:"你在等人吗?"

"嗯。"付母脸上难掩疲倦,淡淡地说,"我跟你爸打算离婚了,一会儿律师会过来。"

付衍舟虽然习惯了父母争吵的样子,但这个消息还是过于突然。为什么早就知道这个家已经支离破碎,但真正到结束的这天还是会让他感到彻骨的冰寒。

"为什么?"他终于还是开口问了原因。

"我早就知道他跟以前那个女人还有联系,这些年睁一只眼闭一只眼,现在真的累了。阿舟,你别怪我,这些年来妈妈要当一个恶人才能维持这个家的平静。你爸说了他什么都不要,你哥哥跟着我。至于你,我希望你能跟我们在一起。"付母端起咖啡杯,红唇轻抿了一口,"毕竟,你哥的身体我一个人照顾不过来,有你在,我也放心些。"

车窗外车水马龙,而店内又是另一种气氛。

付衍舟看着外面穿着校服的学生过了路口，消失在道路的尽头，哑然开口："如果不是我对你有用，我也会被扔掉，是吗？"

"阿舟，你非要把话说得这么难听吗？你别忘了，当年如果不是你……"

"所以这么多年，你不是一直提醒我要赎罪吗？"付衍舟打断道，"不是'如果不是'，是'本来就不是'我做的，你认真听过我说话吗？"

"都过去这么久了你还要狡辩？"

如同以往每一次沟通，这次也以失败告终。

他早就已经习惯，所以干脆保持沉默。

"如果不是这次许吱的妈妈让老师请我去学校，我都不知道你这些年都在混日子。"

"所以我不需要你管哪，你管好付塬就可以了。"

"他是你哥，你还懂不懂一点儿长幼尊卑？！"付母压抑的情绪彻底爆发。

付衍舟嗤笑一声，没说话了。

"你不用对我这般张牙舞爪，我想了想，你继续这样在学校读书没什么意义。高考对你而言不过是一个可有可无的日子而已，与其看你浪费光阴，还不如我给你……"

付母顿了顿，干净利落地说："退学。"

付衍舟直接掠过她的视线，看向窗外。

"这个月底我约了专家给你哥哥做康复治疗，这次的治疗非常重要。我还要跟你爸办理离婚手续，除此之外公司的事情也需要有人管理，你退学之后，照顾你哥方便些。"付母看了他一眼，"我是在通知你，不是在询问你的意见。"

"你觉得我会受你控制？我的人生就什么都不算了？"

"离你毕业不到两个月，耽误不了什么，你后面要想继续读书，我可以在国外给你找一所学校,你想念多久就念多久,没人会管你。"知道儿子向来吃软不吃硬,付母声音软下来,"阿舟,你就当帮帮妈妈……"

"那你为什么就不能疼疼我呢?"付衍舟苦笑,"你为了他宁愿搭上我的全部。"

很多人说,这个世界上除了至亲,没人会真正理解你的痛苦,可是对付衍舟来说,什么也没有。他很清楚,如果她认真地看过他最近的成绩,不会再说出这种话。

"孩子是父母的命,阿舟,我真的没办法。"

付衍舟沉默了半响,起身离开了咖啡馆。

街道上洒水车快速驶来,前方人群飞速躲避,只有付衍舟闪躲不及,被从头到脚浇了个遍。他甩了甩头发,擦也懒得擦,就这样走在街头,行人都将他看作神经病,纷纷投来异样的目光。

已是夜晚,许吱在阳台上探了探头,楼上的房间没有灯光,意味着付衍舟到现在都没回家。

他还好吗?

她拨通了电话,响了许久,漫长到她快要放弃时,对方才将电话接听。

"许吱。"

他叫了她的名字。

两个人竟都不知道要说什么,沉默起来。

"你妈妈还好吗?"他问道。

"嗯,身体没什么问题,心情不太好。"许吱趴在阳台上,对着外面的黑夜伸开手掌。

爱如捕风,她抓不住什么。

"对不起。"两个人异口同声,脱口而出。

.178.

付衍舟沉默数秒后说道:"你一句'对不起'我一句'对不起',以后还要怎么相处?"

许吱无奈地笑了:"也对,你不对着我黑脸,我一时竟不适应了。"

她不知道世间的事情转变得这样快,也就一个下午的时间,两个人之间的气氛疏离至此。

付衍舟又问了句:"阿姨有没有受伤?"

"没。"

"那就好。"

"你不回家吗?"

"我在外面待一会儿。"付衍舟默了默,"我明天就不跟你一起上学了。"

"好。"

"那就这样,挂了。"

许吱的心突然揪了起来,她好像明白这通电话之后他们再也回不到从前。一阵彻骨的刺痛之后,她突然想起了什么,对着电话喊:"付衍舟……"

电话那头的人没听到她的声音,通话已经挂断了。

许吱看着已经退出通话界面的手机屏幕,喃喃自语:"付衍舟,我们明天学校见。"

第二天许吱起了个大早去学校,没有等到付衍舟。

后面几日,依然如此。

付家的房门紧闭,门把上塞满了广告单。

"哎,听说付家搬走了。"小区里唠嗑的人依然围在门口的水果店里谈论着八卦。

"人家有钱,在本市有好几套房,当然是想住哪儿就住哪儿。"

"许吱妈找付家大闹了一场,都是邻里邻居,低头不见抬头见的,叫我也不好意思。"

"孩子不听话有什么办法哦,当家长的操碎了心……"

A市进入夏季,烈日炎炎,街道两边的樟树上蝉声一片。

许吱买好水果,经过谈论的人群时,议论声戛然而止。她低着头走在阳光下,手指突然一软,没捏紧塑料袋的提手,硕大一颗西瓜从袋子里滚出来,在路边摔成了几瓣。

熟透的红色果肉,很显眼。

许吱在付衍舟班上问了一周后,老三发信息告诉许吱,付衍舟回来了。

英语课下了后,她来不及等老师从讲台离去,立马冲出教室。

何灵气喘吁吁地追上她,弯着腰大喘了几口气。

许吱问:"怎么?"

"你能帮我个忙吗?班主任让我代表咱们班去参加法制教育,我胃有点儿不舒服,你能替我去一下吗?"

"什么时候?"

"现在,不着急我也不会让你帮忙了。"

许吱抬头看了眼高三年级教学楼的方向,犹豫了一会儿,心想:反正付衍舟已经回学校上学了,也不急于这一时吧,放学了再去找他也来得及。

见她点头,何灵将一张表格塞到她手里,说道:"在综合楼的阶梯教室里,拜托你啦。"

对于付衍舟的回归,最高兴的就是老三了。这几天付衍舟电话不接,人也不见踪影,老三比谁都着急,如今看他安然无恙地回来,心头的巨石总算落了地。

可老三总觉得这家伙哪里有点儿不对劲。

以前的不可一世不见了,取而代之的是颓废。

手机在课桌里嗡嗡响了数下,付衍舟低头看信息。

"阿舟,你怎么又去学校了,不是答应妈妈要去医院陪着哥哥吗?"

"你什么时候回来?"

"退学手续什么时候办好?妈妈知道先前对你态度不好,算妈妈错了,妈妈这辈子的心愿就是你们两兄弟好好的。"

……

看着信息一条接一条发来,他终于明白为什么有时候爸爸宁愿长住公司也不想回家。

"看什么呢?"老三离开座位,走到付衍舟的课桌边,凑近看了一眼,见他匆忙关了手机电源,蹙眉道,"你不会在看那种东西吧?"

付衍舟懒得理他。

"舟哥,你有心事啊?还是你故意装作这副高冷的样子?"

付衍舟抬眼冷冷地问:"你找死是不是?"

"那你告诉我你这几天去哪儿鬼混了?许吱每天都来找你,整个人也失魂落魄的,你俩闹矛盾了?"

"没,"付衍舟转动着手机,突然站起身说,"出去散散心吧,教室里吵死了。"

老三环顾了教室一圈,腹诽道:哪里吵了?

但他没多说什么,跟着付衍舟出了教室。

付衍舟哪里是想出去散心,摆明了想去找许吱。

在路上遇到何灵,老三问道:"怎么就你一个人,许吱呢?"

"她去参加法制教育了。"

"什么破活动,"老三吐槽了声,瞥见付衍舟眼底闪过一抹失望,又问,"你怎么没去?"

"年级一共就出两个代表,我去干什么?"

"还有个谁啊?"老三顺嘴问了句。

"顾以择,五班的,"何灵笑了笑,小声说,"许吱应该挺高兴的。"

"高兴个鬼。"老三埋怨自己为什么要多嘴问这个,余光扫到边上付衍舟的脸色越来越难看。

何灵的嘴却像开了闸的阀门,一发不可收拾:"跟自己喜欢的人一起去参加活动,怎么会不开心呢?"

"你说许吱喜欢那个小白脸?那家伙有什么好的,弱不禁风,一推就倒。"

何灵笑着说道:"可他们是一个世界的人哪。一个乖乖女,一个大学霸,不是很般配吗?"

闻言,付衍舟手一松,原本握在手里的手机突然掉在地上,"啪"的一声,屏幕裂了。

说话声戛然而止,两人扭头看向付衍舟。

付衍舟捡起手机转身便走,将摔碎的手机紧紧握在手中。

他匆匆下楼,穿过操场,去往综合楼,却在阶梯教室的门口看到正站在讲台上发言的顾以择,而与顾以择并肩站在一起的是许吱。

阳光男孩,妙龄少女。灯光打在两人肩头,仿佛吸引了全世界的光亮。付衍舟将手揣进兜里,摸到里面放着的一张纸。

那是他打印出来,已经被揣得发烫的退学申请书。

那一刻,他感受到了莫大的悲哀,感觉再也无法在这里待下去,转身离开。

许吱开完会时,已经上课二十分钟。她从前门打报告进教室,经过前排走道,看到何灵埋头趴在课桌上。

一直到下午的课全部结束,她才得空去找付衍舟,教室里却不见他的踪影。

见老三对她一副嗤之以鼻的态度,许吱将他堵在教室后门,问道:"付衍舟去哪儿了?"

"我哪知道,我又不是他随从。"

"老三,我联系不上他,你能不能告诉我?"

老三瞥了她一眼,见她鼻尖冒着细汗,知道她是真的着急,才说:"他哥住院了。"

"哪所医院?"许吱忙问。

在得到答案之后,许吱头也不回地往校门口跑去,她随手在路边打了一辆出租车,一路往医院赶去。

车开到医院门口,许吱匆忙下车,穿过医院拥挤的人群,奔到护士台问:"你好,我想问康复科怎么走?"

"三楼。"那人答。

许吱道谢后,转身去了电梯口,望着电梯不断攀升的数字,她心乱如麻。找到付衍舟要说些什么呢?她根本没有想好,这样违背妈妈的意思去找他,她自己都搞不懂想要干什么。

付塬在医务人员的陪同下开始复健,这些年他的身体时好时坏,但这次治疗他表现出了超出往常的意志力,甚至让原本已经麻痹的下半身有了触感,连医生都说不可思议。

而儿子身体的好转让付母看到了希望,知道自己这么多年的努力没有白费,她更是夜以继日地守在儿子病床前,加上跟丈夫的离婚官司和诸多杂事要处理,已经让她筋疲力尽。她在打了数个电话催促付衍舟来医院之后,才得空去家属房补了个觉。

付衍舟到医院的时候正是用餐时间,付塬对医院的营养餐没有胃口,见到付衍舟来了,将餐盒盖子扣上,抬头看了一眼付衍舟,说道:"去外面透透气吧。"

付衍舟没说好也没说不好,他对于这个哥哥没有任何想要沟通的欲望。

付塬问:"前几次回家都看见你跟楼下的小姑娘一块儿玩,你今天回学校是去找她吗?"

"不是。"付衍舟言简意赅地挤出两个字,伸手扶他下床坐到轮椅上,随后推着他往外走,"你想去哪儿?"

"就去走廊吧,我还能去哪儿?"付塬苦笑。

付衍舟没答话,将他推到走廊尽头的窗边。阴沉的天空泄下一丝暗光,打在付塬脸上,显得异常苍白,他看着外面的世界幽幽地说:"阿舟,这么多年,你一直都挺恨我的吧?"

付衍舟淡淡答道:"没有恨。"

付塬冷笑:"没有恨?你大概是想跟我、跟这个家没有任何牵扯。"

付衍舟垂眸,语气有点不耐烦:"你故意把妈支开,就是为了跟我说这些?"

他果然够聪明,一眼就看出自己的意图,付塬说:"我是你哥,我就不能跟你谈谈心吗?我这段时间一直在想,如果当年我们没有去那个地方,现在会不会不一样?你知道吗,每次我看到有人在我面前奔跑流汗,我有的只是羡慕。"

"你好好做复健,以后会康复。"付衍舟沉默半晌才回了一句。

"所以你会陪着我的,对吧?"

付衍舟内心复杂得要命,他无数的想法在面对眼前这个残疾的家人时,只化成了一个字:"嗯。"

付塬放心地笑笑:"我还以为你会坚持回学校,这下妈该放心了。"

"你别误会,我之所以会答应妈,不过是为了给我们之前的血亲尽最后一点儿力,自此之后,我会去找回我的人生。"

"你的……人生?"付塬仿佛听见了莫大的笑话,他脸上原本的笑意瞬间消散得一干二净,转动着轮椅,面对付衍舟,"你在我面前说这四个字,嗯?"

付塬讥诮的眼神并没有让付衍舟觉得有任何难堪,付衍舟直视着他。

·184·

付塬继续道:"你以为你在不经世事的小姑娘面前表现成三好青年,就能掩饰掉过去?阿舟,你想怎么样我不关心,但你可别一个人去做天上的星星,把我留在烂泥里啊。起码在我重新站起来之前,你不能。"

付衍舟脸上终于有了点表情。两个面对面的少年终于褪下稚嫩,来了一场男人之间的对话。

"我不欠你什么,"付衍舟轻声说,"从我记事开始,你就对我表现出极大的厌恶。不过是因为你对爸妈生二胎一事耿耿于怀,你不敢明着表现,暗地里没少欺负我。当年是你为了捉弄我把我骗进废工厂里,我被吓得在里面待了一整夜不敢出来,是你自己丢下我偷跑回去的时候踩到落在地上的电缆,对于你的呼救我根本没听见。事后你对爸妈另有说辞,把所有的过错都推在我身上。所有人都可以怪我,但你不能。你心里明明清楚到底是怎么回事,却跟着所有人一起指责我。付塬,我不欠你的。你所依仗的,不过是所有人都觉得我不是乖孩子。"

"如果事情真的像你说的那样,为什么你从来不敢跟爸妈说清楚?"付塬涨红了脸,"到底是你没听见,还是故意装作没听见?谁又说得清楚呢?"

"不是我不敢,"付衍舟笑了,不知道是在笑自己,还是在笑别人,"是我不愿意。我的亲生父母不由分说地认为我是一手将亲哥哥造成残废的罪魁祸首,即便我有千万个证据证明自己清白,那又有什么意义?我百口难辩、千夫所指都比不上我最亲的人的不信任来得痛彻心扉。"

"不可能,不是这样,是你,一直都是你。"

"你到底想要我背着这个债到什么时候?"付衍舟垂眸说话的时候,满嘴的苦涩味道,"你为什么不敢承认你现在所遭受的一切全是你自己一手造成的?有这么难吗?"

"好,就算是我自己,那又怎么样?我有爸妈的宠爱,你有什么?你突然转变这么大,不只是因为想要参加高考吧?"付塬嘲笑,"你真以为这样就能摆脱过去吗?那个叫许吱的女孩子,你很喜欢,对吗?"

见付衍舟沉默不语,付塬终于知道自己拿捏到了他的七寸,双手抱在胸前,好等他一个肯定的回答,然后一击制胜。

可是,付塬失望了。

付衍舟顿了下,重新开口:"不喜欢,你能不能别再拿这件事烦我了?"

而正从楼梯口上来的许吱刚好听见这句话。她有点后悔,为什么要放弃坐电梯,而选择爬上三楼。

自尊心让她不敢再多走一步,她仰头看过去,台阶边的扶手刚好挡住付衍舟一半的身体,她刚才还能看清他的侧脸,现在又觉得看不清了。

许吱别过了眼,下一秒她知道了缘由,因为她感受到了砸在手背上的大颗眼泪。

她不敢大声喘气,在谈话的两人离开她的视线范围之后,才缓缓转身。

耳边传来一阵急促的脚步声,有病人家属从她身边跑过。

许吱跟着转身下楼,却没想到一脚踏空,从台阶上滚了下去。

路人连忙上前扶住她,惊呼道:"天哪,小姑娘,你没事吧?"

许吱霎时疼得泪眼婆娑,应该是骨折了。

她一时不敢跟妈妈打电话,如果让妈妈知道她跑来医院见付衍舟,肯定会动怒。她强忍着一阵阵刺痛给连越打电话:"哥哥,你能不能帮我一下?"

连越来得比她想象中要快,在这之前她已经在好心人的帮助下找医生看了伤势,腿骨骨折,需要住院上钢板。许吱在医生冷静述说伤

.186.

势的时候，看到了赶到外科诊室门口的连越。

不知为何，那一刻她鼻头一酸，冲那边喊道："哥。"

男生气喘吁吁地跑进来，在医生交代完离开后才忙问："这到底是怎么回事？"

"哥，对不起，是我不好，我给你惹麻烦了。你要是生气就骂我吧。"许吱都不敢抬头看他，眼眶红红的。

连越叹了口气："一家人说什么见外的话。只是，你伤成这样，怎么不告诉许阿姨？"

"别……"此时许吱一点儿勇气也没有了。

"你这个样子，短时间都不能下地行走，家人那边怎么可能瞒得住？"

"就说我在路上被人撞了。"许吱胡乱撒了个谎。

连越走过去，按住她分外激动而坐起来的身体，轻声问道："那我呢，你连我都要瞒着吗？你放学不回家，来医院干什么？"

"我只是放心不下，才来见付衍舟。"

"吱吱，你让我说什么好，现在这个阶段，你的重点不应该在他身上。"

"我知道，但他已经好几天不来学校了，他能去哪儿呢？我只是想看看他。"

连越叹了口气："那现在人见到了，又能怎么样呢？"

他见妹妹眼睛肿得不成样子，明显有哭过的痕迹，衣服也皱巴巴的，整个人狼狈不堪，担心地问："他跟你说什么了，你弄一身伤？"

许吱脑海里响起他最后说的那句"不喜欢，你能不能别再拿这件事烦我了"。

能不能，别再烦我了。

她的眼泪像断了线的珠子落在病床上，看得连越于心不忍。他俯身，拿衣袖为她擦干眼泪，说道："好了，我不问了。听哥哥的话，不要为不值得的人伤心。"

许吱点点头,问道:"我能不在这个医院住院吗?"

"好,哥哥带你出去。"

连越俯身将许吱背在背上,去缴了费用,拿着医生的检查结果去了附近的一个小诊所。他安顿好许吱,才得空给家里打了个电话,回来时,许吱惊坐起,问:"瞒住他们了吗?"

"嗯。他们很担心你,已经在来的路上了。"

连越摸了摸她的额头,安抚道:"你饿不饿?还没来得及吃晚饭吧?"

许吱摇头。

"你先睡会儿,我去外面给你买点吃的。"

许吱心里不是滋味,但硬生生地挤出一丝笑,尽管那在连越看来简直比哭还难看。

"谢谢哥哥。"

他将担心收起,也冲她一笑,轻拍了拍她的肩膀:"睡吧。"

出了病房门,连越脸冷成冰块,他知道,门内的女生已经在掉眼泪了。他最信任的朋友伤害了他最喜欢的妹妹。

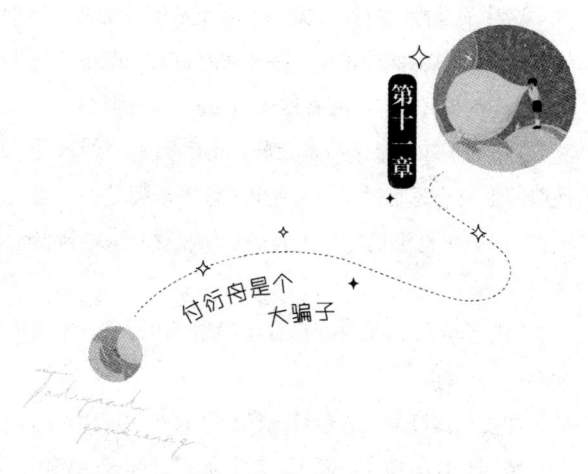

第十一章

付衍舟是个大骗子

伤筋动骨一百天，许妈妈去学校给许吱请了假，为了不让女儿落下功课，斥巨资给她请了个家教，让她在家里学习。

许妈妈也休了年假，在家几乎寸步不离地跟着她，许吱只觉得自己如同一只笼中之鸟，连呼吸都是难受的。自从她被怀疑跟付衍舟早恋之后，妈妈对她的看管更紧了。

只有周末何灵来的时候，她才有机会说些与学习无关的话。

"下学期就升高三了，老徐这段时间抓得好紧，因为高三会重新分一次班嘛，本学期期末考试的排名直接影响到时候班级的好坏，他跟着了魔似的抓学习了。"何灵依旧喋喋不休。

许吱递了个削好的苹果给她，何灵接着咬了一大口，灿灿一笑："要是我们下学期还是一个班就好了。"

"会的。"

许吱拄着拐杖打算关上卧室的窗户，楼上有片枯叶飘下来，落在外面的阳台上,许吱怔了怔。

这叶子是付衍舟挂在窗户上的一盆吊兰里的,以前许吱一抬头就能看到它绿意盎然的模样,想来是因为主人的精心呵护。可现在明明是夏天,却枯叶纷飞,大概是在怨怪疏于打理吧。

"你都不知道最近有多无聊,付衍舟没来学校,老三也恹恹的,我连取笑他的心思也没了,生活少了好多乐趣。"

"你一次也没见过付衍舟吗?"许吱心里波涛汹涌,脸上却平平淡淡。

"没,"何灵仰头靠在椅背上啃着苹果,"说来也奇怪了,他跟人间蒸发了一样。"

许吱一直以为这是最坏的消息了。

她回学校的那天,何灵写来字条:"付衍舟退学了。"

许吱盯着纸页上的字迹,一时没缓过神来。

何灵察觉到她的异样,继续写:"许吱,你没事吧?"

许吱深吸了口气,弯起眉眼回道:"没事。"

"马上就要毕业了,他怎么突然退学呀?你们这段时间有联系吗?我问老三原因,他也支支吾吾的,不肯多说。"

许吱看完字条,还来不及回复,便听老师在课堂上说:"有些学生在课堂上做小动作,老师在讲台上看得清清楚楚,如果再被我发现,我就要点名了。"

她便匆匆收了字条,安心听课。

而付衍舟退学这件事也渐渐被同学们遗忘了。许吱想着以前跟付衍舟相处的时候,总觉得时间过得格外慢,而他走后,她用大部分时间学习,让自己不去想其他事,不知不觉间,高考来了。

为了给高三学生腾出教室作考场,学校给其他年级放假三天。许是庆祝这个学期最后的假期,所有人都异常兴奋。老师布置完假期作业之后说了解散,还没走出教室,整个教室都变得闹哄哄的。

.190.

许吱特意在教室里留到最后，背着书包出了教室门，在楼梯间遇见几个高三学生。大概是因为马上要高考，几个人说说笑笑的，反而没有考前的沉重。

这几天都是晴天，许吱站在操场上，天空飘着几片晚霞，映照着偌大的校园，满目昏黄。

她脑海里突然想到付衍舟，想起他说过的每句话，想起他的承诺。

他说，不管是高考，大学，还是以后，我们会一直在一起。

骗子。

付衍舟是个大骗子。

她失魂落魄地出了校门，因为心里装着事，完全没察觉到身后有道目光一直追随着自己，以至于她在人群中与他擦肩而过。

因为哥哥的身体好转了不少，加上父母之间的离婚事宜已经处理完毕，付母有充裕的时间照顾病人。付衍舟原本要回家休息，走着走着却走到了学校这边。

他幻想着，如果遇到许吱应该说些什么呢？跨越人海走到她跟前简单地说句"啊，好久不见"，还是自觉理亏，一句话也说不出口？又或者她干脆不理会自己，把他当成透明人。

他不知道还能在这座城市留多久，昨天母亲还在与他谈论出国一事。决定去瑞士是哥哥的意思，母亲快速处理了国内的生意，将这个决定以通知的方式告知他，结果当然是两人再次不欢而散。

他的前途扑朔迷离，看不到方向，此时即便许吱近在咫尺，他也只能远远看着，直到她走进小区大门。

付衍舟顿了脚步，再没有上前。

暑假时，连越拿到了清华大学的录取通知书，全家人都处在极度兴奋的状态。为了庆祝这一喜事，连叔叔在本市最大的酒店里办了升学宴。有哥哥作为范本，家里人对许歧的要求更严格了些，暑期妈妈给她报了两个培训班，所以对她而言，假期并没有比在学校闲多少。

吃过午饭，她快速地扎了个高马尾辫，骑上自行车，照常去西城的补习班。原本妈妈觉得这辆车用了不短的时间，坚持要给她换一辆新的，但许歧坚持留下了。

想留下跟那个人还存在关联的东西。

那个时候她骑着自行车跟随着付衍舟，他每次蹬得特别快，将她远远地甩在后面，却在她奋力追赶时放慢速度，等她一段。

家跟学校之间的距离明明很短，却在两人你追我赶的时间里，变得浪漫而惬意，连同呼吸都甜蜜起来。

许歧不肯讲执意留下旧自行车的原因，只是沉默。许妈妈便觉得女儿在青春期里越发寡言了。

不过妈妈的担心不无道理，就如今天，自行车在过了一个减速带之后，她控制不住车把，整个人差点儿在加速的冲力下甩出去。补习班眼看着要迟到，她推着坏了的自行车，在一条林荫小道上找了半天也没看到修自行车的地方，继续寻找，发现有一个卖轮胎的店子开着门，上面写着"汽车维修"的字样。

她硬着头皮进去，找到个店员小声问："您好，请问这里能修自行车吗？"

店员有些为难地说："我们这边只修汽车，自行车不修的。"

许歧点头，正欲离开，那个店员叫住她："等下，我帮你问问负责人吧，看他能不能帮忙，你一个小姑娘车坏了挺不方便的。"

"谢谢。"许歧松了口气。

她站在店门口等了一会儿。

有个男店员下来了，对许歧说："可以是可以，不过我们负责维修的人现在手上有个急活，你如果要修的话，要很晚了。"

许歧想了一下说："那能不能这样，我马上要去上补习班，车先

放在店里修,我下课了再来拿。"

"也行。"男店员点头,随后,他去前台拿了张名片递给许吱,"你要是下课了给我打电话就行。"

许吱扫了眼名片,上面写着某某维修店副店长,于丞。

"谢谢您了。"许吱将名片收好,道了谢才往补习班赶。

于丞看着女生离开的背影,感叹现在的小姑娘也太有礼貌了。

这时,身后有人从楼上下来,于丞扭头拍了下那人的肩膀,惊讶道:"这么快完事了吗?"

男生点头说:"引擎出了点小毛病。"

"看不出来呀,你小子挺懂车的。你年纪不大,怎么修车技术比我们店里有几年工作经验的人还老练?"

男生声音淡淡的:"以前没事,喜欢研究。"

"付衍舟,你可以啊,以后店里的生意就靠你了。"于丞笑了笑。

付衍舟答道:"只要你不给我接自行车的单,就谢天谢地。"

"人家小姑娘犯了难,我这路见不平拔刀相助,况且我刚不是问过你了吗?你自己说会修的。"

付衍舟面无表情地看了于丞一眼。

于丞伸手去攀了下付衍舟的肩膀说:"我说你以后干脆跟我混得了,别去复读了,读书多辛苦。"说完,他又感叹了声。

"算了。"付衍舟拒绝。

"那你说说,你为什么要复读?"

为什么?为了一个承诺吗?

付衍舟垂眸,没有回答。

"看你这表情,我觉得你有事,"于丞打趣他,"不会是为了哪个妹子吧?"

见付衍舟并不说话,于丞笑了笑:"还真被我猜对了。有没有照片,给你哥我看看,我帮你把把关。"

"没有。"付衍舟不想谈论这个话题,"我走了,这个月的工资你记得打我卡上。"

"哎,"于丞冲着男生的背影喊,"那辆自行车你到底修不修?"

"放着吧,我吃完饭再过来。"

男生的背影消失在街道上后,前台小刘凑过来,幽幽地说:"都说遇到好男生要赶紧下手,这句话还真不假,你看,人家才十八岁,就名草有主了。"

于丞被突然传来的声音吓了一跳,捂着胸口蹙眉:"还在花痴呢?收起你的口水,干活去。"

许吱下了补习班过来拿车,车已经修好了。她的车换了个新胎,于丞只收了轮胎的进货钱,让许吱很不好意思。

"没事,我看你穿着十中的校服,算起来我也是你师哥了。"于丞笑道。

许吱惊讶地问:"你也是十中毕业的吗?"

"我高中没念完就辍学了,大你六七届。"

他的前半段话让许吱想到了一个人。

"那我后面找时间请师哥吃饭吧,感谢你帮了我这么大的忙。我本来在这边找了一大圈,都没找到修车的地方。"

"行啊。"

两人说着加了微信。

等许吱离开了,于丞拿着手机晃悠悠地上楼时,付衍舟刚从车底钻出来,见于丞乐不可支,忍不住问道:"你把人家小姑娘宰了?"

"哪能呢,阿舟,在你心里,你哥我是这种人吗?"

"我只知道你是个奸商。"

于丞翻了个白眼:"我这是做了好事才开心的,你懂什么。"

付衍舟扯了扯嘴角。

.194.

等许吱想起说好请人吃饭一事已经是一个多星期之后了，她找了个还算平价的地方后，给于丞发了微信，约好了时间。

于丞是个喜欢攒局的家伙，平时就爱热闹，对小姑娘的印象也不错，感觉跟付衍舟还挺配的，死活要拉上他一块吃饭。对于丞这种乱点鸳鸯谱的习惯，付衍舟一个眼神都没给。但最终，他这座冰山架不住烈焰烘烤，妥协了。

两个人提前到的，于丞看着菜单说："这家的酸菜鱼好吃。"

"你知道这家店哪？"付衍舟问。

"嗯，之前跟朋友来过。

"别冷着张脸嘛，那女生真的很不错的，你没兴趣认识一下？"

付衍舟淡然道："没有。"

他答完，从背包里拿了一本习题册，正想着一道题的解题思路，突然听见身后有人喊："于师哥。"

他翻书的手顿了顿，声音是熟悉的。

付衍舟合上书站起来，循着声音传过来的地方看去。已经傍晚，店里正值用餐高峰，来来往往的人将他的视线挡住。那一刻，时间好像从未如此漫长过，终于，眼前的人稍微散开了些。

付衍舟看到了许吱高高绾起的丸子头。

他没有想到会在这样的情形下跟许吱见面，而许吱也很快看见了他。

"这儿。"于丞先他一步开口。

付衍舟坐下，人已经走过来了。

许吱在毫无预兆的情况下遇见了付衍舟，她在心里已经笃定，按照付衍舟的个性，既然他已经觉得她很烦，肯定不会再联系自己，那么她能再遇见他的概率为零。

A市说大不大，说小不小。但若他有心避开自己，她是无论如何也找不到的，何况许吱不想去找他，因为自尊心不允许。

付衍舟低头喝了口热茶,心不在焉地划着手机屏幕。茶喝完后,杯子被于丞接过去用开水冲了下,随后倒了点柠檬水,又将杯子推回来,说道:"这是这家店的特色饮品,你尝尝。"他说完,又拿了许吱的水杯,满上了一杯。

偏偏是柠檬水,付衍舟的思绪被拉回了几个月前。

他的视线再扫过去,跟许吱的缠在一起。两人对视片刻,都撤回了。

"这天真热!"于丞感叹了句,问许吱,"今天约出来一块吃饭,不会耽误你学习吧?"

"不会,补习班的课结束了。"许吱答道。

"你学习这么刻苦,传说中的学霸呀?"

许吱连连摆手,有些不好意思地说:"不是的,我成绩很差。"

"装什么。"付衍舟小声嘀咕一句。声音虽小,但刚好被谈话的两个人听见,脸上均闪过一抹尴尬神色。

于丞不明白这家伙在闹什么脾气,在桌底下掐了他一下,用眼神示意他收敛点,别把人家小姑娘气跑了。

于丞突然想到还没介绍两人认识呢,于是指了下坐在旁边的付衍舟,对许吱说:"这是阿舟,上次你的自行车就是他修的。"

见付衍舟眼皮都没抬,许吱点头说了声"谢谢"。

饭桌上的气氛冷飕飕的。

不一会儿,服务员开始上菜了。

糯米圆子,酸菜鱼,糖醋小排,一道道佳肴摆满餐桌,惹人生津。许吱就坐在上菜的口子上,手握筷子搅动着碗里的米饭。她看着付衍舟,像要把他看穿了似的。而男生埋头吃饭,一个字也不说。

于丞放下筷子,眼睛在付衍舟跟许吱之间扫射,饶有趣味。

也不知道是不是她喝多了柠檬水,此时再端起杯子竟然觉得是酸涩的,再也不如那日在度假山庄里喝到的那般甜。

脑海里浮现那晚付衍舟的样子，与现在简直判若两人，她发着呆，没留意服务员已至身后，她忘记挪出一个空间，服务员盘里放着好几碟菜，从狭小的空间挤过来，差点儿将汤汁洒在她身上。

"许吱。"桌子那边传来一声低沉的叫喊。

她抬起头。

这是付衍舟今天跟她说的第一句话。

她反应过来，挪开了些，服务员稳稳当当地将菜放到桌上，说了声"请慢用"便走了。

这顿饭吃得五味杂陈。

许吱到前台的时候，服务员说已经买了单。许吱盯着已经走出门的两个男生，心想：是于师哥，还是他？

还没等她开口问，于丞看了看时间，有些着急地说："店里这会儿没人，我们得回去了。"

见许吱要说什么，于丞笑道："别再一口一个谢谢，生分了。下次你车坏了直接到店里报师哥的名字，我让阿舟免费给你修。"说着，他拍了拍付衍舟的肩膀。

男生没接话。

于丞去路口打车，而付衍舟还倚在店外的墙壁上，保持着一个姿势，一直没有变。

她有好多话想问他，为什么突然退学？为什么会跑去修车？为什么一走了之杳无音信？可她一时不知道怎么起这个头。

"阿舟，车到了。"于丞在路口喊。

付衍舟没有看许吱，从她面前走过。

许吱犹豫着要不要叫住他，留下他说会儿话，随便说点什么都行。但就在这犹豫间，付衍舟走了。

与付衍舟短暂的碰面而产生的失落感一直像一根鱼刺卡在许吱的喉头，让她难受万分。他装作不认识她，装作他们之间什么也没发生过一般,她想着即便两人之间那些什么都不算,但友情总是有的,而现在他却先把她扔掉了,他远远比她心狠。

在低落几天之后的一个晚上,她终于决定给老三打电话询问下付衍舟的情况。之前在学校里两人基本形影不离,老三总应该知道点什么的。

纠结再三,她拨通电话,也顾不得这个时间点会不会打扰人家。

"许吱,"电话很快被接通,那头惊讶了一瞬,"你怎么想起给我打电话?"

"付衍舟联系过你吗?"许吱问,月光将她的身影拉得好长。

"没有,他退学后,我们就通过一次电话。后来我再给他打,一直处在无人接听的状态。"

许吱默了一瞬,说道:"我前些天见过他了。"

"啊?在哪里?他还在本市?"

许吱不答反问:"什么意思?他不应该在本市吗?"

老三显然有些为难,支支吾吾半天,才吐露了实话:"舟哥不让我跟你说,他爸妈离婚了。"

消息来得突然,许吱始料未及。她之前去过付衍舟家,他爸妈并没有表现出什么异常,难道是伪装给外人看的吗?

"什么时候的事?"

"就是舟哥退学之前。那阵儿他挺难的,他爸根本不管事,只跟着旧情人快活,他妈一门心思扑在他身上。之前舟哥跟我说,他妈想带他去瑞士,我以为他早就出国了。"

许吱根本没想到付衍舟遇到这么多事,自己却还一味怨怪他。

难怪这次见他,总觉得他哪里发生了变化,原来是一系列的变故,让他早已褪去曾经的不羁洒脱,变得成熟又稳重。

陷入回忆里的许吱,好半晌没有说话。

"许吱,你还好吧?"

"为什么他不想我知道？"

"你别看舟哥平时天不怕地不怕的，其实他可要面子了，自尊心比谁都强，从不肯在人前示弱，更何况是跟你呢。对他来说，你的怜悯会比杀了他还难受。"

许吱沉吟了一瞬："老三，你去看看他吧，我想他现在应该很需要有人陪在他身边。"

第二天，老三拿着许吱给的地址来到汽车维修店的时候，付衍舟正干活。他躺在车底，正在检查破损的地方，听见前台有人喊："付衍舟，有人找。"

他这才从车底钻出来，将嘴里叼着的一把扳手取下来，看向门口。老三见付衍舟浑身脏兮兮的，衣服上全是机油，脸上也是，看了好几眼才认出来，不禁眼角一涩："舟哥。"

"你怎么来了？"付衍舟快步走过去，全然没感觉到自己有多狼狈。曾经的风光无限、前呼后拥的场面早已被他淡忘，他再也不是那个呼风唤雨的孩子王，只是个辍学后成为老师口中的反面例子。

"许吱告诉你我在这儿的？"付衍舟问道。

见老三点头，付衍舟说："你等我一会儿吧，我把手里的活儿做完请你吃饭。"

维修的活儿付衍舟不是一来就上手的，起先他跟着店里的老维修工学了大半个月，他从小喜欢车，一辆车有哪些零件他门儿清，加上有人在旁边指导，他学得快，不过两三个月的时间就能独当一面。

结束了工作，他去楼上换了件干净的衣服，下楼时老三还等在那里。

两人去的地方就是巷口的一家湘菜店，虽然只有两个人，但付衍舟点了一大桌菜，老三连说："够了，你点太多我俩吃不完。"

"没事，吃不完我打包回去，明天的饭也有了，"付衍舟抬头见老三一脸不可思议地盯着自己,笑道,"用微波炉热一下就成。"

"你平时吃饭就这么凑合?"

"嗯,没什么胃口。"

老三半天没动筷子:"你有困难怎么不跟我说?"

"我能有什么困难?"付衍舟扒了几口饭,"还能饿死不成?"

"到底发生了什么?"

老三话一出口,饭桌上气氛凝滞了一瞬。

付衍舟放下碗筷,淡淡地说:"我不想出国,跟我妈大吵了一架,她便带着我哥走了,顺便停了我的生活费。"他话说得轻描淡写,仿佛在说别人的事。

"我知道她是想逼我一把,可你知道的,我这个人,越逼我越容易逆反。"

"那以后你有什么打算?"

"不知道,走一步看一步吧。"

老三见付衍舟心态不算差,这才稍微放下心,跟着付衍舟拿起碗筷。

"高考成绩出来了吧?你考得怎么样?"付衍舟问。

"绝了,我跟你说,数学最后一道题是你押中的原题。舟哥,如果你参加了高考的话,肯定会考得不错的。我平时成绩不咋的,这次算超常发挥了,刚踩上三本的线。不过就算这样,我爸也乐坏了,最起码不愁我没学上了。"

"那你准备报什么专业?"

"本市有个三本离家近,家里人让我念计算机。"

付衍舟拍了拍他的肩膀,真心为他高兴:"可以呀,大学生。"

老三听了付衍舟的话,很不是滋味。

舟哥最后一回来学校的那天,穿着刚进高中时学校发的那件校服。三年里,因为个头不断拔高,显得并不太合身,但蓝色的校服并不影响他身上的气质。

付衍舟站在葱葱郁郁的花坛边上,笑着跟老三挥手告别。当时老三还以为一切会跟往常一样,以为第二天付衍舟还是会听自己谈天说地,然后不耐烦地白他一眼,嫌弃地递过来一份早餐。

那是老三觉得,舟哥其实就是个普普通通的高中男孩,他并没有什么恶习,他站在那儿,夕阳落在他身上,美好得不成样子。

现在付衍舟剪了寸头,穿着黑衣黑裤,脸上不知道在哪里刮了伤痕,手心里全是茧。在所有人还在将学校当成避风港的时候,他已经开始迎头面对风浪了。

一顿饭吃得心不在焉,老三终于明白许吱在见到付衍舟的时候为什么会那么难受。

付衍舟下午有班,没办法再跟老三多聊,两人说了后面联系后告别。

他拎着打包的塑料袋子走着,远远看见前方拐角处站着个人。

尽管只是个背影,他一眼便认出来了。付衍舟脚步加快了些,但随后,在即将靠近她的瞬间,又慢了下来。

许吱探着个脑袋往店里看,目光快速扫了下店里的人,付衍舟不在。

她回过身,做贼心虚地咬了下指甲,突然那边传来有人下楼的声音,许吱迅速转头,在看清那人并不是自己要找的人时,第 N 次沮丧了。

"你来这里干吗?"

她的注意力完全集中在店里,听见身后有人跟她说话的时候吓得着实不轻,回头见是付衍舟,差点儿没眼前一黑晕过去。

第一次当贼,还被正主抓个正着。

"我……"许吱一紧张说话就卡壳,"我来找……于丞。"

"他没在店里。"

付衍舟绕过她要走。

许吱情急之下一把拽住他的衣袖,说道:"那你也可以。"

什么叫那你也可以?好像还挺勉强的样子。

付衍舟看着她,瞳仁黑压压的。

"我车坏了。"许吱硬着头皮说。

"我如果没记错的话,小区门口左转就有修车的,你犯不着大老远跑过来。"

"倒,倒闭了。"她信口胡诌,料定了他不会有闲心去查证。

付衍舟挥了挥手,他原本只是想撸起衣袖,没想到吓到许吱,女生往后躲去,他下意识抓住她的手臂,却被她反扣住,将他整个身子带过去。

反作用力让他将她抵在墙面上,两个人相隔极近。

半晌,付衍舟淡淡开口:"你要抓我到什么时候,我要检查车。"

"哦,对不起。"许吱松开了他,小声道。

付衍舟往后退了几步,蹲下身检查车。轮胎明明是刚换过的,上面却多了一条长长的裂痕,这么短的时间不应该被划成这样。

付衍舟用手摁了划痕的周围,心里明白了几分。

是人为的。

他站起身时,许吱说:"我从小区出来的时候,为了躲开一只流浪猫,撞到了一棵树上。"

根本不是撞坏的,编也要编一个合理的理由哇。

笨蛋。

付衍舟面无表情地盯了她一瞬,单手提起了车,冲她抬了抬下巴,说道:"跟我进来吧。"

许吱长舒了口气,算是过关了。

付衍舟全程没再说一句话。

他将自行车搬回店里,找了个空荡的角落,将它倒置在地上,自

.202.

己则找了个小板凳坐了下来。

地上散置着一堆修理工具,横七竖八地放在边上。

窗外的阳光洒进来,刚好落在他的后背,许吱禁不住去看他。

她将眼前这个人跟记忆中的他完完整整地对比,发现有一点没变,不管什么时候,他在做一件事时都会抱着万分认真的态度。

认真的男生有种致命的魔力,她挪不开眼。

"你在学校,也是这么盯着你们班男生看吗?"一直埋着头的男生突然开口,此时他正在拧着打气口的螺丝,如果他抬头,一定能看到许吱被抓包后涨得通红的脸。

"啊?你说什么?"她直接装作没听见,略过他嫌弃的语气。

他丢给她一个盆,指着门口的水龙头说:"去给我打半盆水来。"

"哦好。"她应声,终于有个让她活动的事儿,不得不说,干坐在那个地方腿有点麻了。

许吱按照他的要求打了半盆水。付衍舟检查了轮胎上是否还有其他位置穿孔,还好没有。小姑娘虽然是故意的,但没好意思给他找太大的麻烦。

付衍舟起身推了推自行车,确认已经修好后,还给许吱,说道:"下次别扛个自行车大老远找来。"

"我不是来找你的,我是来修车。你们副店长说了,以后自行车坏了只要过来报他的名字就行,"许吱面不改色心不跳地硬凹,清了清喉咙,随后道,"你们领导的话你总该听吧。"

闻言,付衍舟冷哼一声:"车修好了,你该走了。"

"那不行,"许吱耍无赖的本事得到了付衍舟的真传,仰着头说,"我不喜欢欠人,这样吧,我请你吃顿饭。"

"刚吃过了。"付衍舟淡声回道。

"没关系啊,我们可以一起吃顿晚饭嘛。"许吱笑着说。

"晚餐我也有了。"付衍舟指了指自己带回来的那几个打包盒。

"那宵夜也行。"

午后的维修店,安静得落根针也听得见。

"许吱,你到底想干什么?"付衍舟抱臂冷眼睨她。

许吱眼泛红光,话音里全是委屈:"只是想跟你吃个饭,又不会让你少胳膊少腿。同学之间一起吃饭也是人之常情吧。"

付衍舟耐着性子说:"我跟你不是同学。"

"那校友总行了吧?"她坚持。

付衍舟只得妥协,转身去了工作区,丢下一句话:"我很晚才下班,你要愿意等随你。"

等人有什么难的,她还跟他磕上了。许吱嘀咕着,从书包里翻出习题册,她哪有心思写作业,只是装装样子。手机里何灵发来信息:"许吱,你去找付衍舟了?"

许吱纳闷:她怎么知道的?

还没等许吱回复,何灵又说:"老三都告诉我了,你见到他了吗?"

见是见到了,但……

许吱抬头朝修车的地方看了一眼,只能听见叮叮当当的声音。

"见到了,但他很忙。"许吱回道。

"他真跑去修车了?"

"嗯。"

"要不我这会儿过去陪你吧,反正也没事儿。"

"别,他应该不想再让认识的人知道他现在在做什么,我之前不该告诉老三的。"

"这又不是丢人的事,自力更生有什么不好,只是他之前家里条件那么好,现在心里落差感会很大吧?"

"还好,"许吱回道,"刚认识他那会儿对人也是冷言冷语的,这要是突然变热情了才奇怪。"

"许吱,我发现你就是欠的。"何灵发了一串颜文字,许吱没有再回复。

跟何灵的短暂聊天打发了时光,她合上了习题册,玩了一会儿手机,困意来了。

付衍舟出来的时候,已经过去了三个小时。他只是想出来看看她是不是还在,远远地见小姑娘斜靠在门口那张很脏的沙发上睡着了。

不知道是不是睡得太熟,鞋被她蹬掉一只,歪在地上。

付衍舟走过去,捡起鞋子,在她旁边坐下了。

他本来这段时间心情不好也不坏,他的内心还不至于弱到被这些小事影响,尽管他最近被房租水电那些折腾得够呛。

除了那天老妈跟他说"那行吧,你就一个人留在这里体验体验生活吧"的时候,他有过一瞬间的迷茫,还有跟许吱再次见到的那天晚上,他灰头土脸地站到她面前,面对她的笑脸一个字也说不出来。

他本来想着要在最短的时间里获得成功,然后去见她,为了这个念头,他努力到极致。但仔细想想,见面了能说什么呢?从他选择辍学的那一刻开始,他们之间在某些方面已经不对等了。

在他思绪翻飞的瞬间,睡着的女生翻了下身。

她压在沙发上的脸颊上有好几道深浅不一的红印子。

付衍舟腹诽道:这人真是心大,到哪儿都能睡着。

他张开手心,遮挡住照射在她脸颊处的阳光。因为这突如其来的荫庇,许吱睡得越发香甜了。

她一干干净净的小姑娘,不该出现在这间脏兮兮的维修间里。

付衍舟低头看向自己的手,明明已经用肥皂洗过数遍,但还是有机油的味道。

他眼神暗了暗。

时间一分一秒地流逝。

她睡觉不老实,翻身时小腿蹭到沙发布上,疼得她一声轻嘶。

付衍舟发现了什么，将她的裤脚往上拉了拉，看到她内脚踝果然有一处划伤，应该是被脚踏板刮到的。

他起身拉了窗帘，拿着钱夹去旁边的药店买了创可贴跟药酒。结账的时候，路口有卖棉花糖的商贩，周边围了一圈小孩子，付衍舟想了想后买了一个。男生神色冷峻，粉色的棉花糖与他格格不入，过路的行人纷纷投来探究的目光。

许吱醒的时候，付衍舟正坐在一边玩游戏，他开了静音。

她不好意思地揉了揉头发，欲言又止。付衍舟看到她那样子，活像被拉到哪里跟人比画了一通似的，不知道的还以为她练了神功，大道顿悟。

许吱忙从沙发上下去穿鞋，看见脚踝不知道什么时候多了个创可贴，脸一红，慌忙拉下裤管，匆忙收拾了书包，推了早已立在边上不知道多久的自行车，往门口走去。

身后突然传来一道清冷的男声："不是说一起吃饭？"

许吱转头"啊"了一声。

付衍舟朝里面抬了抬下巴，说道："我把中午的剩菜热了一下，你要吃吗？"

"吃。"许吱咧嘴一笑。

她真不挑食，也不知道是真的饿了，还是怕他中途又赶她走，一个劲地猛扒饭，最后连付衍舟也看不下去了，倒了杯温水递给她。

他有些后悔给她吃这个了，本来想着剩饭哪会有人想吃，随便打发她算了，但看到她狼吞虎咽的模样又有些过意不去。他伸手将简易桌上的饭盒往里移了移，冷着张脸说："别吃了。"

许吱停下筷子，想着自己又哪里惹到这个人了，难道是因为自己吃相不好？

"干吗啊？"她小爪子往餐盒移过去，"挺好吃的。"

付衍舟感觉自己被噎到了。

.206.

他觉得许吱或许应该换个名字，比如许小强，打不死赶不走的小强。

"那你慢点吃。"他声音淡淡的，没了先前的冷意。

许吱硬生生地咂摸出了几丝关心，于是仰起脸笑道："谢谢。"

付衍舟看她那一点儿也不扭捏的样子，整个人也放松下来，靠在椅背上，看着她。

"你平时就这么吃饭哪？"许吱环顾了下这间极小的员工宿舍，看到只有一张折叠床，"睡觉呢，也在这里吗？"

"偶尔有急活的时候会加班，累了不想动弹，就在这里打发一晚上。"付衍舟回道。

他现在说话已经和之前念书的时候完全不同，而是习惯性地带着成人腔调。

许吱长睫眨了眨，夕阳的光在她眼睑下折射出一道弧扇。

付衍舟看着，心突然安静了，问道："你最近不上补习班了？"

"上得少了，马上要开学了嘛，最后几天时间放松放松。"

"功课怎么样？"

"这学期期末考试还行，我数学还是一直不好，每次遇到大题就头疼，暑假恶补了下，速度提高了些。"

两人有一搭没一搭地说话。

"你呢，现在上班基本没什么空闲时间吧？"

"少，"付衍舟扭头抽了张纸给她，"你以为像你们小姑娘，成天穿得漂漂亮亮到处乱逛？"

闻言，许吱脸上一红，漂亮，是在说她吗？

她垂眸看了眼自己精心搭配的衣服，暗自窃喜了下。

"那你还会回学校读书吗？"

"不会。"他言简意赅地回答，不想多谈这个话题。

"那个……"许吱故意摆出一副闲适的姿态，学着妈妈找人拉家常的自然神情,"我听老三说了你家的事了。我其实后面去医院找过你的,如果当时我们好好聊一聊,你就不会做出退学这么冲动的决定。"

"没有也许,你不必纠结这些事情,像我这种人,在哪儿都一样。即便是参加高考,也考不上大学,只会徒增笑话。"

"怎么会是笑话呢?你的努力所有人都有目共睹哇。"

"那只是你以为。许吱,我不想再谈论这件事。"付衍舟冷冷地说。

"你有没有想过,或许你跟你妈妈去瑞士留学也会很不错,好过你在这里做这么辛苦的工作。"

"许吱,"付衍舟面色寒冷,"是谁告诉你可以随便插手别人的家事的?"

"对不起。"她想到了什么,从背包里拿出一个钱夹,递给付衍舟,"对了,这是我偷偷攒下来的钱,不太多,就是过年的压岁钱跟平时省下来的零花钱,给你。"

付衍舟愣了一下,沉默了好几秒的时间才开口:"许吱,你什么意思?"

"我只是想帮你。"许吱察觉到他神色里的古怪,说话声音小了。

片刻后,付衍舟手指在桌面轻点了两下,问道:"你吃好了,现在可以走了吗?"

他突如其来的逐客令显然让许吱很难堪:"付衍舟,你为什么现在跟只刺猬一样?"

"那你呢,你怂恿老三来找我,自己也不请自来赶着送钱,是为什么?同情还是怜悯?我有手有脚还不至于需要你来接济。"

"我只是把你当朋友才这么说的,要是别人,我根本不会搭理,我也不会觍着脸来找你。"

"朋友?"付衍舟冷冷地看着许吱,"我朋友多的是,不缺你一个。"

许吱眼眶彻底红了，再也说不出什么话来反驳。

　　老三说得没错，付衍舟就是个自尊心强到爆炸的火药桶，一点就着。

　　许吱在回家路上恨恨地想：再也不理他了，谁再过来找他谁是猪。

　　她在回家的路上，在心里发了狠之后又泄了气，近乎要失了理智，但她不想做伤害他的那一方，所以她当着他的面说不出什么狠话来，也就只是事后骂骂他。

　　为什么要喜欢上这个家伙啊？再也不喜欢他了。

　　许吱委屈得鼻头一酸。

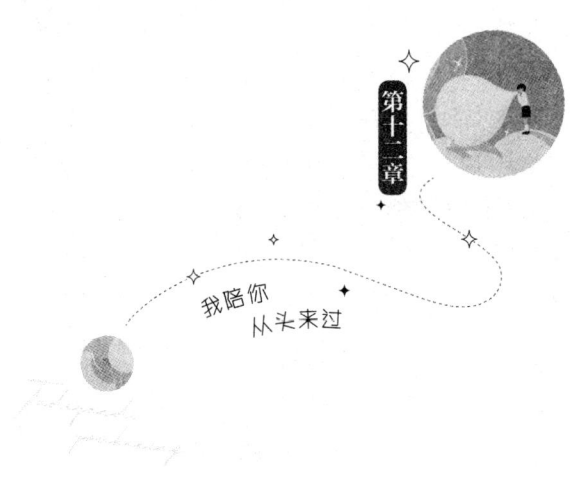

第十二章

我陪你从头来过

　　于丞回到店里的时候，付衍舟低着头坐在休息室，一副生人勿近的模样。

　　他平时见惯了付衍舟面无表情的样子，难得看付衍舟有情绪波动的时候，于是凑过去问："这是怎么了？是不是许吱妹子没来，失落了？"

　　"我有病。"付衍舟眼皮都没抬，语气里全是刀。

　　平时装大人，发起脾气来还是个小孩。

　　于丞笑了："你是有病，相思病。是谁天天望穿秋水盼着人家来啊？别急着跟我反驳，每次来个女客人，你都要从车底探出脑袋看一下，别告诉我你是吃饱了撑的。"

　　付衍舟垂眸不言语了。

　　于丞拍了拍他的肩膀，说道："小姑娘是要哄着的，我看得出来她在意你，干吗把别人推开呀？你知不知道年少时的感情最纯粹？到了我这个年纪,就再也体会不到那样的情感了。"

"我能给她什么未来?更何况,人家根本对我不是那个意思。"

"不管她对你是友情还是爱情,都是最珍贵的。"

于丞轻描淡写几句话,付衍舟是听进去了的。事实上,他当时跟许吱说完那几句话就后悔了,此刻更恨不得揍自己几拳。

于丞摇摇头,知道付衍舟这人就是闷,什么话都憋在心里不肯说。

连越一连几天看着妹妹精神头不对,他马上要去北京上学,待在A市的时间越来越少了,于是想找妹妹谈谈。

正是盛夏,两人坐在小区里一棵大榕树下咬着冰棍聊天。

翠绿的树叶上,蝉声一阵接着一阵。

"哥,我怎么觉得你的口味变了?"

"那下次你请,我不挑食。"

许吱捂了捂钱包,又想起前几日付衍舟对她说的话,不作声了。

连越对她突如其来的怅然表示不太理解,食指轻戳了下她的脑门,笑道:"小气丫头,你把钱攒得这么严实,是想留着以后当嫁妆呢?"

"哥,你明天还是出去跟同学聚会吧,"许吱露出一个假笑的表情,"最好给我找个小嫂子,我天天告你状。"

连越呵呵笑了两声,拿纸巾递给许吱,说道:"你怎么吃个冰棍儿吃得满嘴都是。"

"跟你学的呀,连叔叔说你以前可是个小邋遢,两条鼻涕虫这么长。"她比了个很夸张的手势。

连越被气笑了,不知自己怎么招惹了这个妹妹:"你这会儿拿话噎我倒是有点生气了,前两天跟打了霜的茄子一样。"

"让你担心了。"许吱扭头看了他一眼。

"之前,阿舟走的时候,你阴阴冷冷的,活脱脱一个鬼见愁。眼看着你缓了点,偶尔能见到笑脸了,我还以为你好了呢。"

许吱舔了舔冰棍,心想:哥哥不知道付衍舟还留在本市,算了,还是不要告诉他了吧。

"其实我心里也不舒坦来着,"连越有一句没一句地说,见女生眼睛一眨不眨地盯着自己,只好继续道,"我跟他打过一架。"

许吱坐直了身子,问道:"什么时候?"

"就你摔坏腿的那天晚上。也不算打架,因为他全程受着,根本没有还手,"连越脸上没了笑意,眼底全是歉疚,"后来我想跟他说声对不起。"

许吱低声道:"以后,会有机会的。"

"人好像一长大,很多东西都不一样了。吱吱,不管我们喜不喜欢告别,但这是人生常态,不要让自己困在里面,时间还多着呢,去做自己应该做的事。"

听着连越的话,许吱若有所思。

哥哥说的是对的,有些人过去了就是过去了,哪怕没有刻意告别,强求只会让自己难堪。

"走了,"连越拉了拉她,"这么大好的时光就别装深沉了,阿姨做了糖醋小排,回去尝尝去。"

许吱点头道:"嗯。"

她沮丧了近一个星期,在跟连越聊过之后,奇特地睡了一个好觉,第二日觉得神清气爽,骑着自行车跟何灵约了逛街,她越来越会在心里回避有关付衍舟的任何事。

付衍舟因为感冒休了两天假,老三提着一堆药来家里了。

他租住的出租房离上班的地方不远,房子属于待拆区,所以租金便宜。他不是一个会对生活将就的人,自己将老旧的家具刷漆翻新了,又添置了不少小物件，房子里还算看得过去。

两人坐在客厅的垫子上，你一罐我一罐地碰着啤酒，喝了不少。

老三暑假没闲着，他提前混进大学的论坛里，认识了个学姐，两人相谈甚欢，老三起了追人家的心思，眼巴巴地献着殷勤，但没有什么结果。

"我喜欢她，我就得让她知道。她就是块儿冰，我也用我这颗热情似火的心给她融了。"老三侃着爱情观。

付衍舟只是闷头喝酒，正值正午，太阳大，光线打在他脸上显得整个五官都透亮。

老三一眼扫过去，看着他的侧脸，嘀咕道："我要长得有你这么好看，还至于这么犯愁吗？"

老三眼珠子一转："哎，舟哥。"

他满脸堆着笑，看得付衍舟心里瘆得慌。

"干吗？你该不会是让我帮你追吧？"

"当然不是，万一她看上你了，我岂不是竹篮打水一场空。我是问你，你对模特之类的感不感兴趣？"

付衍舟淡淡地答道："没有兴趣。"

老三继续往他跟前凑："那你对我有办法让你跟许吱见面这件事感不感兴趣？"

付衍舟抬眸看老三一眼，喝了口啤酒，点了点头："嗯。"

见老三呵呵笑着，他露出不耐烦的神色："少卖关子，说。"

"我追的那个女生是服装设计院的，她暑期参加了个设计比赛，需要拍些照片，你答应我去做她的模特。"

付衍舟起身去拉窗帘，问道："她比赛关我什么事？"

"当然关你的事，女模特我准备找许吱。"

闻言，付衍舟脚步顿住。

拉好窗帘，房间顿时暗了几个度。他重新坐回原来的位置。

老三倾身，盯着他的脸说："如果你不愿意去的话，我找别人好了，不过我感觉这个模特吧，应该会有一些亲密接触……"

老三话还没说完，付衍舟推开他故意看好戏的脸说："去。"

老三简直有点乐不可支，觉得这招屡试不爽。

因为拍摄的主题是运动，许吱一大早就到体育馆了。

Ａ市就一所大型体育馆，靠近学校，她一路上碰上不少熟人。她比约定时间早到，在三楼的走廊里独自玩了一会儿，俯身看见大厅里有女生摆弄着相机。在女生身后，老三扛着两个大黑袋子。

许吱下去，跟正从大门进来的付衍舟撞了个正着。

他一身黑衣黑裤，鸭舌帽下挡住的那张脸在看到许吱的那一瞬，神情变了变。他想叫她，许吱原路折返，绕了好长一段冤枉路才走到老三身边。

老三喜欢的女生姓何，叫洛子，圆圆脸，属于越看越可爱的类型，尤其是笑起来的时候，特别甜。许吱终于知道，为什么老三对何洛子言听计从了。

老三介绍起何洛子来喋喋不休，许吱只听进去一半，她余光扫到跟在他们身后的黑影上。

付衍舟发现她的目光。

许吱撤走了视线。

对于拍摄，两人都是新手，尤其许吱不太自然。她本来就不太喜欢拍照，加上付衍舟这个瘟神杵在自己旁边，她更是手脚都不知道往哪儿摆。

"许吱，你知不知道你很漂亮？"洛子切回去几张照片给她看，忍不住称赞，"尤其是你的眼睛，总感觉在传情，所以你在镜头前表现的时候，要自信一点儿，把你的美给展现出来。"

何洛子越这样说，许吱越觉得自己僵硬。

.214.

"许吱,要不你……"付衍舟开口,见她假装没听见地别过头,跟老三跟洛子讨论去了。

他专程过来可不是为了拍这些照片的,是因为想见她。

可她全程不搭理他,她掩饰自己的能力差得可以,让他一眼就看懂了。

付衍舟沉默,退到一边。

那边很快商量出了办法,后面拍摄很顺利。拍出了自己想要的照片,洛子兴奋得只差大喊大叫了,一边对着镜头按快门,一边跟老三说:"你从哪里找到的两尊大神,两个人站在一块跟画一样。我有预感,我这次肯定会得奖的,运气好的话,还可能被哪个识货的商家买断设计,那我这几年的学费都不会愁了。"

老三原本还怕那刚吵过架的两人见面打起来呢,现在看起来还算和谐,总算松了口气。

他此刻被喜欢的女生夸得找不到北,故意咳嗽了两声,整理了下衣领,说道:"那是,也不看看是谁的朋友,这叫物以类聚。你看我长得也不差,就知道我的朋友颜值有多高了。"

洛子哼哼两声,看在心情好的份上没有怼他。

"你俩动作能不能稍微大胆一点儿,有点肢体接触什么的?"洛子对着镜头前的两人喊道,"你们的距离隔得太远了,离得近一些。许吱,你能牵着他的手把头靠在他肩膀上吗?"

"啊?"许吱没想到她会提这种要求,随即摇头,"不行。"

洛子失笑道:"现在幼儿园的小朋友都会拉拉小手的。"

两人没动。

洛子疑惑地问:"你们难道是……"

两人异口同声地否认:"不是,同学而已。"说完话的两人对视一眼,许吱脸红了。

洛子见两人没上钩,兴致缺缺地说:"我还以为你俩是情侣呢。"

"高中生不能早恋。"许吱多此一举地解释了一句。

也不知道洛子听见了没,但身边的男生听得一清二楚。

许吱的手挨过去,刚触及付衍舟的皮肤,两人心头都有异样。

今时今日的心境下,总归是有些不同的。

付衍舟不再是过去那个与她约定同上一所大学的人了,而她总想着过去,这样是不对的,既然已经决定做普通朋友,就要拿出普通朋友的样子来,别别扭扭算什么。

她猛地抓住付衍舟的手,动作幅度突然变大,惹得边上男生低头看她。

洛子在一边不停地按动着快门。

许吱想把头靠上他的肩膀,付衍舟却站直了身子。

他是有意的。

许吱下决心了一般踮起脚尖,还是够不到。她愠怒了,喊道:"付衍舟。"

"你不是不想搭理我吗?"付衍舟垂眸问道。

"我是不想理你。"

"那你干吗叫我?"

"既然已经答应别人了,做事能不能认真点?"许吱小声说,"我们的私事,另外谈。"

"我们?私事?"他突然笑了。

许吱有些后悔,自己这是什么表达啊?弄得自己好像跟他有什么见不得光的事一样。

她不自然地看向镜头。

付衍舟转过一个角度,低头,伸手将她的脑袋扳过来。

许吱什么时候跟男生有过这么大胆的肢体接触,顿时吓得大气不敢出,心跳跟打鼓一样,疯狂地跳动着。

"付衍舟,你能不能别这么突然?"许吱挣了挣。

付衍舟像从前缠着许吱那样,只能用无理幼稚的办法将她箍在身边。

"许吱。"

男生低沉的声音在头顶响起。

他温热的气息喷在她的头皮上,她只觉得耳朵"嗡"的一声。

"对不起。"他说道。

许吱没想到付衍舟会忽然给她道歉,顿时喉头又酸又胀,眼睛像被洋葱薰过一样。

"谁要听你说对不起呀?"她话尾已经有了哭腔。

"我今天过来就是为了说这个的,别生我的气了,好不好?"

她多日的委屈一下翻涌出来,要不是因为有其他人在,她肯定得指着付衍舟骂一顿才能解气,但现在她竟然没出息得一句话也说不出来。

她的脸贴在离他心脏最近的地方,听着他的心跳,她知道,他没有撒谎。

"太棒了你俩!"洛子兴奋地抓拍到了这一幕,"你们跟我设计的衣服简直绝配呀,这两件衣服就送给你们了,情侣装,哈哈。真的,我刚刚居然在你们的画面里感受到了爱意,要不你俩凑一对儿得了。"

洛子净顾着开心了,完全没看到老三在一旁给她使眼色。

透亮的场馆里,付衍舟很清晰地看见许吱脸红了。

她脱掉外套,换上自己的衣服,拿起书包就往外走,说道:"现在完事了是吧,我先走了。"

付衍舟追了出去。

洛子扭头看了眼老三,嘀咕道:"这是什么情况啊?"

"还能是什么,你说错话了。"

"啊?"

老三接过洛子手里的东西,一边帮忙整理好,一边说:"这你不懂?人家还是高中生呢,脸皮薄,你把话说得这么直白干什么?"

"你的意思是,他俩真的有什么猫腻?"洛子眯着眼,看着两人远去的背影问。

"你还看不出来?舟哥喜欢人家喜欢得恨不得捧在手心里。"

"看他那冷冰冰的样子,我站在边上都快成雾凇了,他还怎么追人啊?"洛子吐槽道。

"才不是,舟哥这家伙只是把温柔藏起来了,给了他真正放在心上的那个人。"

"说得跟你见过似的。"

老三笑了笑,没作声了。

如果不是因为惦记许吱,付衍舟才不会跟家里闹翻,留在A市。他以前多洒脱一个人啊,可自从喜欢上许吱,他怕的东西太多了。

许吱站在路口给连越发信息。

早上出门的时候,连越告诉她下午他会在体育馆附近吃饭,等她结束了可以一起回家。

她字打到一半,听见身后匆忙的脚步声,回头一看,是付衍舟过来了。

许吱合上手机,拔腿就走,可她怎么也拼不过付衍舟那双大长腿的速度,那人一个晃身,堵住她的去路。

许吱拿眼瞪他:"你干什么?"

"送你回家。"他蹦出几个字。

许吱才不想跟他一路:"我给哥哥发信息了,他一会儿过来。"

付衍舟俯身,仔细打量她的神色,问道:"你是想一辈子不理我了?"

"有这个打算。"许吱抬头挺胸,气势上不能输掉。

"你说说为什么生这么大的气?"

"你不知道你道歉干什么?"

"那你说说。"

"我为什么要说？"

"你不说我怎么知道？"

女生跟男生在意的点永远不一样，辩论起来简直分分钟钻进死胡同。

许吱不想纠缠于此，怒道："因为你说我怜悯你。"

日光下，她的脸蛋通红，像个熟透的苹果。

付衍舟看笑了："你都送钱给我了还不是？"

"我没有，"许吱反驳道，"我没有拿钱去侮辱你的意思，我只是想尽我所能帮你。更何况，我并不认为怜悯是个贬义词，至少在我这里不是。"

以前他怎么欺负她，她都默不作声，这次话却这样多，他问道："在你那里是什么意思？"

"是……"许吱将喜欢两个字哽在喉头，她的喜欢早就在医院看到他嫌恶表情的那一瞬全部丢盔卸甲了。她恶狠狠地踢了他一脚，推开他就走："是笨蛋行不行？笨蛋付衍舟！"

他被她骂笑了，也不反驳，跟在她后面。

公交车来了，两人一块儿上了车。

他自知理亏，没有上前，只找了个离她不远不近的地方站着。

公交车缓缓过了几站，上车的人渐渐多了起来。原本就不宽敞的车厢被挤得满满当当，下脚的地方都没有。

视线被面前的人遮挡，付衍舟只看得到许吱半个头。

她的发型是洛子帮她做过的，拿夹板卷了个大波浪，长长地垂至腰身。她平时都穿校服，今天穿的是洛子设计的百褶短裙，长度不到膝盖，她时不时偷偷将半裙往下扯，因为人这么多她感觉不太自然，于是只得朝付衍舟投去求救的一眼。

她一双大眼睛忽闪忽闪的，眼底写满了小心翼翼。

付衍舟这尊冰山融化了。

他从人群中挤到她背后,伸出一只手撑在许吱身侧的扶手上,给她腾出了一小块空间,最起码不用被陌生人挤得喘不过气。

等缓过神来,她才发现跟付衍舟这个姿势有多暧昧,不禁想起刚在体育场馆里两人拉手的情景。偏偏这时,公交车一个急刹车,许吱伸手去抓扶手,却抓在了付衍舟的手背上。

她绝对不是故意的。

许吱还在懊恼时,身后的男生扶稳了她的肩膀。

他刚只顾着把她抓牢,以免她摔倒,根本没注意到许吱的肢体触碰。

付衍舟看了眼她搭在自己手背的手,两秒之后,她往下挪了挪,当作什么都没发生一样,看着窗外的风景。

她一头鬈发随着主人的轻微动作摆动,时不时擦过他的外套。付衍舟盯着盯着,突然想起她以前时常扎着高马尾辫的样子,心想还是那个时候最好看,当然现在也不差。

广播报着站名,到站了。

许吱下车的时候见付衍舟还跟在她后面,指着已经开走的公交车说:"你应该在后面几站下。"

"半个小时以内换乘免费。"他双手插兜,走在她左侧。

这是什么回答?

而且他以前奢侈无度,什么时候这么会生活了,就好像仙风道骨的神仙突然跌落凡尘有了烟火气。

"要吃冰棍吗?"付衍舟掏出钱包问道。

许吱点点头,跟着他进了小卖部,猫着腰在冰柜里找自己最喜欢的口味。她那双腿又白又直,露在外面像是发着光,十分惹眼。付衍舟脱掉外套,从背后给她围过去。

许吱察觉到他的动静,起身顺手在腰部打了个结,指着冰柜里一

个白色的包装袋说:"我要这个。"

付衍舟从里面翻出来两个,拿着去结账了。

也不知道这冰棍是不是付衍舟给买的缘故,吃起来特别不错,酸酸甜甜,很像每次他跟她说话时她心里的感觉。

她光顾着吃,没注意到有人骑着自行车从前方飞驰而过,肩膀被付衍舟猛地一抓,整个人被推到路的里面一侧,许吱反应过来时,他的手还搭在她肩膀上,回头冷视着骑车人。

今天的肢体接触实在多得过分了,她倾斜了肩膀,从他手里挣脱了。

付衍舟回头说:"我是怕你被撞了。"

"知道,谢谢。"许吱表面装得若无其事,只敢在男生目视前方的时候偷看他的侧脸,难掩心动。

"现在气消了没?"

"一般般吧。"许吱顺着杆子往上爬。

"那你把吃的还给我。"

"覆水难收,你懂不懂?"

"许吱,你语文是不是没及格过?"

"……"

许吱从没觉得自己这么没用过,一根冰棍就能哄好。

但也就怨怪了自己一秒钟,酸奶砖很快被她吞进胃里,这大夏天的暑气也随之被冰镇下来,连耳边传来聒噪的小贩叫卖声也不感到烦闷了,无比惬意。

"付衍舟,我有时候觉得你这人挺无情的,怎么说咱们也这么熟了,你有事从来不对我开口。"

付衍舟侧眸看了眼她的小脑袋,说道:"不好说。"

他希望的,不过是不想在她面前表露出狼狈不堪的一面,他只想他来时很恣意,走得很洒脱。

但事实是,他几乎选择了最无赖的一种方式——跟老天说,我想留在这个女孩身边。

许吱问道:"你难过吗?"

"什么?"

"你爸妈离婚的时候。"

付衍舟耸了耸肩说:"一点点吧。但从那时候开始,我想明白了一些事。"

许吱屏声静气,听他继续说。

"我想以前我可能太较真了,我觉得亲情如果变得敷衍虚假,那不如没有,我看待情感过于泾渭分明。但其实,有时候装傻未必不是好事,家人之间为什么要层层剖析,最后弄得血肉模糊呢?"

"你没错,好就是好,不好就是不好,这样的想法没什么不对的。"

付衍舟淡笑,揉了揉她的头发说:"你知道我爸走的时候他说什么吗?他说这个家里他什么都不要。意思就是他不留恋一切,包括我。我后来想通了,也许能当一家人也是要讲缘分的,当无法维持这种缘分了,也就是断裂的时候了。"

"你爸来找过你吗?"

"找过,让我跟他一起生活。从前我把生活搅得一团糟,现在还怎么能装作什么都没发生过一样住在一起。"

许吱忽地停住脚步,付衍舟快了她一截。

她几个大步上前扯住他的衣袖,两个人的手指碰在一起。

他侧眸看向她。

女生的眼底有一种特别的光亮。

"他们不要你,我要你。"她话说得坚定,惹得付衍舟原本轻松的神色变了变。

话一出口,许吱才觉得自己有多唐突,她自顾自地打着圆场:"我的意思是说……一个人生活多孤单哪,总需要人陪伴的。"

.222.

随后,她肯定地点点头,小声说:"朋友之间就应该这样。"说着,她自己也不知道怎么接下去了,干脆转头不说了。

付衍舟低头看着她捏在另一只手里的冰棍包装纸,柔声问道:"怎么不继续说了?"

许吱脸红了,低声说:"你知道连越对我说过最对的一句话是什么吗?他说我们这个年纪最珍贵的东西就是,不管做错了什么,都有机会重新尝试,所以——"

她笑得十分灿烂,接着道:"付衍舟,我陪你从头来过。"

掠过耳边的热风静了静,付衍舟垂下头。

眼底,许吱的脸上充满了青春与活力,只看上一眼,就能治愈一切。

他手插进兜里,转身要走,说道:"你该回家了。"

没人看见他瞳仁间渐深的笑意。

许吱跟上去,怕他没听懂她话里的意思,又追问了一遍:"你听见了没?"

付衍舟这才点头道:"知道了。"

他这一声让许吱觉得,自从他走后,对他所有的怨怪都烟消云散。

许吱踢了他一脚,狠狠瞪他:"你要再敢偷偷溜了,要你好看。"

付衍舟装作惹不起地躲到一边。

看着女生大摇大摆走远的背影,他想,他的小姑娘又回来了。

许吱哼着歌进了小区,碰上从水果店里出来的连越。他拎了个大西瓜,隔老远喊着自家妹妹:"你去哪儿了,给你发信息都不回?"

"你什么时候回来的?"许吱不答反问,偷偷将舍不得扔掉的包装袋塞进口袋。

"刚刚到,阿姨让我带个西瓜回去,说怕你做功课的时候没有水果吃。"连越用一根手指推了推许吱的脑袋,"她要知道你不务正业跑出去帮朋友拍照,西瓜籽都不会给你留。"

"我知道你会掩护我的,好哥哥,咱们一荣俱荣,一损俱损嘛,把我妈惹不高兴了,她就不会做好吃的给你吃了。"许吱笑着,露出整齐好看的牙齿。

连越摇摇头,心想:鬼点子真多。

两人边走边说话。

"哥,你上次说要把高考的资料给我,我一会儿找你拿。"

连越点头说:"行啊,先给你一些,还有一部分得整理一下。大部分试卷和习题册我也留着了,重要的题目钩得差不多了,你多留意那些题型。"

许吱凑过去问:"哎,是不是用了你的笔记,年级倒数第一也能名列前茅啊?"

"你这样说也不夸张,"连越拍了拍胸脯,"谁让你哥是控分高手。"

许吱若有所思地点点头。

连越留意到许吱的神色,开玩笑说:"我发现你今天格外不一样。"

"比如?"

"是不是遇上什么高兴事儿了,话音里都带着笑。"

"没有。"许吱留下一句话就跑上楼了。

付衍舟前脚刚到家,于丞后脚敲门。他最近在筹划着出去单干的事,而且跟合作方谈得很顺利。

于丞哼着歌,嚷着要进厨房烧菜庆祝一下,结果打开付衍舟家里的冰箱,看见里面空荡荡的,惊讶得张大了嘴:"你别告诉我,你这段时间一直喝的是西北风。"

付衍舟倒了两杯水放在桌子上，瞥了他一眼说："我不太会做饭。"

于丞无语了片刻，果断拿起手机点了外卖。等外卖的期间，于丞从口袋里掏出一包烟，递给付衍舟一支。

付衍舟摆手拒绝："我不抽烟。"

于丞哑然，问道："我这次去谈合作，带的烟礼还是你推荐的，你不抽怎么知道的？"

"以前抽过，戒了。"

"什么时候戒的？"

付衍舟想了想，大概是遇到许吱之后，于是说："很久了。"

于丞笑容满面地看着眼前这个小弟弟，问道："突然戒烟，不会是为了哪个女生吧？"

"嗯，她不喜欢抽烟的男孩子。"

于丞点头道："没想到你还是个情种。"

"你也少抽点吧，不然以后对象都找不到。"

于丞哈哈大笑，但还是拧断了剩下的半只烟头，认真地说："阿舟，我今天来找你，其实是想问问你愿不愿意跟我一起创业。"

付衍舟摊手说："我身无分文，怎么创？"

于丞凑近了些："我都想好了，你有技术，我有人脉，咱俩合伙何愁做不起来？钱这方面不用你担心，我来搞定。"

"谢谢丞哥的好意，"付衍舟想了想，"这一次，我没办法陪你了。"

"怎么，你不是很喜欢这行吗？"

付衍舟十指交叉搁在桌子上，认真地说："我打算回去复读了。"

于丞瞪大眼睛问道："你要回学校读书？"

热水壶沸腾起来，房间里充斥着水声。

付衍舟站起身，关掉了电源。

于丞跟过去追问："为什么突然有这个决定？你之前不是还没想

好以后要做什么吗?"

"十八岁,应该是学知识的年纪,我不想混了。"

于丞想了想,又问:"你该不是为了许吱妹子吧?"

"不算是。"

于丞盯着付衍舟在灯光下的侧脸:"嗯?"

"是我自己害怕跟她变成两个世界的人,如果有这个机会,我为什么不去抓住呢?"付衍舟扭头看向于丞。

于丞大概头一次见付衍舟对一个女生这么认真,挠头道:"十几岁的少男少女们谈起恋爱怎么这么多弯弯绕绕啊?"

于丞想:这大概就是自己多年不恋爱的原因,太麻烦了。

"我想成为配得上她的人。"付衍舟沉思,半晌后回答。

于丞一下子愣住,好像有点明白了,一拍他的肩膀,说道:"算了,你自己的人生自己决定吧,有什么哥能帮忙的尽管提。"

付衍舟点头:"还真有。

"我需要一笔钱。我知道你的门路多,有没有来钱快一点儿的?"

"来钱快一点儿的?你是不是没有足够的学费,我借你就是了。"

付衍舟淡笑道:"你知道的,我爸妈寄过来的钱我都原路退回了,你的钱我更不会要。我希望以后我的一切都凭我自己。"

"算了算了,知道你不会要。"于丞说,"路子有是有,就看你愿不愿意。"

"你说。"

"我有个搞赛车的朋友,过两天要举办一场比赛,私人的。观看比赛的都是有钱人,喜欢刺激,所以奖金高,但风险大,去年有个选手在弯道上超车,摔下悬崖,最后只找到残缺不全的尸体。"

付衍舟沉思了片刻说:"我去。"

"我觉得没必要这么拼,万一真出个什么事,不妥,而且你之前玩过赛车吗?"

付衍舟轻松地笑了:"要不要我把以前的证书拿给你看看?"

于丞摇摇头:这小孩子真是魔怔了。

付衍舟不是开玩笑,不光是赛车,以前所有不务正业的玩意儿他都玩过,简单地说,除了学业之外,能说出来的他都算精通。

于丞虽然平时喜欢侃天侃地,但从不说谎。赛车玩的是心跳,参赛者断胳膊断腿是常有的事。近些年因为有了不少明星的参与,带动这个行业火爆了不少。

比赛现场来了不少观众,有知名赛车手正在接受赛前访谈。付衍舟路过,因为那张俊脸赢得了不少欢呼。那赛车手约莫是觉得他抢了自己风头,睨了他一眼。

付衍舟没有理会,低头扣好手套。

只要进入前三,就会有一笔还算丰厚的奖金,这笔钱能够暂时解决困局了。

他跟着参赛者进入自己的赛道,因为在和许吱发信息,他把手机一直拿在手上。

"在干什么?"

"补觉。一大早被我妈喊起床来补习班上课,困死我了,趁下课眯会儿。"

她发过来一个耷拉着脑袋的兔子表情包,付衍舟笑了下。

"记得给背上搭个衣服,不然着凉。"

"嗯,知道了。我下课了一会儿来找你,一起吃饭。"

"好。"

他收起手机,这才有心情往四周看了看,除了漫天的欢呼声,他还看见了刚刚跟他有片刻龃龉的赛车手。两人对视,那人满脸不屑。

他没在意,只等裁判口哨一响,他踩下油门,如同离弦的箭一样冲出去。

付衍舟将马力开到顶点,跟那位明星赛车手冲在最前面。两人起先不分伯仲,付衍舟率先进入内弯道,接下来就是最后一圈,可这时他余光瞥见对手急于超车,车身不受控制朝自己这边倒来。

如果这时摔车就是功亏一篑,付衍舟再次猛踩油门,从被对方逼近的赛道边缘穿了过去。他的沉着明显扰乱了对方的心神,此时是夺冠的最好时机。

越过黄线的那一瞬,冠军已定,偏那位明星赛车手怨气大增,丝毫不顾及赛制,即便在到达终点后也没有减缓速度,而是朝着正前方的付衍舟撞去。

付衍舟还未来得及躲闪,身体猛地腾空。

他听见了自己的喘息声。

好久没有觉得世界这么安静了,他在喧嚣的油门声中突然抽离,一下好不适应。

突然,耳朵里的声音太多,眼前划过的场景太多,多到像按了快进键一样,他在里面拼命地寻找许吱的影子。

终于,找到了。

画面里,她笑得那样好看,好看得他都忍不住想拥在怀里。

她笑着说:"付衍舟,我陪你从头来过。"

"我陪你"这三个字是世界上最动听的词语吧。

他也想回她一个笑,但无论如何也扯不出一丝来,只觉得呼吸声越来越粗重,他在下坠,坠入无尽的落寞与黑暗中了。

"阿舟!"在闭眼之前,他听见了于丞的呼喊。

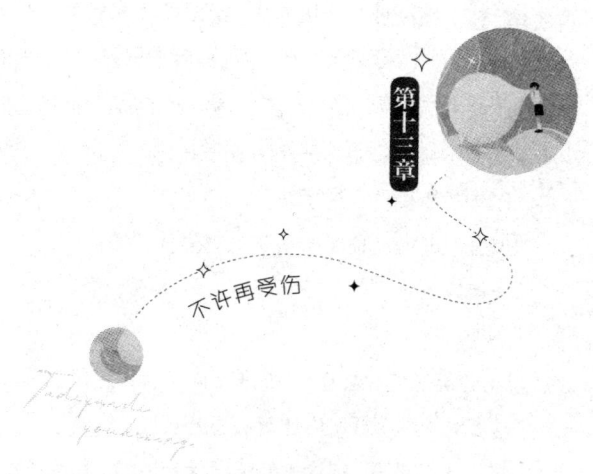

第十三章

不许再受伤

付衍舟醒来时躺在医院里,手背上正打着点滴。他活动了下手脚,还好,没断,只是头痛欲裂,他用另一只手摸了摸额头,缠了绷带。

手机里传来一段视频,付衍舟打开看了看,是赛车俱乐部对本次赛事的通报。对方在圈内小有名气,而他不知道是从哪里冒出来的无名小卒,结果自然是大事化小,小事化了。

付衍舟没太介意,他在意的是……正想着,于丞推门进来了。

"你的恢复力实在惊人,医生说你起码还会昏迷三四个小时呢。"于丞去楼下买了些流食回来,递给付衍舟,"饿不饿,吃点?"

"谢谢。"他没什么胃口,摆了摆手,"钱拿到手了吗?"

"命都快没了,你还想着钱?"

"不然我白伤了。"付衍舟将手机塞到枕头下面,伸了个懒腰。

"我催着举办方打进你卡里了,这会儿应该到账了。那人真是个无赖,比赛比不过你,就玩阴的,我当时气得都想骂娘。你没看他那群粉丝,还一个劲地替他说好话,这年头有点名气的都是大爷。"

"算了,我又不混那个圈子,以后碰不到面。"

"最好是,不然见了面,我绝对揍他丫的。"于丞之前在北方待过几年,说话不自觉带着一股子大茬子味儿。

"你记着他长什么样了?"

"怎么不记得?顶着一头黄毛鸡窝头。"

"长得好看吗?"

"还行。"

付衍舟笑了笑,说道:"那别让许吱看到这段视频。"

"这都什么时候了,你还有心思开玩笑?"

"我的意思是说,别让她知道我受伤的事,我不想她担心。"

于丞小声嘀咕:"喊,就是吃醋呗。"

付衍舟没听见他的话,或者是听见了也干脆装没听见,想了一会儿说:"你帮我给她发个消息吧,就说我来了个急活,没在店里。"

"这要瞒到什么时候?"

"我伤好以后吧。"

于丞点头,见他掀开被子,问道:"干吗啊你?"

"你开车来了吗?"付衍舟问。

"开了,怎么?"

"你帮我叫下医生,把针头拔了,回家。这地儿太贵了,住不起。"

这难伺候又不听话的大爷。

别人伤筋动骨起码要在医院躺十天半个月,付衍舟倒好,住了半天不到就要回家。

于丞劝不动付衍舟,只好默默打包了下行李,说是行李,也不过是他从付衍舟家里带来的几件换洗的衣服,这还没开封,就要带回去。

.230.

两人刚出医院大门,迎面走来一个西装革履的男人。于丞因为对方梳着个大油头不自觉多看了他两眼,却见男人在与他们擦肩后突然回头。于丞被抓个正着,有些尴尬,心想:咋了,这年头多看你几眼还想打架?

就在他准备撸起袖子对着干的时候,那人往回走了两步,站到自己跟前,问道:"你是付衍舟?"

于丞撇撇嘴,指了指右边说:"边上这位。"

付衍舟闻言看过去,见那人从西装内侧的口袋拿出一张名片,淡笑着开门见山道:"你好,我是速杀俱乐部的负责人,看了你的比赛,觉得你还挺有潜力的,有兴趣做职业赛车手吗?"

付衍舟低头看了看他的名片,没有接。

负责人问道:"你有专业受训过吗?"

"没有。"

"我们会给你提供最专业的训练条件,希望你能加入我们。"

付衍舟摇头道:"抱歉,我没兴趣。"

说完,他偏头示意于丞可以走了。

两人还未下台阶,那人就追上来说:"我们找个地方好好聊聊?现在圈内对你们昨天那场赛事讨论得挺激烈的,我们完全可以利用这个话题好好包装营销,这一撞之仇我会替你报回来。"

闻言,付衍舟站定,转身看向他,问道:"你到底是看中了我的车技,还是看中了我的话题?"

西装男被噎住,想了想才说:"此时对你的议论声正好是你吸引众人视线的最好时机,更何况你现在处于弱势,人们总是会同情弱者。"

"你让我顶着一头绷带出去卖惨?"

那人摊手说:"没什么不可以。"

见付衍舟皱了眉,还没等他开口,于丞就握紧了拳头说:"闭嘴吧你,在我决定抽你之前,麻溜地滚蛋,就你这样的还想在赛车界混呢?"

那人见于丞一脸怒容,再看付衍舟面无表情地盯着自己,尴尬地咳嗽一声,转身走了。

"看他人模狗样的,脑子里装的都是些什么呀?"于丞嘀咕着,见付衍舟沉默不语,他瞪大眼睛,"你不会真被那家伙糊弄了吧?"

"没。"

"那你笑什么呢?"

付衍舟一边走下台阶,一边说:"我就觉得,老于你有时候还挺仗义的。"

于丞提着东西跟上他,说道:"你这人吧,平时说不出啥好话,现在夸我一下,我都觉得你对我有意思。"

"多虑了,"付衍舟说,"我对男性不感兴趣,对年纪大的更不感兴趣。"

许吱下了课就往付衍舟的店里狂奔,左等右等都没见到人。天都快黑了,付衍舟的电话一直处在关机状态。

"那小姑娘是不是来找付衍舟的?"前台的两个妹子小声说话。

许吱竖起了耳朵。

"他都那样了怎么来上班?"

"嘘,小声点,多半是瞒着呢。"

话语声渐渐小了,许吱心里有不好的预感。她低着头快要把手机屏幕按碎了,心口发闷。上午还在跟她发信息的人,转眼之间就音信全无,跟之前离开学校的时候一模一样,绝情得一点儿风声也不透露。

她一时不知道怎么办,在心里打定了主意要在维修店死等。

不知道是什么感觉,说不清是失落还是难过,她像个机器一样站

.232.

在门口，全然不顾自己这个样子会给别人留下什么印象。

天快黑的时候，于丞安顿好付衍舟回来了。

他按照付衍舟的意思给许吱发过信息，没想到会跟她在店门口撞了个正着。

"许吱，你怎么来了？这么晚了还不回家呀？"于丞装作什么都没发生一样，笑着跟她打招呼。

"嗯。"许吱点头，绕过所有寒暄，直接问，"付衍舟呢？"

"他没跟你联系？有个活儿客户指明要他去，还没回吗？"于丞看了下手腕上的表，"估计还没忙完。这样吧，你先回去，等他忙完了我让他给你回个电话。"

许吱不傻，是不是糊弄她，她一眼就看出来了。

"他人在哪里？"她追问。

"你？"于丞实在不知道怎么圆谎，脑子里跟团糨糊一样，现在被她直勾勾地盯着，实话开始在舌尖打转，"你知道什么了？"

"他是不是出事了？"许吱问道。

"啊……"于丞挠了挠后脑勺，"小事。就他跟人赛车，受了点小伤……哎，你别着急呀，你别哭哇。"

许吱以前觉得电视剧里听见喜欢的人受伤就泪流不止是最矫情的桥段，但现在她成了这段戏的主人公，而且还不是哭得梨花带雨的那种。连越说过，她哭的样子最难看。

可偏偏她越想克制自己，眼泪就越是跟从水龙头里出来一样，哗啦啦地流。

于丞慌了，背过身给付衍舟打电话。

"完了，阿舟，我把人给整哭了。"

"你说谁，许吱？"

"你咋这么重色轻友呢？我哄不好，你自己哄去。"

半分钟过去，于丞挂断电话。他在跟付衍舟的对垒中落了下风，转身跟她说:"许吱,我送你去阿舟那儿,你自己骂他去。"

许吱道了声谢,跟着于丞上了车。

付衍舟本来到家后一直是情绪低迷的状态。他躺在床上,脑子放空,盯着天花板,甚至有种灵魂出窍的感觉,他不知道这算不算医生所说的脑震荡的后遗症。后来他接到于丞的电话,知道许吱哭的消息一下慌了神,从床上弹起来,他找了件外套,想去找她。随后在浴室的镜子里看到自己这副模样,觉得自己肯定会吓到她。

付衍舟深吸一口气,坐在床上,直到听见敲门声才缓过神来。

"付衍舟。"许吱转了下门把手,没拧动。

他知道藏不住了,才问道:"什么事?"

"开门。"

"有事吗?"

"开门,"许吱停了一瞬,继续道,"你要是不开门,我会一直敲下去。"

知道她固执起来九头牛都拉不回,付衍舟没跟她再僵持。

门开了,两个人站在门口谁也没说话。

许吱在来的路上,以一种无比惨烈的情形脑补了付衍舟的伤势,但此刻见他完好无损地出现在自己面前,堵在胸口的那口气才慢慢松了些,紧绷的情绪不动声色地汇聚,最后全部凝结在她的眼底。

许吱的眼眶红了。

付衍舟看着沉默不语的许吱,想说些什么,但又不知道怎么开口。与许吱的这种超出普通朋友又说不清道不明的关系,让他觉得现在说什么都不对。

如同以往任何一次一样,他虚张声势地想要表露出自己的闪光点,却总是一次次狼狈不堪。

于丞在走廊见到这情况,赶紧悄无声息地溜了。

·234·

"你还好吧？"许吱先开了口。

"嗯，死不了。"

"我想看看你的伤。"

付衍舟挪了步子，侧身给她让出一条路，说道："先进来吧。"

"喝什么？"付衍舟问。

"我不是来喝水的。"许吱一本正经的回答让付衍舟愣了愣。

许吱低头，声音小了些："我很担心你。"

付衍舟盯着许吱的脸看了一会儿，说道："我真没事。"

顿了顿，他又道："你过来。"

他一边喊着许吱，一边往自己的身边拖了把木椅，搁在脚边。许吱走过去，坐下了。他一低头，朝她那边凑了凑。

他的头上缠着绷带，许吱没敢用手碰，只是里里外外地仔细看着。

"只有额头这一块出了点血，医生说只是轻微的脑震荡，休息几天就好了。"

"怎么弄的？"许吱问。

"开车摔的。"付衍舟没过多描述当时的场景。

他眼皮微抬，目光触及许吱的下颌，再到唇，顿时像被火烧一般撤回视线。

他上半身后仰，跟她隔开一段距离。

"检查好了没，我没骗你吧？真没事。"说完，他无所谓地耸耸肩。

"嗯。"许吱有些不好意思，明明不是什么大事，被她这么一弄好像天要塌了一样。

付衍舟侧眸问道："你手怎么样？"

"啊？"许吱愣了愣。

付衍舟垂着眼睛往下扫了一圈，用玩笑的口吻说："门敲得那么用力，不知道的还以为你雪姨附体了。"

她脸红了,将手藏了藏。

突然,付衍舟的脸色真挚了些,语气也没有了之前的吊儿郎当,轻声说:"许吱,我再也不会躲着你了,我怕你手疼。"

他一张脸那么好看,再加上话说得这么温柔,许吱直直地盯着他,看得付衍舟有些不好意思了。他挠挠头,将衣领立起来,藏住那通红的耳朵,漫不经心地问:"跟你说了这么多话我都饿了,你想吃什么?我给你做。"

"有什么?"许吱问。

"泡面。"

"还有呢?"

付衍舟想了想,答道:"泡面。"

许吱用一副那你还问我的表情看着他。

付衍舟自吹自擂地说:"付大厨出马,一碗泡面也顶得上五星级大厨了,你等着吧。"

许吱哪能真的让一个病人下厨,她拿过付衍舟手里的两袋方便面,推开厨房的门后一把关上了,将付衍舟拒之门外。

一方面是让他好好休息的意思,还有一大部分原因大概是她第一次给除连越以外的男生做饭。要是付衍舟在边上围观,她会手抖。

付衍舟无事可干,于是倚在客厅里的旧沙发上。他突然觉得,从家里独立大概是他做过的第二正确的决定。至于第一嘛,大概是他决定对许吱死缠烂打。

听着厨房里传来叮叮当当的响声,他一直觉得老天对他太过垂怜,给了他浪子回头的机会,尽管他没那么值得老天爷低头看上一眼。

煮一份泡面没用多长时间,许吱盛好端上桌,付衍舟闻着味儿过去,他给许吱盛了一碗推到她那边。

"你先吃,我自己来就好。"她离开座位,找了个一次性的杯子,

.236.

站在电水壶边上等水开,却竖起耳朵等付衍舟尝面之后的反应。

男生吸了一大口面,再喝了点汤,玩笑道:"许吱,你把泡面都煮得这么好吃,是打算以后当个贤妻良母吗?"

许吱脸红了,根本不知道如何回他,端着已经沸腾的开水壶,站在柜子边上没动。

不知道什么时候男生走到她身侧,手臂伸到她前面,一把接过开水壶,拿走许吱手里的杯子,责怪道:"发什么呆,不怕烫啊?"

许吱这才回过神来,等着付衍舟将杯子装满,接过来说:"谢谢。"

她一个下午没喝水,加上被付衍舟调侃得口干舌燥,等不了开水凉下来,看柜子上有一瓶矿泉水,拧开兑在杯子里,仰头满满喝了一大口。

付衍舟吃完面,将碗拿去洗碗池洗干净,出来见许吱双手捂着脸坐在椅子上,走过去问道:"你怎么了?"

"脸有点烫,好热。"她有气无力地回答。

付衍舟视线扫过她喝剩的半杯水,问道:"你喝什么了?"他端起杯子,嗅了嗅,闻到一股酒味。

"我加了点纯净水。"许吱指了指柜子那边。

付衍舟大概明了,见许吱还要喝,马上捉住她的手指,说道:"这不是纯净水,是酒。"

"啊?"许吱回头看了看,瓶身上明明是农夫山泉的包装。

付衍舟解释说:"这酒是老三带过来的,他从他爸的酒壶里偷倒的老白干,据说他爸珍藏了几年没舍得喝。"

许吱摇了摇越来越昏涨的脑袋,蹙眉道:"我刚喝了好大一口。"

付衍舟用食指点了点她的头顶说:"水跟酒你尝不出来呀?心不在焉地想什么呢?不过这酒虽然度数有点高,但好在你兑了水,应该没什么大问题。"

"晕。"许吱托了托腮。

都怪他没事瞎说话。

"你去床上躺会儿吧。"付衍舟拿走她的杯子,倒掉了剩下的半杯水,以免她再次误喝。

许吱咳了一声,僵硬着嘴角说:"不去。"那床单被罩都是他的味道,哪里躺得下去。

"我趴会儿就行。"她软软地伏在桌子上,殷红的脸颊像熟透的苹果,煞是可爱。

付衍舟看了一瞬,挪过眼。

这木桌子是房东留下的,虽然铺了块纯色的桌布,但年代久了,四只桌腿有些不稳。她僵着身子趴在上面,付衍舟都替她累得慌。

"去床上。"付衍舟戳了戳她。

许吱嘟嘟囔囔:"你干吗呀付衍舟?"她声音细细软软的,明明是责怪的话到她嘴里一转,竟有些撒娇的意味。

"你不去我抱你了。"

"我说了我不。"

"再问你一次,是自己去还是我抱你?"

付衍舟又问了一遍,显然耐心已经耗尽。

许吱闻言昂起头,还没等她说话,付衍舟的手臂揽住她的肩膀,只轻轻用力,打横将她抱起走到床边。

许吱吓得都没敢挣脱,她嗅到男生身上淡淡的清香,说不准是体香还是纯粹只是洗衣液的味道,只觉得这股气息一吸进去,直直蹿入胸腔,惹得她整个人一激灵。

她这下才反应过来,手心往侧方摸了摸,想要推开他。

付衍舟冷着张脸,淡淡出声:"许吱,你再乱摸我就把你从阳台上丢下去。"

他这一警告很是有用,许吱没敢再触碰他,只是贴近他胸腔的那边脸越来越红了,耳边一片寂静,只有加快的心跳声,不知是来自他

.238.

的,还是自己的。

等他将她放到床上,许吱敏捷地打了个滚,用被子将自己裹得严严实实,最后只露出两只眼睛,盯着付衍舟说:"你别乱来呀。"

付衍舟这才笑了笑:"你还没醉就开始发酒疯了?"

许吱缩回被子里,没出声了。

付衍舟看着床上连人形都看不出的一团,没多待。

"你有事就叫我,我就在外面。"

人出去了以后,许吱才探出头,对着被窝外面的新鲜空气大吸一口。情绪还在刚刚被他强抱起的怔然中没缓过神来,过了一会儿,她实在没扛住迷迷糊糊的睡意,偏头睡着了。

人在里面睡着,付衍舟在客厅无所事事。他在手机上开了局许久不玩的游戏,兴趣缺缺地玩到中途,越发觉得寡淡,退出游戏,手机退回主屏。

屏幕壁纸上的照片是洛子发给他的,付衍舟嘴上说着不要,手却不自觉地存了。他告诉自己不过是因为图库没存照片,才用作壁纸,并没有其他的意思。

这样的想法欲盖弥彰,连他自己都骗不过去。

付衍舟躺在沙发上,手臂垫在后脑勺,眼睛盯着手机屏幕上的许吱。

她难得披散头发,发梢处微微卷起,有种不同于同龄人的风韵。他与她重逢不过半年,半年前她还带着点婴儿肥,现在她慢慢出挑,额头上有了美人尖,在人群里最吸睛。而她自己却不自知,完全没有漂亮女生的傲慢。

这些年,付衍舟玩得最疯。虽然他很多事都随心所欲,但真正开心的时候屈指可数。他笑,但笑容却没有到达心底。直到遇到许吱,他开始在意她,后来,她的喜怒哀乐也渐渐成为他的。

他克制得住自己的情绪,唯独在她面前不堪一击。

就如此刻,他心头涌上一股成年男生的燥热和心烦意乱。

付衍舟关上手机屏幕丢到一边,顺着窗户往外看,天色渐渐昏沉,已经是黄昏了。

许吱这一觉睡得很沉,醒来时已经很晚了。她轻轻掀起被子,下床蹑手蹑脚地走出房间。她扫了一眼客厅,完全没注意脚边,不小心撞到一把椅子,"咣当"一声响,沙发那边的人也醒了,眯着眼睛坐起来。

许吱吃痛地捂着小腿,瘸着一条腿走了几步。

付衍舟起身过来盯着她撞伤的位置,问道:"疼不疼?"

"没事。"她拖着步子走到沙发边坐下。

许吱咂咂嘴,有些渴了。

付衍舟端了杯水走过去,她摸了摸杯身是温热的,抬头听他说:"我怕你醒来口渴,给你凉了一杯。"

"谢谢。"她抱着杯子一口气全喝了,喝完才想起什么,问道,"这杯子是你平时用的?"

"嗯。"

许吱垂眼,脑海里幽幽浮现几个字——间接接吻。

"还喝吗?"付衍舟晃了晃水壶。

"不……不了。"许吱心里有鬼,舌头一时打了结。

"饿不饿,要不要弄点东西给你吃?"

付衍舟也是刚睡醒,头发乱糟糟的,他自己都没注意,许吱倒觉得他不似以前冷冰冰的,多了点人情味。

"不饿,我手机呢?"她想看看时间。

付衍舟指了指沙发边上说:"你手机响了几次,我没帮你接。"

许吱打开屏幕看了眼,都是妈妈打来的。

她知道再不回去要挨骂了,于是挎上书包说:"我得回去了。"

"等等,"付衍舟在背后叫住她,"有个事儿。"

"什么?"许吱转身。

"我准备回去复读了,"他将搭在椅子上的外套穿回身上,话说完,有些懊悔,觉得特意叫住她跟她说这个,显得他很慎重一样,所以他又补了句,"不是什么大事,就是告诉你一声。"

许吱愣了愣。

她其实之前想过跟他提这个,但害怕他拒绝,所以听到这个消息,她开心得差点儿跳起来。

"那个,我送你回家。"他拿了钥匙,拉着许吱出了门。

在回家的路上,许吱一直在想为什么付衍舟会选择复读。她听于丞说,他现在工作做得很好。他提前走入社会,以最短的时间适应了生活,并且经营得不错。她想过无数个付衍舟的以后,却唯独没想过这个,那他为什么要重返校园?

是因为……她吗?

不管怎么样,这是一件好事,他们最终没有在相交之后越走越远,而是成了能够为了同一个目标而努力的阵线同盟。

至于背后的原因,许吱还没来得及多想就开学了。

对于付衍舟复读一事,学校里对此的讨论沸沸扬扬。新生开学后,不少学妹在学校论坛里闻得付衍舟的大名,偷跑到复读班的教室门口,假装偶遇。

付衍舟两耳不闻窗外事,将刚从综合楼领回来的新书放进课桌。这一届复读的学生全都被统一安排到一个班里,复读班比正常毕业班早开学一周,付衍舟进班的时候,班上的同学已经学得如火如荼了。

大家都是经历过一次高考的人,班上的气氛紧张,连下课时间都极少有人出去。

付衍舟做了半张试卷,手机里老三发来三条信息——

"舟哥,你什么时候回学校的?我竟然是最后一个知道的。"

"怎么会突然决定复读?"

"到底为什么啊?"

满屏的问号看得付衍舟眼睛疼,他没回。在上午第四节课下了后,老三发来第四条信息:"不管你做什么决定,哥们儿都支持你。"

老三终于没再追问,付衍舟关上手机,将全部精力放回数学试卷的最后一道大题上。解完时,下课铃声正好响起,他写完最后一个步骤,将因为思考而拧坏的笔帽扣回签字笔上。

他独自一人去食堂,路上有人拍了下他的肩膀,付衍舟回头一看,许吱一张笑脸倒映在他眼底。

"巧哇。"她伸手打招呼。

何灵小声嘀咕:"巧什么巧,你专程等在这条路上,算准了这个点他会去食堂,刻意制造的偶遇。"

她一脸姨母笑地盯着两人,觉得好看的人站在一起,分外养眼啊。

许吱说:"大忙人神龙见首不见尾,都开学半个月了都没见过你一回。"

付衍舟转身跟她一起去食堂,说道:"两个班隔得有点远了。"

许吱撇撇嘴,小声说:"还以为你回了学校我们能有很多时间待在一块儿呢。"

付衍舟回眸问道:"你说什么?"

"没什么。对了,维修店的工作你还做吗?"

"嗯,于丞让我转成兼职。"

三人一起走到食堂二楼,正值饭点,打菜窗口熙熙攘攘,不少人朝他们这边看过来。

许吱去饮品窗口买了三杯喝的,正值付衍舟端着两份饭从队伍里出来。

"要喝吗?"她亮了亮手里的柠檬水。

"嗯，你帮我插上吸管吧。"他手里拿不下。

许吱"哦"了一声，低头从袋子里拿出一杯柠檬水，将吸管插好，很自然地递到他嘴边。

付衍舟愣了愣："呃，你……"他没想她喂他。

许吱看了眼他的神情，又看了下自己的动作，这才反应过来，可此时撤回手有些尴尬。

他怕她手举得酸了，低下头，喝了一口。

"吃饭吧，"许吱笑了，"坐窗户边去。"

中途何灵跟同班的几个同学一起吃饭去了，只剩两个人单独在一块。

"你在班上还习惯吗？"

"还行，"付衍舟顿了顿，"任科老师大部分都是之前教过我的。"

许吱羡慕道："真好，我们的老师都换了，最近一直在赶进度，好难适应。"

"习惯了就好。"

他饭吃了一半，见许吱没怎么动筷子，问道："怎么不吃？瘦得跟竹竿一样。"

"我才不是竹竿。"许吱被刺激了，硬要跟他比一下，将衣袖卷起，亮出小臂，"你这段时间比我还瘦好不好，我高二可是在运动会上得过奖牌的。"

付衍舟难得放松地笑了笑。

许吱继续说："真的，你又不是不知道，我篮球打得也还行。有时间咱俩PK一下。"

"可以，等这个月模拟考结束。"

说到考试，许吱顿时没了精神，蔫蔫地说："听说这次考试是跟一中联考，我暑假上了那么长时间的补习班，要是这回再考不好，得挨训。"

"许吱。"

"嗯?"

"咱俩比一比,看谁会先进年级前一百名。"

许吱来了兴趣:"赌什么?"

"你想要什么?"

"嗯……暂时没想好,到时候再说。"

"行啊。"

许吱笑眯了眼,说道:"那一言为定,击个掌。"

付衍舟嫌幼稚没动,手腕被许吱抓过去,强行互拍了一下掌。她无意间看见他袖口沾了一点儿油渍,她抓住他的手腕,拿卫生纸擦了又擦。

"放手。"食堂人这么多,被见到又要传谣言了。他无所谓,只是怕她受欺负。

"没事,很快好了。"女生低着头,阳光落在她的耳后,泛红透亮。

她握住他的手心有点凉。

"好了。"过了一会儿,她松开手。

付衍舟撤回手臂,按住那一块也跟着冰凉的皮肤,随后装作没事人一样,继续吃饭。

"对了,"许吱将自己一路拿到食堂的黑色袋子递给他,"你看看你用不用得上。"

"什么?"付衍舟问完,见许吱没答,便打开袋子。里面是一本厚厚的笔记本,不是外面卖的那种,有点像手工的记事本。

"连越上了清华,他的笔记千金难求,我们家的门槛都快被踏破了。不过没人比我有优势,他全部给了我。我想着肯定不能吃独食啊,就整理好打印了一份,装订成一册,你肯定用得上。"

这些笔记不是一时半会儿能整理完的,她花了不少心思。

而在这本笔记的边上,还有一个暗蓝色的四方盒子。

·244·

付衍舟打开,盒子里放着一条黑色的运动腕带。

"那个……"许吱说得磕磕绊绊,"我陪连越逛街的时候买的,算是送给你复读的礼物。"

见他看着自己,她挠挠头,装作轻飘飘地说:"你看着办吧,要是不想要,丢了就是。"

"谢谢,我很喜欢。"付衍舟眸光亮晶晶的。

许吱想,这个家伙实在是知道他自己的优势,他那张俊朗且360度无死角的脸只要出现在她眼前,就能轻易撩拨起她暗藏在心里的无数情愫。

她瞬间精神了,埋头吃了几大口饭,心想:许吱啊许吱,你什么时候变得这么傻了?

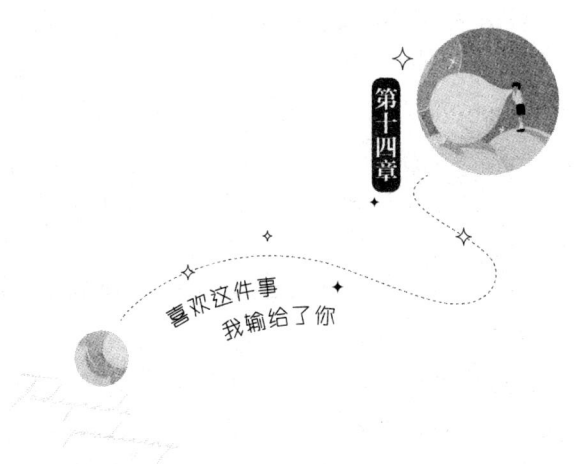

第十四章

喜欢这件事
我输给了你

　　一连好些天，许吱埋头苦读，连周末都约不出来了。何灵还在纳闷呢，后面得知她跟付衍舟打赌一事，笑称爱的力量的伟大。
　　许吱对何灵的调侃并不反驳，反正怎么解释都没用，还不如把付衍舟当成学习上的动力，多做几道练习题。
　　她在学习日历上圈出考试时间，发现出成绩的那天正好是七夕。顿时，她学习的劲头更足。
　　微信上来了信息，是老三发过来的："许吱妹子，睡了没？"
　　许吱："你有事啊？"
　　老三："有，过几天你有空吗？"
　　许吱："得等测验以后了。"
　　老三："行啊，上次你们帮了洛子的大忙，她的参赛作品得了银奖，想让我约你们出来答谢。"
　　许吱："行啊，蹭饭我最在行了。"

老三:"我都想好了,咱们一块去看电影吧。舟哥那边你跟他说一声,我就不单独给他发信息了。"

许吱:"……"

他们组的局,怎么让她去约他。

话说得好像她能做得了付衍舟的主似的。

许吱眼珠子转了两圈,想到是看电影,她脑海里便浮现出跟付衍舟坐在昏暗影院的场景,脸颊泛起一抹红晕。

她在房间里来回踱了两步,牙齿快把拇指盖儿咬秃了,才拿起手机,给付衍舟打了个电话。

付衍舟刚下班,一个人往家走。

他看清是谁打来的电话后,找了个亮一些的地方接通了。

许吱听出了电话那头的车流声,问道:"你下班了吗?"

"嗯,有事儿?"

"哦,老三刚打电话来,约我们去看电影,我把时间定在考试后了,你去不去?"

正值盛夏,马路边上摆满了小摊,忙碌了一天后人们开始了欢腾的夜生活。

付衍舟听着电话里头的女声,笑着说:"如果你考得好的话,我可以考虑。"

"行,"她顿了顿,"但如果那时你不去的话,那我也推掉好了。"

"你不是很想出去玩吗?"

"你不在,感觉挺没意思的。"

付衍舟嘴角依旧弯着:"你考试复习得怎么样?别到时候输给我。"

"我很努力地在做题好不好,要不要我给你拍一下?"

"行啊。"

许吱咬了口妈妈之前端进来的水果,嚼了两下,喊了声:"反正你就等着年级大榜吧。"

付衍舟点头说:"那拭目以待。"

夏夜的风从窗户里漏进来一些,吹起几页搁置在一旁的草稿纸。

卧室门"咯吱"一声响,妈妈走了进来。

许母替她收拾了吃完的水果盘,问道:"怎么还在看书呢?已经十点多了,可以休息一会儿。"

许吱笑着说:"我发现我上了高三你反而对我管得没那么严了,以前天天催着我学习呢。"

许母轻轻敲了下女儿的脑袋,说道:"我是看你自觉,学习重要,但要注意劳逸结合。"

"这话谁告诉你的?"

"你哥打电话回来说的。"

"嘿,还是他说的话好使。他在北京还好吗?"

"嗯,听他说话的语气,应该适应得很不错。"

许吱点点头。

许母端着盘子出去,关上卧室门之前说:"早点休息,明天得早起。"

许吱应了一声,又做了半个小时的题,收拾习题册前还不忘给付衍舟拍张照片发过去。

付衍舟的手机振动起来,他刚洗漱完,准备睡了。

他在床上躺下来,才打开微信。

许吱发来的照片里,还真有写完的几张试卷。

是来跟他汇报进度了。

他笑了笑,许吱的字带着女生独有的娟秀,她学习认真仔细,就连草稿纸上都没有乱涂乱画,整洁得跟印刷出来的一样。

他放大照片,在玻璃窗户上看到她的身影。

付衍舟换了个姿势侧躺着,又将照片看了一遍。夜色暗蓝,从窗户里落进一点月光。他看完手机,将它放在床头柜上,双臂垫在后脖颈,在夜色中沉沉睡去。

A市夏天漫长,电视机里前几日还在大肆报道全球变暖的事,哪知一阵暴雨之后很快转凉,气温急转直下。

许吱不知道是不是昨天晚上没关窗的缘故,第二天就感冒了。

一整堂课许吱都在打喷嚏擤鼻涕,在老师讲课时闹出不小动静,老师被打断好几次后,瞥过来警告的眼神。

好不容易下课,何灵走过来见她课桌边一袋子用过的卫生纸,啧啧两声:"许吱同学,你这轻伤不下火线哪。"

"少贫。"许吱没好气地睨了何灵一眼,有气无力地趴在课桌上,抬眼皮的力气都没有。

何灵不知道从哪里拿出来一盒感冒药,在她眼前晃了晃,说道:"喏,给你,保证药到病除。"

"哪儿来的?"她哑着嗓子问。

何灵歪着脑袋看她,笑容暧昧:"自然是有心人送的。"

闻言,许吱噌地起身,动作幅度过大,脑袋又晕了几分,但她丝毫没顾及这个,惊喜地问:"付衍舟来了?"

她扭头往教室前门后门都看了几眼,又问道:"人呢?"

"早走了。"

"哦。"许吱又恢复到先前的状态,手指拨弄着药盒,"不早说。"

她脑子里还在想着这个星期的考试,要是持续这个状态,进年级前一百肯定没戏。她哀号了一声,从桌肚里翻出一本习题册,头疼鼻塞地写着题。

这种状态一直持续到联考那天。

妈妈让她干脆请个假去医院看看,许吱连忙推辞了。许母头一回见女儿这样用功,倍感欣慰的同时又有些心疼。只有许吱知道自己的心思——如果这次跟付衍舟的打赌赢了,就能名正言顺地跟他要礼物了。

见她笑得像个傻子,何灵敲了敲她的脑袋瓜子,问她是不是烧糊涂了。

许吱一昂头,说道:"头可断,血可流,考试得分不能丢。来,咱俩拥抱一下,鼓舞鼓舞士气。"

何灵照她的话做了,然后看着她大摇大摆进了考场,一脸蒙。

整场考试不难,但许吱发挥得一般。这还不算惨,恐怖的是各科老师改试卷的速度相比高二已经有了质的飞跃,在考完试的第二天,大部分试卷已经发下来了。

她算了算总分,根据之前排名,要想在年级排上个好名次难于登天。

许吱原本的成绩在班上不算优异,但好好努力,上个一本没什么问题。鉴于她最近的身体情况,班主任生怕她因为这次考试的失利丧失了对高考的信心,将她叫去办公室语重心长地来了一次交谈。

她倒没有因为这次的成绩难过,只是在年级排名榜张贴出来的那天,看到付衍舟也过来了,捂着脸背过身子,转身要跑,却被身后那只手活活拎了回去。

"跑什么?"他盯着她的眼睛问道。

许吱眼神乱窜,早在榜单的前一百名中看见付衍舟的名字,此时磕磕绊绊地说:"恭喜你呀。"

男生抱着手臂看她。

许吱迎着他的目光,找回自己的声音:"你看什么?"

"我是在想,你是不是要一直躲着我了,早知道我不该跟你打赌。"

"我才没有这么小气,"她挺胸抬头,"再说,你这次超常发挥还不是因为我的笔记,按照这个来,我也算你半个老师了。"

.250.

付衍舟双眸亮了亮，忍住笑，毕恭毕敬地回了声："那谢谢老师了。"

许吱瞪他一眼，说道："不客气！"接着要走。

"站住！"付衍舟在身后喊她。

许吱回身，装作坦然地说："我得走了，晚了食堂的糖醋排骨要被抢光了。"

付衍舟无语，这个吃货。

他三两步追上她，问道："明天几点会合？"

"啊？"

"啊什么？老三请客你不去？"

"你不是说……"许吱抿了抿嘴，没继续说下去。

男生堵在她的前面，俯下身，眼里闪动着狡黠的光，说道："就当谢师宴好了。"

这个得理不饶人的烂人！

许吱气不打一处来，伸手就要给他一下。男生往斜侧方一躲，轻易避过，但他脚底踩中一颗石子，长腿没站稳，险些摔倒。这事发生在他身上实在有点搞笑，许吱没忍住，乐了。

付衍舟没想到她这么容易被逗笑，之前在心里排练了数百遍安慰的话还没用上。

跟他说了一会儿话，许吱低沉的心情已经好很多了。她跟他摆手，朝着自己的教室走去。

"药记得吃。"付衍舟在她背后喊了句。

许吱眼角噙着笑，转头看他还站在原地看着自己，顿时感觉昏昏沉沉的脑袋一下清醒了。

秋风萧瑟。

天下着小雨，从清早开始就没停过。

雨太大，出行的人也多，公交车上挤满了人，闷得许吱喘不过气来。她手里的伞还在滴水，顺着伞柄一直滴在她的皮鞋上。她脚底滑滑的，原本她穿着这双鞋都不好走路，现在更是一歪一扭的，姿势奇怪。

车上还在不断上人，后门象征性地开了一下，见没人下车，恹恹地合上。不知前面发生了什么，有人大声争吵，司机制止后也无果，索性不再管。许吱晕车晕得厉害，还没到站就下车了。

冷空气瞬间让人清爽了些，她撑着伞，走了两站，远远看见老三跟洛子在广场门口冲她招手。

她目光移了移，付衍舟就插兜站在那俩人边上。

许吱快步过去，在老三他们打招呼的时候，付衍舟默不作声地接住她手里的雨伞。

他凑过来的时候，许吱嗅到了他那边淡淡飘过来的清香，她有些恍惚，想起付衍舟以前从来不喷香水的，他讨厌一切非自然的味道。

她还在恍神，洛子一把抓住她的胳膊，凑近小声道："过节呢，付衍舟有说送你什么没有？"

"啊？"

"啊什么，他还不是看在你的面子上才肯赴约的。老三单独约他，他直接就拒绝了。"

许吱想了想，说道："估计是不想当你俩的电灯泡吧。"

是个人都不会自在，更何况是付衍舟？

洛子一摆手："算了，你俩都榆木脑袋，不管了。"

说话间，去取电影票的两个男生已经过来了。付衍舟手里抱着一大桶爆米花，还有两杯饮料，把其中一杯递给她。

许吱摸了摸，是热的，扭头问道："这什么呀？"

"热可可，"他侧了侧身子，示意她走前面，"你感冒，不宜喝冰的。"

.252.

许吱点点头,歪着脑袋问:"电影院不是只卖可乐、橙汁吗?"

付衍舟轻笑:"你到底有没有跟人看过电影啊?"

"第……第一次又怎么了,我又不来上班,谁规定需要经验的。"

"哦,"付衍舟挑眉,"那你要不要抓着我?"

他伸手过来。

"为什么?"她总觉得有诈。

他看了眼腕上的手表,说道:"电影已经开始了,里面黑,怕你摔跤。"

他什么时候这么体贴了?许吱伸手过去拉住他的手。

"我让你抓着我,可没让你牵我。"

闻言,许吱脸红一阵白一阵,大概是刚才那口可可壮了胆,她仰头盯着付衍舟,问道:"牵都牵了,你想怎样?"

一句话将付衍舟刚到嘴边的揶揄堵了回去,他抿了抿嘴没声了。

老三在边上看得好笑,只觉得恶人也有人治,一下乐不可支。

情人节里最叫座的就是爱情片,影院里人不少,基本都是情侣。这样的片子很适合秋天,缠缠绵绵,跟这个季节一样。

许吱从未想过有一天会跟付衍舟安安静静地坐在一起看这种片子,知道他不是个对这种爱恨别离有共情的人。

果然,边上的人低头看了一会儿手机以后,大概觉得实在无聊,将一整桶爆米花塞到许吱怀里,提醒道:"吃东西呀。"

没过多久,他又递过来薯片、面包,甚至还有麦当劳的炸鸡块。

许吱蹙眉,这人是开小卖部的吗?真不知道他那个背包里还装了什么东西。

他见许吱没动静,又问道:"想吃什么,我帮你拆。"

"不用,"许吱侧头小声道,"我不饿。"

"算了,我来给你拆吧。"

窸窸窣窣的声音传来,惹得前座的人频频回头。

许吱拍了拍他的手臂，示意他停下动作。付衍舟没看明白，见她的手突然伸过来，愣了愣，抓住了。

许吱瞪着眼睛看他："付衍舟，你干吗？"

男生低声说："是你主动伸过来的。"

"我没有。"

"那你什么意思？"

许吱无奈道："我的意思是，你安静会儿行不行？"

付衍舟哼哼一声："有什么好看的，不都是你喜欢我我喜欢你的，你不也没认真看。"

"才不是。"

许吱挣脱他的手，却被付衍舟紧扣住手腕。

两人一来一回，像武打片里的宗师高手。

"好吧，我认真看，你告诉我，情节进展到哪里了？"

两人刚才闹出的动静略大，前面的人回头瞪了一眼。

许吱往付衍舟那边靠，凑近他的耳边，小声说："刚刚，他们接吻了。"

她温热的气息喷在他的耳郭，付衍舟浑身如同触电一般。

幽暗的影院，女生的唇瓣明明已经离开，他却觉得她留下的气息还在，那块被她靠近的皮肤开始灼热。

许吱还想说什么，却见边上的男生突然一把按住她的肩膀，将她斜侧向他的身体扳正，迫使她离他远些了。

"干什么？"许吱吓了一跳。

付衍舟的手还搭在她肩上，心里想着：她的肩膀怎么这么薄啊，平时的饭都吃到哪里去了？

"你还是好好看电影吧。"他撤回手，轻声回了句。

电影的下半场付衍舟突然变得很安静，许吱都有些不习惯了。

彩蛋结束，电影散场，付衍舟长长地伸了个懒腰。

·254·

许吱瞥了眼他疲倦的脸，小声嘀咕："你这不是浪费一张票吗？"

"嘀咕什么呢？"他听见了，故意装作没听见。

许吱摆手道："没什么。"

她站起身，边上有人要从她面前经过去出口，座椅之间的距离太窄，根本容不下两个人，眼看着那个男生抱着的半桶爆米花要泼在她身上，付衍舟一把抓住她，像护小鸡崽一样把她护在怀里。

影院的灯突然亮了，她扭头见爆米花从他右肩倒下来，这一幕在她眼前慢放着。

付衍舟眉头蹙起，低头问她："你没事吧？瞎给别人挤什么？"

许吱平复了下呼吸，回道："别人有急事要出去，总不能不让吧。"

付衍舟神色不虞："让他等着。"

许吱被他噎得没话了。

四周的人散得差不多了后，两人才往外走。付衍舟肩上还有爆米花的碎屑，许吱伸手帮他拍了拍。付衍舟耸了耸肩，不甚在意。

老三跟洛子的座位跟他们不在一块，许吱心里猜测肯定是老三早有预谋，想跟洛子单独相处。他俩已经出去，此时等在门口。

老三见两人过来，瞧瞧这个，又瞧瞧那个，一侧身溜到付衍舟身侧，悄声问："怎么样？"

"什么怎么样？"

老三一脸看好戏地说："别装啊。不是你特意要求跟许吱单独坐一块的吗？整整两个小时啊，就没发生点什么？"

付衍舟摇头。

老三感叹，看来长得好看也没什么用嘛，追女孩的道路上还不是同样艰难。

他顿时生出一种同情，拍了拍付衍舟的肩膀。

老三腹诽道：虽然兄弟情深，但哥们儿也尚未成功啊，兄弟保重。

老三问道："有喝的吗？"

"干吗？"

"给我一瓶。"

付衍舟从背包里翻出来，递给他。老三双手接住，转头就去给洛子献殷勤去了。

老三对一个女生的好异常直白，两人在前面你推我搡好一阵打闹。许吱看着，有些羡慕。上了大学就可以对一个人肆无忌惮地表示好感吗？就可以明目张胆地喜欢一个人了吗？她有些憧憬那个时候了。

所以毕业后，自己第一件要做的事是什么呢？

许吱盯着洛子因跑动而翻飞的裙摆，她漂亮又自信，化着淡妆，脸上带笑。

许吱低头看了眼自己的打扮，自己没有太多款式新颖的衣服。妈妈对许吱要求严格，为了不让许吱有别的心思，平时除了校服，其他衣服也买得宽大肥硕。

她不再确定她所想的那件事，她过于怯弱了。

"喝水吗？"付衍舟走过来问。

许吱摆手："不用了。"

"快到饭点，吃点什么再回去吧？"

"我不太饿。"

"那吃点快餐？"老三在前面听见他俩的对话，出声提议。

付衍舟随手指了前面一家店说："就去那里吧。"

洛子笑着搂住许吱的胳膊："你们这么为我省钱哪，那走吧。"

他们进的是一家湘味小吃铺子，餐要去前台点。

"吃什么？"老三问两个女生。

付衍舟将雨伞递到许吱手里，说道："我给你点吧，你去找个位置。"

老三嘴巴张大成O形："你还记得住她爱吃什么呀？"

"嗯。"

洛子睨了老三一眼："你不记得我爱吃什么吗？"

老三有种自己挖了个坑跳进去的懊悔，挠挠头说："我俩吃饭次数太少了，记不住正常。"

他注意到洛子神色不太好，凑过去死皮赖脸地说："接下来的半学期你都跟我一起吃饭吧，这样我肯定能记住。"

女生没好气地给了他一记栗暴。

付衍舟余光瞥见许吱在找座位，快速地点了餐，没真要洛子请客，自顾自地付了钱。就在洛子埋怨付衍舟太见外时，他留意到许吱那边传来一阵吵嚷。

他扭头看过去，听见有个女生惊呼："同学，你的鞋……"

付衍舟小跑着过去，看见许吱涨红着脸站在一边，对面一个男生不住地在道歉："对不起呀，是我的原因。"

许吱看着周围投过来的目光，心想他还不如不道歉，这下把所有人的视线都引过来了。

她只是在对方的冲撞下崴了脚，那鞋子本来就大，这下彻底从她脚上脱落，连同里面的填充物都掉了出来，滚了两圈，惹人注目。

偏偏是今天，她丢尽了脸。

付衍舟长腿迈过去，一把拉住许吱，用眼神询问她怎么了。

许吱不知道怎么说。

肇事者还在道歉，付衍舟不客气地说："道歉有用的话，还需要警察？"

那人一下被噎住。

"你还好吗？"他低头问许吱。

"没事。"

"你脚起来一点儿，我帮你把另一只鞋脱了。"

付衍舟蹲下身，动作极度轻柔，将两只鞋拿在手上，弯腰背对着她,说道:"上来吧。"

许吱没动。

他没再礼貌地询问她的意见,直接拉住她的手臂,将她整个人带到自己的背上,背着她一路走了出去。

餐馆里的女生投来艳羡的目光,敲打着自己的男友:"你看看人家,多会玩浪漫,就你是个榆木疙瘩。"

还在前台的老三跟洛子对视一眼,老三正要跟上,被洛子拉住:"你去捣什么乱呢?"

许吱喊道:"付衍舟,你放我下来。"

付衍舟一言不发,走到没人的地方才将她放下,然后又沉默着走了。

许吱坐在路边的椅子上发呆,不一会儿,人回来了,手里提个袋子。

他走到她跟前,半跪着将新买来的运动鞋穿在她脚上,随后站起来,双手揣进兜里。几秒之后,付衍舟突然笑了笑,半开玩笑似的说:"你脚还挺好看的。"

许吱瞪了他一眼。

"饭还吃吗?"

许吱搓着手指说:"我想回家了。"

付衍舟点头道:"我送你。"

许吱静静地看了他一眼,没有拒绝。

外面的雨已经停了,时间还早,也不知道要做什么,两人就在回家的路上溜达。

许吱一般心情不太好的时候就不爱说话,突然听见边上人叹了口气,于是问道:"你怎么?"

付衍舟皱了皱眉头说:"我想起刚刚那顿饭钱都付了,白便宜老三那小子。"

许吱以为他当真心疼钱，低声问："多少钱哪？咱们AA。"

付衍舟正在拉外套拉链的手一顿，瞄向许吱："AA就算了，要不你送我个礼物？"

"我为什么要送你礼物？"

付衍舟故意白了她一眼，说道："装什么呀，你不知道今天全世界的人都在过节？"

"那关我们什么事。"许吱撇撇嘴。

"你既然这么小气，找我要礼物也行。"付衍舟伸手去摸她的头发，许吱缩了缩脑袋，他觉得她刚刚下意识的动作可爱至极。

"你不要我钱，反倒给我送东西，不是做赔本买卖吗？"

"成年人挣了钱，总会在某个人身上赔本的。"

"谁说的？"许吱不信。

她认真的样子把付衍舟逗乐了，咧着嘴笑："许吱，你真是呆。"

"你不会真的为我准备了礼物吧？"

"没有。"

"那你还说，付衍舟你太恶心了。"

许吱又被他戏弄，气得甩开他大步往前走。

"喂喂喂！"男生还在后面追着，"你跑什么？"

她侧眸，付衍舟已经走到她身边。

"你一个小姑娘怎么脾气这么大，礼物我是没准备，这不是问你了吗？巧克力和花太俗了，配不上你的气质啊。"

觉得付衍舟又忽悠她，许吱恨不得啐他一口。

"你说啊，别扭什么？"

许吱转身说道："你回家吧，我也走了。"

"哦。"付衍舟应答了。

许吱站在原地看他走去最近的一个公交车站，人被站台挡住，再也看不见。

她抬头望了望天,可能马上要来一场大雨,天空暗沉了些。

她感觉到脖子上的凉,提着一口气往家里走。

心里像有一团棉花堵着,脚上因为换了一双运动鞋,走起路也快了些。

途经一个小公园,许吱走进去,坐了一会儿。

她一时觉得自己有些矫情,但不知怎的,眼睛轻轻眨了眨,温热的泪水从眼眶里涌了出来。

她垂着头,眼前突然出现了一双鞋,鞋子落定在她面前,许吱循着它去看主人的脸——付衍舟满头大汗,喘息不停。

"我就知道你……"他话说到一半,看到许吱挂满泪珠的脸愣了愣,"你怎么了?"

许吱别过脸:"没什么,我就是觉得有点丢脸。"

付衍舟拧着眉头看向她,问道:"你是怕老三跟洛子笑话你吗?"

"也不是。"

付衍舟静静地看了她几秒,如果不是因为他们,他想不出为什么她这么难过。

经过的路人朝两人投来不解的视线。

他脱了外套,盖在她头顶。

许吱只觉得视线一黑,再看不到任何东西,说道:"你干什么?拿走。"

她正准备伸手扯下,却听付衍舟说:"这样没人看到你,你想哭就哭吧。"

许吱停下动作,黑暗中她的目光没有落点,只得低下头。

付衍舟以为她哭得更凶,心里烦闷,想了一会儿说:"也许你被其他事转移注意力就不会这么难过了。"

许吱猛地站起来,将衣服还给他,指着他说:"我这次真回家了,你别跟着。"

.260.

她使出浑身解数装出一副凶狠的样子,实际就如同一只亮着猫爪子却不敢真正挠人的小猫。

她的身影消失在人群中。

付衍舟愣愣地看着,突然轻笑了声。

他在长椅上坐了好一会儿才站起身,往公园门口走去。主干道上的人群熙熙攘攘,付衍舟估算了下回家的距离,走了离家最近的一条路。

民国风味的步行街限制车辆通行,一路上只听得到自行车的铃声。道路的两边种着樟树,到了秋季也郁郁葱葱。路的尽头有个摆摊卖花的老奶奶,在这样的节日,虽然花束应该很畅销,可她的小摊因为只卖些小盆栽而冷冷清清。

付衍舟路过,见老奶奶的白发在冷风中飘荡,放缓了脚步。

老人见他停住,翕动干裂的枯唇,笑着问:"要买植物吗,喜欢哪样的?"

他随便指了一盆乳白色的小花问:"那是什么?"

"玛格烈菊,"老人答,随后又问,"你有喜欢的人吗?送这个很合适。"

付衍舟觉得情人节送人菊花怎么想怎么奇怪,不过他也没真的想送人,他只是在瑟瑟冷风中生了点恻隐之心。

老人将小盆栽细心地包好,递给年轻人,另一只手接过钱,将纸币包在绢布里。

"它有花语吗?"付衍舟随口一问。

老人在进货时做好了功课,笑着答道:"沉默的爱。"

他抱着一盆花回去,天色渐渐暗下来,那叶脉细小的植物在空气中散发着淡淡清香。

虽然在一个学校,但许吱有心避开,再加上两人的班级不在一块,所以自从发生这件事之后,许吱很久没再跟付衍舟见面。

高三时间比任何时候都要快,一转眼,冬天已经来了。

老三追了洛子快半年,两人关系终于在那次情人节之后有了进展,你侬我侬地谈着恋爱。老三情场得意,约会之余来找付衍舟的次数也勤了许多。

付衍舟从维修厂做完兼职,老三像算好了时间出现在楼下,提着几大盒烧烤笑嘻嘻地看着付衍舟。

老三跟洛子在两个校区,每次约会完送人回宿舍,再回来已经过了门禁的点,只能去付衍舟家里。

付衍舟晚饭已经吃过了,很少有再吃宵夜的习惯。老三在客厅吃了烤串,扭头看付衍舟在里面闷头做事,心里疑惑这人半夜了不睡觉还在干什么。

老三起身往卧室里走,看见付衍舟的桌上放了一整套工具,手里不知道拿了什么,神情极为专注。

他走近了才看清桌上摆着一只鞋的模具,还有一堆皮制品,付衍舟正穿针引线,老三嘴里咀嚼的鱿鱼差点儿一口喷出来。

"这半夜的你在干什么呢?"

"做鞋。"付衍舟没抬头。

"你还接了这种活呢?"

"不是,我给朋友做的。"

老三搬了把椅子坐过来,好奇地问:"你怎么会做这个的?"

"在一个私人订制的地方学的。"

老三坐着看了半天,皱眉道:"你省电也应该开着灯吧,这个台灯的光线太暗了。"

"我觉得还好,你要是不习惯就开吧。"

老三起身把卧室的灯开了,重新坐回去,问道:"给许吱做的?"

·262·

付衍舟停下动作,瞥向他:"你怎么猜的?"

"我又穿不上这么小的鞋,总该不会是送给我的吧。"老三憨笑。

见付衍舟撇嘴,他又问:"真给许吱做的呀?"

付衍舟疲倦的脸上有了笑意,点头道:"嗯。"

"我天,你竟然为了许吱做鞋?你这双手以前拿刀拿棒的,现在竟然拿起了绣花针,这还是我的舟哥吗?"

"不是,你可以走了。"

老三伸手说:"让我看看你做到哪一步了。"

"别动。"付衍舟打掉他的手,一脚将他坐的椅子蹬远了些。

老三欲哭无泪:"别人是兄弟如手足,女人如衣服,你怎么这么重色轻友?我告诉你,我心理不平衡了。"

付衍舟嗤了他一声。

"你为什么想起给许吱做鞋呀?是不是因为之前她出了丑?"老三凑过去问。

付衍舟难得耐心地回了他一句:"我不想她以后想起情人节,会有一点儿难过。"

"没了?"

"她人生的第一双高跟鞋是我亲手做的,不觉得特别吗?"

"情圣啊。你这做鞋的耐心我是没有,还有别的什么招也教教我,我也学学。"

付衍舟骂了句"滚",低头做自己的事了。

"你这要是再追不上许吱,我把名字倒着写。"

付衍舟瞥了老三一眼:"谁说我要追的?"

"你敢说,你不是到现在还喜欢着许吱?"

付衍舟垂眸看向别处,淡淡地说:"我喜欢她,但我没想追她。对她好是我自己的事,我不喜欢追这个带有目的性的字眼。"

老三被他绕糊涂了,不知道他到底在说什么,摇了摇糨糊一般的脑袋,问道:"喜欢的最终结果不就是要在一起吗?难道你不想跟许吱在一起?"

　　付衍舟放下做了一半的鞋具,看了眼被针尾戳得通红的指腹,喃喃道:"我喜欢她,如果她喜欢我那当然是最好的,如果她不喜欢,我也不会怨怼。"

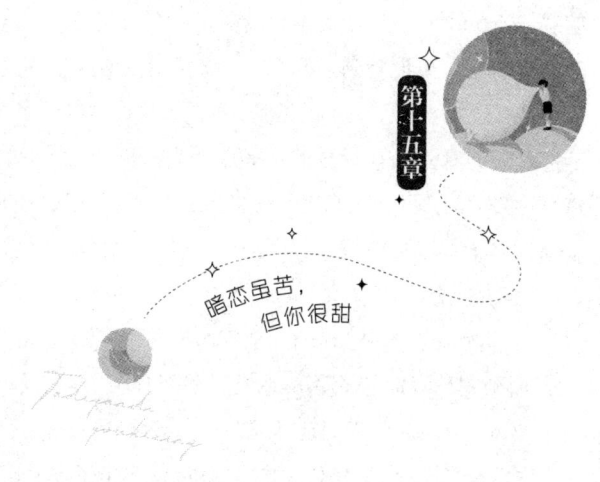

第十五章

暗恋虽苦，
但你很甜

入冬之后，各班班主任在墙上做了计时板。寒冷时节，教室里因为琅琅的读书声，显得热气腾腾。

"哎，你有没有觉得，本来不紧张，一看到墙上的数字就忍不住暗示自己得多做几道题。"李奇一边擦黑板，一边对在教室后打扫卫生的顾以择说道。

"能起到激励你的作用还不好？"顾以择头也没抬，淡淡答道。

"你成绩这么好，当然不担心高考了，你说你都已经拿到了保送名额，还留在学校跟我们一块复习，这不是诚心虐我们这些学渣吗？"

"行了啊，陪你一块儿准备高考还不乐意？"

放学后的值日已经接近尾声，刚刚还在讲台上擦黑板的李奇突然跑过来，碰了碰顾以择的肩膀，小声说："哎，你知道刚刚谁路过了吗？"

"谁啊？"

"许吱。"

顾以择太久没听到这个名字，突然抬头看向窗户边，哪里还有人影。

李奇笑着跳坐在后排的课桌上，弹去手背上落下的粉笔灰，问道："你不是陪我一块高考，是想多在学校留一段时间，多看她几眼吧？"

"瞎说什么？"

"你喜欢她我早就知道了，全班都知道。"

见顾以择垂眸，李奇不解地说："奇了怪了，你真没有告诉她吗？我记得高二有段时间你们走得很近……"

顾以择没接话，去座位上拿了书包，快步出了教室。

天色已经暗了，校园里到处都是寒霜，冷得他走在操场上忍不住一个激灵。顾以择突然想起夏天的时候他将许吱约出来，终于鼓起勇气吐露了心意，结果被女生拒绝的情景。付衍舟说得没错，他输得很彻底。

现在高三了，他更不该再去影响她。

高中生涯的最后一个冬天，听说运动员的冬训是最能出成绩的时候，这句话用在文科生身上也是一样。班主任每次小考都挨个给学生总结经验，这种方法很是奏效，许吱的成绩已经提高了不少。

她经常会在年级大榜上查找付衍舟的名字，两人一前一后追赶，以此为乐。

A市一到冬天就下雪，外面飘着雪花，图书室的人渐渐少了些，稀稀疏疏的人里，许吱跟付衍舟并排坐在一张桌子前，安静的室内只听见沙沙的写字声。

图书馆的空间很大，虽然开了暖气，但效果并不好。许吱每写一

.266.

道题就双手合十哈几口气,等手心搓暖了些才继续。

她前几年生了冻疮,一到冬天就复发,又疼又痒。

"我给你买的手套你怎么不戴?"付衍舟停下笔,皱眉问道。

"戴着不好写字,"她怕付衍舟觉得是她嫌弃,忙解释,"除了做题的时候取下来,其他时候都是戴着的,很暖和。"

付衍舟从书包里翻出一盒药膏,推到她面前后就继续做题了。

许吱拧开盖子,一点点涂抹在冻疮处,小声问道:"你想好考什么专业没有?我听老师说,下学期开学就要考虑填志愿一事了。"

"哪个专业挣钱容易?"

许吱咳了一声,侧头看他:"付衍舟,你可真够俗的。"

"这就俗了?"付衍舟突然话锋一转,"以后总得挣钱养家嘛。"

他盯着许吱问道:"你说是不是?"

"你问我干什么?我又不跟你是一家人。"

"哦,是吗?"

"算了,不讲话了,还是做题吧,马上要期末冲刺了。"

一转眼,一个学期结束了。期末成绩在放假前已经发下来,许吱考得不错。

班主任在讲台上叮嘱道:"虽然难得放一次假,但大家还是不能放松啊,每天保持最少五个小时的复习时间。这学期大家的学习虽然进步了不少,老师也很欣慰,可是人无完人,每个人都有不足之处,老师希望大家利用这段时间查漏补缺。好,下面布置寒假作业。"

一大摞试卷发下来,何灵哀号一声:"许吱,我有预感,咱们是过不好这个年了。"

许吱笑道:"你还真想跟以前一样放假玩哪?这不过就是让我们换了个环境学习而已,在家里,爸妈盯着,比班主任盯着更让人难受。我宁愿在学校,起码还能跟你说说话。"

何灵趴在课桌上顿时泄了气,突然,她想到什么,直起身说:

"哎,你记得给我打电话呀。对了,今年是不是你来 A 市过的第二个年啊?"

"对呀,不过我总感觉我来好久了。"

"我跟你讲啊,A 市过年可热闹了。尤其是这几年,为了增加些年味,每年都会在江滩那边组织些活动,人可多可好玩了,去年还放了烟花,不知道今年会是什么,许吱,你去不去?"

"我不知道,到时候再说吧。"许吱整理着书包,兴致不高地回道。

何灵赶紧过来哀求:"去嘛,紧绷了一个学期,就当放松一下了。"

"那好吧,到时候我提前给你打电话。"

学校放假时间比市里其他学校早一点儿,但整个假期也只有十三天,正月初五统一开学。

连越虽然才进大学,但已经得到了知名公司的一个学习机会,打电话回家说今年不回来过年。他头一回在外地过春节,连叔叔一连几天长吁短叹念叨着儿子大了心也野了。为了让这个年热闹点,妈妈联系了远在 Y 市的姥姥姥爷,说服了二老来 A 市过年,春节头一天要跟连叔叔开车过去接他们,临走前还不忘叮嘱许吱在家好好学习。

等他们一走,许吱终于觉得耳边清静了,难得放松,跷着腿在沙发上看电视,换了好几个频道都觉得没什么意思,因为给付衍舟发信息他一直没回。

快过年这些天,于丞开的维修店已经开业,生意好到人手不够,付衍舟不得不辞了手里的兼职,去于丞店里帮忙。前些天,他还得意地给许吱打电话,告诉她他已经把大一的学费挣够了,俨然一副掉进钱眼里的模样。

许吱捏着手机想了想,算了,明天付衍舟肯定跟于丞在一块过年,就不打扰他了吧。

除夕夜里,一家人欢欢喜喜吃了团年饭,饭后大家跟连越通了视频。姥姥姥爷一人给许吱发了个大红包,叮嘱外孙女:"吱吱高考加

.268.

油啊,我们是你坚实的后盾。"

许吱看了眼妈妈,在妈妈的示意下接了。

时间已经过了九点,手机嗡嗡嗡振个不停,许吱想大概是何灵在催了。姥姥姥爷好不容易过来一趟,她不陪着反而急着出去不太合适,只好在客厅里心不在焉地看着春节联欢晚会。

连叔叔看她有些着急,小声问道:"吱吱,你是不是约了同学?"

"朋友约我去江滩看烟花。"许吱不好意思地笑笑。

"我去跟你妈说。"连叔叔去了厨房,一会儿出来冲许吱比了个OK的手势。

她跟姥姥和姥爷解释了几句,老人很开明地催她走:"你个小孩能陪我们干什么,快跟同学玩去吧,不过得注意安全。"

"好。"许吱拿了书包出门,片刻就溜得没影了。

过年路上根本打不到车,走了好长一段路,她才在去往江滩的路口见到早早等她过去的何灵。

何灵搓着手埋怨:"你再晚些,我可能要横尸街头了。"

"呸呸呸,过年说点什么不好。"

何灵冻得浑身哆嗦,伸手拍了下自己的嘴巴,笑着说:"对,今天要说吉利话。新的一年祝我最好的朋友高考超常发挥,一脚跨进清华北大,为学校争光。"

许吱自然知道以自己的成绩上国内最好的学府基本无望,但还是开心地朝她拱了拱手:"承你吉言。"

"走吧走吧,晚会要开始了。"何灵忙拖着许吱往人群里拉。

"今天有什么节目啊?"许吱抬头看见前方搭了个不大的舞台,一边绕过人群,一边问何灵。

"哦,好像是音乐学院的学生自己搭的台子,大概有些表演吧。一会儿咱们看着烟花听着歌,想想都美啊。许吱,你看过烟花吗?"

"当然看过,以前每次过年老家那边的习俗就是在零点放烟花,象征着新年新气象。不过这么大的还没见过,以前跟妈妈去长沙旅游,原本碰上情人节在橘子洲放烟花的,只是我们去的那次运气很不好,因为下雨取消了。"

"听说对着烟花许愿很灵的,你要不要试一下?"

"骗你们这些爱看偶像剧的小女生的吧?"许吱小声嘀咕。

何灵没听见,继续说:"我看电视剧里,那些女主角都是希望自己遇见个白马王子什么的。"

谈话间,时间快速流逝,许吱看了看表,距离跨年已经只有十多分钟了。

节日气氛浓郁,她禁不住在脑海里回忆了一下这一年发生了什么,竟然每一件事都有付衍舟的影子。她还陷在回忆中,手机嗡嗡响动起来,是付衍舟发过来的:"在哪儿?"

"江滩,跟何灵在一起。"她敲着键盘回道。

突然人群一阵骚动,许吱抬头看显示屏,已经开始一分钟倒数了。

何灵尖叫一声:"完了,我还没想好要许什么愿望,许什么呀?就希望考个好大学、找个又高又帅,对我又深情的男朋友,像……像付衍舟那样的。"

许吱吓得咳嗽两声:"付衍舟?"

他什么时候变成一个正面教材了?

"对呀,别的不说,他的那张脸真是绝了,毫不夸张地说,把他放到整形医院里做模型都不为过。"

许吱的手机响起来,她按了接通键。

很快,人群里已经有人开始带头倒数,嘈杂的声音让她听不清一个字。许吱被围个水泄不通,想找个出口出去难于登天,于是她蹲下身,冲着话筒喊:"付衍舟,你说什么我听不见。"

"我说新年快乐。"清冷的声音传来,奇怪的是这次清晰了很多,她一抬头,男生的脸撞进她的视线。

许吱起身时,被身后的人推搡了一下,没站稳差点儿跌进他怀里。

"你怎么来了?"她又惊又喜。

付衍舟关掉手机屏幕,说道:"我跟于丞在附近吃完饭,准备去你家找你的,你说在这边,就想着过来看能不能碰见你。"

现在江滩的人流量比平时暴增了几倍,他还能找到自己,说不上是巧合还是故意的。

"你一整天都跟于丞在一块吗?家里人有没有给你打电话?"

"打了,"付衍舟不愿多提家事,简单地回了句,"我妈告诉我她准备再婚。"

他语气冷淡得如同在说别人家的事。

许吱眉心一跳,看到付衍舟在夜色中沉默的脸,想着他心里肯定不好受,便不敢再谈论这个话题。

"你找我有事吗?"

付衍舟从包里拿出一个盒子,递给许吱,说道:"为了给你这个。"

"什么东西呀?"

"你回去拆开就知道了。"

许吱将盒子放进背包,感觉沉甸甸的。

这时,周围的人开始高声倒数最后几个数。

"十!九!八……三!二!一——"

巨型烟花窜上夜空绽放开来,钟声齐响,烟火飞扬。

而前方的舞台上开始奏乐演唱,一下点燃了新年的气氛,所有人向舞台方向冲去。何灵早激动得跑没影了。

许吱被推搡着前进,她扭头看向付衍舟,男生似乎被推得离她越来越远了。

许吱朝着他在的方向前倾,喊道:"付衍舟。"

"别过来。"他怕她摔倒,费力地挤到她身边,"没事,我来了。你有没有被踩到哪儿?"

"没有,你呢?"

付衍舟拉下袖子,挡住了手臂上因为刚刚太过着急而被撞到的一块红疤,说道:"我也没事。"

许吱呼了口气,伸着脖子看源源不断升向夜空的烟花,感叹道:"真好看哪。"

"我……要不牵你一下吧?"付衍舟突然问。

"啊?"许吱头偏得太猛,听见脖子"咔嚓"一声。

见她好像有点过分激动了,惹得付衍舟脸上竟然也生出几分不好意思:"我怕你又被挤掉了。"

"哦。"

"许吱。"

"什么?"

"新年快乐。"

他突然觉得失落的一切因为她而变得不值一提。

烟花结束后,人群才慢慢散去。许吱费了好大的劲儿才找到何灵。付衍舟的东西也送到了,觉得两个女生在一块他再待下去不方便,找个借口先走,留下她们两个人在江滩上散步。

"你毕业了打算跟付衍舟上同一所大学?"

"不一定吧,反正在一个城市就行。"

"那你跟他说过吗?"

"什么?"

"就……你把他划进未来这件事。"

"不用挑明吧,我觉得他知道的。"

何灵眼神飘忽:"如果他,不知道呢?"

许吱笑了:"你什么意思?"

"其实有件事我一直想跟你说,"何灵搓着手指,吞吐道,"付衍舟退学之前来班上找过你,但那时你替我去上安全普及课没在。"

许吱"哦"了一声:"没事,都过去了呀。"

"我当时告诉他,你有喜欢的人了,那个人是顾以择。"

闻言,许吱笑容凝在嘴边:"为什么?"

何灵低声说:"你不觉得你很过分吗?你一开始撩拨了顾以择,等他真的喜欢上你,你却抽身走了,对顾以择来说很不公平。"

"你喜欢他?"

"我只是觉得他很可怜而已,他明明是那么优秀的一个人,在你面前却又那么卑微,我看不下去。那个时候他成绩下降得厉害,我想帮帮他而已。我一开始跟顾以择走得近是因为你,我们所谈论的话题也只有你而已。"何灵喜欢看顾以择高兴的样子,尽管那不是因为自己。

"可是喜欢一个人不是帮就可以的,连我自己都不能左右我的心意,你又为什么要让付衍舟误会我呢?"

"我以为他要走了,反正也不会再回来……"

许吱打断她:"你凭什么去判断这些?"

两人在夜幕中对峙。蓦地,许吱眼眶红了。她不再听何灵的解释,转身就走。

月色笼罩的江滩下,落了一地烟火的灰烬。

假期很快过去,新学期伊始,高中的最后时光像离弦的箭一路飞奔。自从新年夜争吵后,许吱跟何灵就没有说过一句话,没人知道原因,就连付衍舟都不清楚两人之间产生了什么矛盾,突然就成了陌生人。

何灵是个很活泼的人,她的周围不缺朋友,下课照样被人簇拥着,和身边的人有说有笑。她装作不在意地看着许吱形单影只,想跑过去跟许吱说话，却又怕许吱把自己当空气。

友情的决裂很快被快节奏的学生生活所冲淡，消失在一套又一套的模拟题中。

高三组的老师个个都跟打了鸡血似的，恨不得在脑袋上系条红丝带，上面写上"高考必胜"，班主任成天在自习课上强调着题海战术。许吱有时候甚至觉得，自己如同一个链条损坏的学习机器，完全没了自主性，被老师和父母推着不断向前。

千军万马过独木桥，她拼命地跑，想甩掉更多的人，奔向属于她的光明彼岸。

在临近高考的最后一个月，大家的成绩已经基本稳定，这时老师们的节奏由快转慢。班主任开始挨个找同学们谈话，询问考试后报考的专业。

"哎，你觉得我学个小语种怎么样？"许吱在食堂里问付衍舟。

这学期他们见面的次数更少了，难得在一块吃饭。

"可以呀，以后在学校遇到金发碧眼的外国妹子，就靠你帮我要电话号码了。"

许吱只差没把碗里的汤全部浇在他脸上。

玩笑过后，她开始苦恼："现在国内对翻译官的要求特别高，竞争那么大，我会不会连工作都找不到？"

"没事儿，ngo5joeng5nei5。"

"什么意思？你又是在哪儿学的鸟语？"

"这句话的意思通俗来讲就是，以后你的伙食费舟哥包了。"

"我也得努力工作，学你养家啊。"

"轮不上你。"

高考终于来了。

好像是特意给勤奋的学子鼓励一般，这天的天气格外好，校园里那株枯了一个春天的柳树，竟然在头几天抽出了绿枝，连生物老师都连连称奇。除了这件事以外，还有就是班主任的腿摔断了。

传闻是上周班上的同学在市里拿了个好名次，他一时开心没忍住跟体育老师单挑，结果在篮球场上摔了个结实。但碍于面子，他对外谎称是从楼梯摔下来的。

高考那天早上，他一个近四十岁的大男人在讲台前红了眼，一遍又一遍地讲着考场纪律，撑着拐杖说："同学们，不用担心老师啊，也别觉得老师骨折是个不好的兆头。你们放心大胆地考，都考出真实水平，老师这腿……'碎碎平安'嘛。"

他那张严肃的脸上露出温和的笑容。

许吱心里有些动容，她环顾教室里的同学，这大概是最后跟他们相处的时光。都说时光易逝，青春不老，大概是因为不管你在这里变成了何种模样都不重要，重要的是，你遇到了一群人，你们一起用尽力气看到了最好的自己。

吃完早餐，她留在教室整理文具，抬头时，刚好何灵从前门进来，两人对视都愣了愣。

何灵走过来，将一个玻璃罐放到她课桌上，说道："许吱，我有东西给你。"

许吱停下动作，看了看满满一罐的千纸鹤，问道："你不抓紧时间复习，还有闲心弄这个？"

"我过年的时候叠的，本来想送你做新年礼物，没想到……"

"谢谢。"许吱不咸不淡地道了谢。

"你真的要为了付衍舟跟我闹成这样？"

许吱站定，认真地说："付衍舟不是别人，他是我最重要的人。"

闻言，何灵咬着下唇，眼泪要落下来。

许吱看着，于心不忍，递了一张纸巾过去，说道："马上就要考试了，你情绪还波动这么大，想不想考大学了？"

"可我……可我不想跟你这样。"

许吱叹了口气,觉得冷战大家都不好受,于是说道:"好好考,有什么事考完试再说。"

她拿了饭卡往教室后门走,没走几步停了下来,回头问:"要不要一起去食堂吃饭?"

何灵破涕为笑:"要,要!"

整场考试许吱发挥得还行,她一直憋着一口气,也没跟班上同学对答案。考完,一口气也彻底松了,她没留在学校跟大家庆祝,而是急急忙忙回了家,洗完澡舒舒服服地躺在家里的大床上,什么也不想就睡了,从晚上七点睡到第二天的九点。

高考分数出来后的最后一项集体活动是聚餐,第一次全班同学坐在一个大厅里,女生喝着果汁,男生拿着啤酒,一圈圈地拉着人说话,把高中三年没说完的话全一股脑吐露出来。

大家嘴里说着毕业后常联系,但谁都知道,下一次见面也不知道是何年何月的事了。

毕业季的气氛总是如此奇怪。

何灵拉着许吱在最后一桌坐着躲清静,小声嘀咕:"你知道吗?刚刚学委都喝醉了,抱着班主任一个劲号啕大哭。你能相信吗?他那么开朗的一个人,居然掉眼泪了,我看着眼眶都泛酸。"

"还有刚刚不知道是哪个男生突然说了一句,'突然觉得还是我们班的女生最好看'。"

许吱笑着点头:"还算他有眼光。"

"许吱,我不想跟你分开。"何灵挽住她的胳膊,整个人黏了上来。

许吱嫌弃地推开何灵的头:"啧,你偶像剧看多了还是酒喝多了?别恶心人哪。"

.276.

何灵问道:"好不容易考完了,分数也出来了,心也定了,这个暑假你想干什么?要不出去玩?"

"去哪儿?"

"市里能去的都去过了,要不去外地吧,好好规划一下咱们的毕业旅行好不好?"

"现在是旅游旺季,到处都是人。"

"那就找个就近的地方。"何灵说。

许吱笑着说:"那干脆学校一日游吧。"

何灵一下子跟泄了气的皮球一样:"啊,学校你还没待厌哪?"

突然,她想到什么,挺直了腰,眼神里写满了"有猫腻"三个字,小声问道:"是不是有人约你?表白?付衍舟选个什么地儿不好选学校。"

"不是,"许吱笑容淡了,自从高考完,他已经几天没给她打电话了,"明天不是毕业典礼吗?"

何灵一拍脑袋:"我是被果汁堵了脑子,差点儿把这事给忘了。不过最多两个小时就结束了,你有什么安排?"

"班主任让我结束了留下来,好帮我分析下报志愿的事儿。"她打开聊天对话框在线呼叫了付衍舟,没回应。

"你想好考哪里了吗?"何灵继续问。

"还没。"许吱淡淡答,在她凑过来之前,关掉了对话框,"你跟我一块儿去吧,让他也帮你看看。"

"算了,我心里已经有中意的大学了。哎,你听说没,付衍舟这次考得不错,我听说年级主任打算让他上台发言呢。"

许吱讶异道:"是吗?"

"什么呀,他这都没跟你提?哎,你说有没有意思,去年他还是老师嘴里的反面教材,现在翻身农奴把歌唱了。"

关于他的消息,她是最后一个知道的。

许吱长睫半掩,仰头喝掉了剩下的半杯果汁。

付衍舟没去参加班里的聚餐,他一个人在教室坐着等人。十分钟后,教室门被踢开了,老三提着一大袋子东西气喘吁吁地从门口进来,上气不接下气地说:"老舟,我迟早被你折磨死。"

"东西呢?"他走过去问道。

"都在这儿呢?"

"还好你弟媳妇儿是搞设计的,这些玫瑰花瓣要不是她帮忙,我还真不知道从哪儿去弄这么多。你说你弄这么多花瓣干什么?还有这个鼓风机,我可是花大力气贿赂了学生会的学长借来的,说好了啊,就用一天,用完我还得给人送回去。"

"谢了。"付衍舟拍了拍老三的胳膊。

"我说,你这些天真没联系许吱?"

"没。"

"你可真能忍。"

"这么久都忍过去了,不差这一会儿。"

"你把她晾着,就不怕出事儿?我跟你讲啊,听人说许吱在学校可抢手了。"

"所以呀,我要告诉所有人,"付衍舟笑了,"她命里注定是我的女朋友,谁也抢不走。"

老三看了一眼地上的一堆东西,好像明白了什么:"所以你搞来这些用意是……"

"我要在毕业典礼上对她表白。"付衍舟说完就低头整理道具。

老三眼珠子瞪得老大:"你这也太高调了,老师绝对会把你轰出去的。"

付衍舟猖狂无比地说:"我都毕业了,他能奈我何?大不了,一起完蛋算了。"

老三沉默了,一个许吱让他舟哥变得没脸没皮了。

.278.

许吱一大早洗漱完，心事重重地到了学校。

A市进入炎夏，人走在路上跟在锅里煎似的，热得头顶冒烟。

班主任在操场上集合整队，等人到齐了，才催促道："走了走了，跟着前面的班级进去，注意纪律呀。"

何灵不知道从哪里弄来的几张传单，分了许吱一张，叠成扇子边扇边说："天可真够热的，礼堂里的空调又坏了，一会儿进去了还不得被蒸熟。"

许吱拉着何灵跟上队伍，劝道："最后一次了，少发牢骚了。"

大概是这句最后一次提醒了两人，她们没再说话。

付衍舟站在主席台后面的幕帘边，侧头见同学们鱼贯而入。

许吱就在里面，他找到了她在的位置，手心一阵冒汗。

他头一回这么紧张，感觉心脏要从身体里蹦出来。

毕业典礼开始，各个校领导跟毕业生代表依次上台发言，等轮到付衍舟时超了不少时间，最后主持人只能将他的发言时间缩短到一分钟，时间根本不够。

付衍舟看了眼早就溜去礼堂外、站在窗户边的老三，见老三冲着自己比了个OK的手势，知道一切准备就绪了。

在主持人的介绍下，他快步走到主席台的中央，清了清嗓子，中规中矩地念着早已准备好的演讲稿："尊敬的各位领导，亲爱的同学们，大家上午好，很荣幸作为今年的优秀毕业生代表站在这里发言……"

主持人正在台下看着时间，正要提醒他时间快到了，突然付衍舟利落地将演讲稿揣进口袋，话音一转："其实我今天站在这里，要感谢一个人，如果不是她，我可能根本不会想要重返校园。我喜欢你很久了，许吱。"

老三开动鼓风机，将玫瑰花瓣吹进礼堂，整个礼堂一片混乱。

高三年级的同学跟校方领导都错愕了，尤其是年级主任，他力排众议让付衍舟上台，是想让付衍舟跟同学们传授下学习方法的，没想到，付衍舟众目睽睽之下还是闯了大祸。

何灵扯着愣在一旁的许吱在鼎沸的人声中喊道："许吱，他在叫你呀。"

许吱整张脸红通通的，不知该做什么反应，呆呆地看着付衍舟走下讲台，全然不顾周围同学的议论声。

青春就要散场，不如疯狂一场。

他拉住她的手，许吱蓦然看他，那张俊朗的脸正冲她笑着："高三不是结束，我们还有往后余生。"

四目相对，许吱发现自己心跳得好快。

付衍舟红着眼眶说："暗恋太痛苦了，所以这一次我想痛快地告诉全世界，我喜欢你。"

付衍舟心跳如雷，将她的手握紧了，继续说道："我重新找回的人生，有你在才会完整。"

这样的告白实在高调，许吱在哽咽中点了点头。

众人也被感染，或是羡慕，或是祝福，礼堂里一阵哄闹。

校领导脸气得铁青，示意主持人快速找回主场。很快，主持人标准的普通话从主席台方向响起，毕业典礼继续。

何灵给付衍舟让了座位，好让他们俩并排坐着。

付衍舟牵着许吱的手再没松开过。

夏日的天空泛着红光，几只鸟在枝头欢唱，这所待了三年的校园，跟往日一样，没什么不同。

付衍舟陪许吱站在礼堂外面，有低年级的学弟学妹打开窗户，凑着几个小脑袋叽叽喳喳聊天。

"是那个学长吗？"

"对，就是他，听说今天当众表白了，好浪漫哪，简直没有比他更

·280·

帅的人了。"

"我也这么觉得。"

犯花痴之余,有学妹托腮羡慕:"我也好想谈恋爱呀。"

谁知,她刚感叹完,被前来班上视察的年级主任抓个正着:"瞎围观什么呢?还不快回座位学习去!"

二楼的窗口留下一声叹气,许吱跟付衍舟相视一笑。

班主任办完事从礼堂出来,看着两人无奈地说:"你们哪,多注意点影响,这毕竟是在学校。"

"老师我们毕业了。"付衍舟笑嘻嘻地回了句。

"毕业了怎么了,毕业了就能跑到我班上挖我的尖子生了?"班主任气得直哼哼。

付衍舟没皮没脸地说:"我保证会对她好的。"

班主任被气笑了:"赶紧给我走,眼不见为净。"

临走前,他将一张字条塞给许吱,小声说:"我按照你的分数挑了几所好大学,你参考参考。"

许吱将字条拿好,想到什么,冲他鞠了一躬。

她的鼻头已经泛酸,老师见不得这么煽情的场面,摆了摆手,红着眼眶进礼堂了。

等人走了,付衍舟伸手过去将她拉住:"你可别哭哇,今天大好的日子。"

许吱挑挑眉:"我马上反悔你信不信?"

付衍舟立马正经地问:"那你随意,我哄着,行吗?"

她木着张脸,也不给回应,转身就走,嘴角却勾起,倏然一笑,如蜻蜓点水一般。

后面的人跟上来,喊道:"喂喂喂,你到底什么意思嘛?"

"成不成的,给个准话?"

"大小姐?"

许吱抱着手臂,不可一世的模样,说道:"看你表现咯。"

　　校园里你追我赶的两个影子,在微风中荡漾出一丝涟漪。

　　年少时,我将你惹哭,你一流泪我就有一种将我剜肉的痛。我想在那个时候,命运就将我们连在一起了,不然为什么会这样呢?

　　他终于拥有了这个不那么让人省心的姑娘,并且答应她会全身心爱她,这当然算不得世界上最伟大的事,却是他终身努力的约定。

　　你用双手拭去我铠甲上落满的霜,我砍向自己的刀刃自此无光。

　　空船一去无踪影,吱吱误此生。

本书由鹿笙委托长沙大鱼文化传媒有限公司正式授权花山文艺出版社,在中国大陆地区独家出版中文简体版本。未经书面同意,本书的任何部分不得以图表、电子、影印、缩拍、录音和其他手段进行复制和转载,违者必究。